Soulware
BEYOND HUMAN NATURE

Miguel Roser Moya

A todas las almas que se fueron en 2020,
en especial a la de M.R.A.

INDICE

La Dura Realidad

Antes de la Aniquilación

La Amenaza ya está Aquí

SOULWARE

El Anuncio

Empezando el Camino

L as olas golpeaban el casco del barco, mientras navegaban por aquellas aguas heladas. Los glaciares que tenían alrededor parecían pequeñas montañas de hielo flotantes, consecuencia de un deshielo cada vez más notable.

La tripulación estaba animada, hacía poco tiempo que habían avistado tierra firme. La costa quedaba a escasas millas de ellos y parecía estar dándoles la bienvenida. Habían pasado varias jornadas desde que partieron de Río Grande, el trayecto había sido más complicado de lo que alguno de ellos se esperaba. Cruzar el paso de Drake siempre impone un respeto especial, debido a sus fuertes corrientes y su terrible oleaje. Un temor con fundamento, ya que aquel mar se había tragado infinidad de navíos. Navegantes que al igual que ellos, desafiaban el peligro de cruzar aquel estrecho, por algo era conocido como uno de los lugares más peligrosos del mundo, y los que iban dentro de aquel buque lo sabían bien. Los últimos dos días fueron muy duros, uno de los motores se averió, y estuvieron a la deriva durante horas, hasta que consiguieron repararlo y retomar el control.

La expedición estaba organizada por James Parker, un hombre que rondaba los cuarenta y pocos años, de complexión delgada, pelo rubio y una barba maltrecha que no cuidaba demasiado. Aquel hombre de aspecto desaliñado poseía el encanto de los artistas bohemios. Parker, había pasado más de media vida encerrado en la universidad. Su trabajo se centraba en la investigación acerca de animales, fenómenos meteorológicos e impactos globales. Licenciado por la *King's College* en diferentes campos como la Bioquímica, Ingeniería y Psicología, llegó a ser un referente en la mayoría de las especialidades que cursó, debido a su excelencia académica. A parte de su trabajo como investigador, impartía seminarios en diferentes partes del mundo, ganándose el respeto entre los expertos de las diferentes materias en las que se presentaba. Por lo que, a Parker, o "El "Profesor" como también se le conocía, gozaba de un prestigioso reconocimiento internacional.

Antes de ejercer como orador, se especializó en consultoría. Parker se encargaba de encontrar y verificar zonas concretas del planeta, potencialmente interesantes para la explotación de recursos naturales. Dichas fuentes podían ser de gas, petróleo, o algún yacimiento de minerales. Junto con el estudio de viabilidad, el Profesor desarrollaba una mejora en el proceso de extracción, haciendo este más eficiente. Empleando nuevas técnicas de geolocalización y radar, conseguía resultados excelentes, a la vez que reducía los costes para las empresas, que veían en él, una buena inversión para su negocio.

Desde hacía ya un tiempo decidió dejar todo aquello, no quería volver a trabajar más como consultor. Aquella etapa de su vida le había dado la posibilidad de comprobar lo frágil que era el planeta, y el daño que le estábamos infringiendo como sociedad.

Las empresas le ofrecían cada vez más y más dinero, pero él se negaba a colaborar, estaba convencido de que el dinero no le daría la felicidad, más allá de tener cubiertas ciertas necesidades básicas. Al Profesor le interesaba la ciencia, lo que ella aportaba, y cómo esta podría beneficiar al conjunto de las personas.

Unos meses atrás, analizando los informes que tenía de las diferentes extracciones que había realizado alrededor del mundo, empezó a hacer cálculos del remanente de algunos de los recursos, y fue ahí donde se dio cuenta de que el fin estaba mucho más cerca de lo que nunca nadie había imaginado.

• • •

Unos meses antes, se encontraba realizando una disertación en la universidad de Oxford acerca del cambio climático y los recursos naturales. Fue ahí, donde dio su teoría acerca del fin del mundo. Explicó con detalles los principales factores que harían de la tierra un planeta inhabitable. El problema más grave sería el calor, que con su aumento exponencial cada año, tenía un efecto directo y relativamente rápido que podía observarse en la escasez del agua, la modificación de los patrones de circulación de los océanos, y la pérdida de oxígeno global. Todo esto seguido de fenómenos meteorológicos extremos como inundaciones, huracanes, tifones, etc. Los mismos que provocaban la muerte de miles de personas cada año. Al acabar la exposición, simplemente miró a su público con tristeza, y les dijo que no pasarían más de unas décadas antes de que todo lo que conocemos se viniera abajo. Fue entonces cuando una lluvia de preguntas le cayó al Profesor.

- ¿Cómo puede estar tan seguro de eso?, ¿De cuánto tiempo estamos hablando? –Preguntó uno de los estudiantes.

- Estoy convencido de lo que digo, porque analizo los indicadores, y según mis cálculos no pasarán más de diez años antes de que todo lo que conocemos cambie radicalmente –Respondió el Profesor.

- ¿Qué podemos hacer para revertir esta situación? –Preguntó otro alumno sentado al otro extremo del aula.

El silencio se adueñó de la sala, este se quedó mirando al joven que hizo la pregunta, y con un gesto de negación, movió la cabeza de un lado a otro.

- Yo no he conseguido encontrar ninguna solución, pero les invito a que ustedes lo consigan –Contestó Parker, respondiendo a la última pregunta.

Después de aquella última contestación, el barullo se hizo más intenso, y las preguntas le venían por todas partes. El Profesor con un gesto de agradecimiento se despidió de los estudiantes, cogió su maletín y salió por una puerta lateral que había en la sala.

Lo que pretendía ser simplemente un seminario más sobre el medio ambiente, se convirtió en un gran revuelo mediático. Aquello generó todo un movimiento en torno aquel evento del Profesor. Se formaron grupos a favor y contra de la teoría de Parker sobre el fin del mundo. Aquel anuncio se convirtió en *trending topic*, y tuvo tanta repercusión en las redes sociales, que atrajo la atención de los medios en la capital inglesa. Las noticias se hacían eco en la radio y en los diferentes periódicos de la metrópolis. Desde el *Metro* hasta *The Guardian*, aquellas palabras alarmantes del profesor Parker, sonaban cada vez con más fuerza. No era nada nuevo que estábamos acabando con el planeta, desde hacía décadas la lucha contra el cambio climático y la destrucción del medio ambiente era algo tan frecuente en las noticias, que la gente se había acostumbrado a ello, perdiendo la sensibilidad de lo que eso suponía. Pero, el anuncio de aquel prestigioso científico, y con un margen tan escaso de tiempo, puso en alerta a todo el mundo.

La gente hacía hervir las redes sociales, las cafeterías y los centros culturales eran un foco de preguntas y quejas. La cuestión de si era posible que la Tierra pudiera dejar de ser un planeta habitable en el poco tiempo que estaba dando aquel científico, creó una alarma social de tal magnitud, que los políticos en Westminster empezaron a notar la presión por parte de los medios.

No pasaron más que unas pocas semanas, hasta que Parker recibió una notificación del gobierno, citándole en el departamento de medio ambiente, situado en Richmond, al suroeste de Londres.

Parker no era precisamente un fan de los políticos, pensaba que eran personas de propio interés, que carecían de la ideología que caracterizaba a la comunidad científica, la cual buscaba el bien común, muchas veces se recordaba esto citando la frase que una vez dijo el científico alemán Albert Einstein: "Las ecuaciones son más importantes para mí que la política, ya que estas son para la eternidad".

En cualquier caso, si en algo era bueno el Profesor, era analizando escenarios, y sabía que, sin el apoyo del gobierno, sin el apoyo político, no se podría alcanzar ninguna solución al problema que se enfrentaba la humanidad, si es que todavía había alguna. Así que decidió asistir a aquella reunión, aun con la poca esperanza de poder encontrar alguna solución.

Cuando puso rumbo al número 2 de *Markham Street*, lo único que tenía en su cabeza era la necesidad de dejar claro a aquellos políticos la magnitud del problema. Hacía muchos años que llevaba analizando el cambio climático, y a su juicio ya no había marcha atrás. El proceso se acelera a un ritmo exponencial, impidiendo al ecosistema poder autorregularse. Por lo que esto, hacía temer un cataclismo inminente. Así lo entendía el Profesor, que pasaba buena parte de su tiempo imaginando cómo revertir la situación. Buscando en su cabeza alguna solución al problema que se les venía encima. Pero hasta la fecha, no encontró ninguna. Todo eran utopías a las que no podía cogerse.

Cuando Parker entró en la sala de reuniones, le sorprendió ver que allí no solamente estaban los delegados de medio ambiente, sino uno de los asistentes del primer ministro. Aquello le pilló por sorpresa. Después de las presentaciones, y una vez sentados, el Profesor comenzó a exponer los datos de los que disponía, y las razones en las cuales se basaba su teoría sobre el fin de la vida en la Tierra.

- No dudo de su profesionalidad, señor Parker. Pero, ¿de dónde ha sacado los datos que nos muestra? –Preguntó Joseph, que era el asistente del primer ministro.

Joseph tenía el aspecto de ser un poco más mayor que el Profesor. Tenía el pelo gris, los ojos marrones y vestía un traje negro con corbata. Se podría decir que era él quien llevaba el rumbo de aquella reunión.

- Estos datos fueron tomados en los últimos diez años en diferentes partes del mundo, con diferentes proyectos. Como puede observar todos ellos muestran lo que les estoy exponiendo –Contestó Parker.

- Sinceramente, me parece demasiado precipitado sacar una conclusión como la que usted ha realizado, teniendo en cuenta que se mueve en un periodo tan extenso y sin tener algo más concreto, creo que debería tener algo más actual y así ser más específico. Pienso que esto que nos está exponiendo es simplemente su opinión, y lo único que consigue es generar pánico en la sociedad, y esto tiene un coste tremendo, Profesor –Respondió Joseph.

- Como usted sabe, y visto lo expuesto. A lo que aquí nos enfrentamos es algo que va a suceder en un periodo de tiempo muy corto –Dijo Parker.

Todos los que había allí se quedaron unos minutos en silencio, analizando la situación. El Profesor les observaba intentando averiguar cuál sería la respuesta de estos al ver aquellos gráficos expuestos en aquel panel proyectado sobre la pared.

- Necesitamos ser más precisos, Profesor. Nuestra propuesta para usted es la de averiguar con mayor exactitud el tiempo que disponemos. A la vez, trabajaremos para encontrar soluciones que nos puedan servir en un futuro –Dijo Joseph–. Para ello dispondrá de los medios que necesite por nuestra parte.

- Me parece bien, aunque siéndole sincero, no soy nada optimista incluso con todos sus medios –Respondió Parker.

- Tenemos diferentes bases científicas repartidas en diferentes puntos del planeta. Desde el Everest hasta la Fosa de las Marianas. Usted elegirá dónde y cómo quiere trabajar –Dijo el delegado de medio ambiente.

- ¿Dónde quiere empezar? –Preguntó Joseph.

- Empezaremos por la Antártida –Dijo Parker.

- Muy bien, prepare un equipo, saldrá lo antes posible –Respondió Joseph.

Expedición a la Antártida

No fue difícil para Parker aceptar aquel desafío. Aunque no era un declarado explorador, su trabajo le había llevado a diferentes partes del mundo. Así que la idea de poner el pie en la Antártida le atraía, a la vez que le provocaba una sensación especial, ya que nunca había estado en aquel lugar perdido de la mano de Dios.

El siguiente paso era conseguir un equipo para la expedición, necesitaba expertos en diferentes materias, incluidas la geología, biología, medicina y alguien que pudiera ser de utilidad para reparar cualquier deterioro en el material, lo que viene siendo un manitas. Parker ya tenía en la cabeza quienes serían potencialmente los elegidos, a algunos de ellos ya los conocía personalmente, a otros de oídas. En cualquier caso, le costó pocas semanas formar aquel grupo de especialistas, listos para partir hacia su objetivo.

• • •

El capitán del barco era un auténtico lobo de mar. Llevaba un gorro de lana azul, la barba blanca le cubría todo el cuello, lo poco que se dejaba entre ver, estaba cubierto por un tatuaje con una rosa y una frase que ponía 'Soñaré Contigo'. Su voz ronca y seca, era fruto del tabaco y el alcohol, que consumía a diario desde hacía años. Con ella y su carácter rudo, imponía respeto a toda la tripulación. No era la primera vez que aquel marinero ponía rumbo a la Antártida, pero nunca dejaba de sorprenderle aquella tierra salvaje, una de las pocas que todavía se resisten a la colonización del hombre, debido en gran medida a sus condiciones extremas. Durante la travesía, veía cómo aquellas corrientes, vientos y el oleaje, hacían temblar al más experto de los marineros. Eso le hacía pensar en todos aquellos que habían pasado antes que él, como Francisco de Hoces o Sir Francis Drake, ellos sí que eran navegantes, pensaba el capitán. Ellos se guiaban por las estrellas, y no disponían de ningún GPS, ni sonar, ni nada por el estilo. Solo su audacia, y muchas veces la buena suerte, les hacían llegar a puerto. De ello sacaba algo más de confianza cada vez que tenía que cruzar aquellas aguas.

En el lado de estribor, sentado en una repisa se encontraba Eric leyendo un libro de anatomía humana, este era el médico de la tripulación. De piel blanca y pelo castaño, rondaba los treinta y tantos años. Tenía una complexión fuerte, y aunque no era excesivamente alto, se podía apreciar su robustez. Su carácter era tranquilo y pacificador. Era bien conocido por la comunidad médica. Cansado de su cómoda vida, dejó su trabajo en la capital como cirujano para dedicarse a ayudar a personas sin recursos. Viajaba por países donde la sanidad pública era muy deficiente, o simplemente no existía. Una vez allí, ofreció ayuda desinteresadamente a través de una ONG que había fundado él mismo con cooperación de otros médicos unos años

atrás. Su principal objetivo era ofrecer asistencia médica a aquellas personas que no tenían recursos, y estaban en una situación de vulnerabilidad. Se movía entre África y América del Sur. Eric venía de una familia humilde del noreste del país, quizás fue ese el motivo, por el que, en un momento de su carrera, decidió dejarlo todo y apostar por aquella fundación. La sonrisa de un niño al que conseguía salvarle la vida tenía más valor que el lujoso Jaguar aparcado en su apartamento de Chelsea.

Cuando el Profesor le contactó, hicieron falta pocas palabras para que el doctor aceptara a formar parte del equipo. Conocía bien a Parker, coincidieron en más de una ocasión en alguna gala benéfica que organizaba su ONG, y se tenían un respeto mutuo por el trabajo que desarrollaba cada uno. La misión a la Antártida, y el trasfondo fueron suficientes razones para dar la confirmación a Parker.

El resto del equipo estaba formado por Tim y Andy. El primero era especialista geólogo, el más rechoncho de los que había en el grupo, y el que tenía un carácter más pesimista. Andy era el más joven y rebelde. El manitas del grupo que sabía hacer prácticamente de todo, desde arreglos en carpintería a reparaciones eléctricas, no había nada que se le resistiera, era un comodín que no podía faltar en aquella expedición. Ambos se encontraban charlando dentro del barco, mientras bebían un té y planeaban lo que harían una vez llegaran a su destino. Fuera del barco la temperatura era muy baja, y el viento hacía que la sensación térmica fuera incluso menor.

Tenían prevista la llegada a puerto antes del mediodía. Allí les estaba esperando el responsable de la base, junto con un grupo de personas para ayudarles a amarrar la embarcación y descargar material.

Una vez pisaron tierra, este les dio la bienvenida, y acto seguido, les pidió que le siguieran.

- Me llamo Smith. Usted debe ser el profesor Parker, ¿no es así? –Dijo aquel hombre que parecía estar al mando, mientras extendía su mano hacia el Profesor–. Bienvenidos.

- Gracias. Así es, señor. Y usted debe ser el jefe de todo esto, ¿no? –Le preguntó mientras se estrecharon las manos.

- Efectivamente, ese soy yo. He escuchado muy buenas referencias de usted, Profesor. Espero que podamos ayudarle en todo lo que necesite –Dijo Smith.

- Muchas gracias, eso espero yo también –Respondió Parker con una sonrisa.

- De acuerdo, caballeros pongámonos en marcha, tenemos mucho trabajo que hacer. Lo primero, es enseñarles el lugar donde van a pasar los próximos meses –Dijo Smith metiendo presión para salir de allí–. No se preocupen por el materlal, cojan lo más necesario, el resto se lo harán llegar más tarde.

Había una pequeña base cerca del muelle, allí se organizaba la gente, donde iban y venían descargando material, y cargando otro para poder abastecer el barco, que quedaría amarrado en el muelle. Mientras el equipo subía en dos helicópteros que estaban preparados para salir.

- Por favor, dejen el material y agarren solo lo necesario, el resto nos lo traerán más tarde. Vamos, o nos helaremos el culo aquí fuera –Les dijo Smith al equipo que les seguía a escasos pasos.

Una vez dentro de los helicópteros, las aspas se pusieron en marcha. El polvo blanco cubrió todo a su alrededor. Poco a poco notaron cómo el aparato empezaba a elevarse suavemente, y a los pocos minutos se encontraban a una altura considerable, ganando velocidad y poniendo dirección noreste. El cielo estaba despejado, la luz brillaba más intensa en aquel lugar, y el suave viento transmitía una sensación de calma al grupo. En poco tiempo llegarían a la base Halley.

- ¿Sabe, Profesor?, esta Base fue establecida a mediados del siglo pasado, pero todavía nos da información útil –Dijo Smith alzando la voz por encima del ruido de las aspas.

- Tengo entendido que aquí están muy centrados en el estudio de la atmósfera, ¿no es así? –Le preguntó Parker.

- Así es. De hecho, fue en esta misma Base donde se descubrió el agujero en la capa de ozono, a finales de los 80, y gracias a ello, pudimos ponerle freno. Desde hace algún tiempo venimos avisando de que la situación vuelve a empeorar. Los cincuenta y un mil millones de toneladas de gases de efecto invernadero que tiramos a la atmósfera cada año, están haciendo que el agujero vuelva a crecer de forma alarmante. En poco tiempo la radiación será tal, que acabaremos achicharrados como pollos –Dijo riéndose Smith.

- Me acuerdo, eso fue todo un referente en aquel momento. Espero que podamos aprovecharnos de toda su experiencia, estoy convencido que nos será de gran ayuda –Dijo Parker.

- Por aquí mucha gente se pregunta si usted está en lo cierto, Profesor. La verdad es que hay un buen número de personas que apoya su teoría, pero le advierto que también tiene detractores –Dijo Smith.

- ¿Usted qué piensa? –Preguntó Parker.

- Sinceramente, no entiendo cómo sigue vivo este planeta –Contestó Smith.

- Estoy de acuerdo con usted –Asintió con la cabeza el Profesor.

Estaban llegando a la Base, y desde el cielo se podía ver la estructura metálica formando una línea de módulos conectados entre sí, en el centro un módulo de mayor tamaño y de color rojo resaltaba sobre el resto que tenían un tono azul apagado.

Aquella instalación se asemejaba a una oruga metálica sacada de la nada, un espejismo en aquel desierto helado.

Smith le explicó cómo se distribuían aquellos módulos. Los dos primeros eran las zonas de descanso, ambos se conectaban a los contiguos mediante unas pasarelas metálicas, estos eran los encargados de ejecutar las funciones de control y supervisión de las demás plantas.

En medio de todos sobresaltaba uno más grande, era el *Living Module* o el módulo de *Robert Falcon*, aquí el personal podía pasar las horas de descanso, donde mesas y sofás permitían relajarse después de una jornada de trabajo.

Al otro lado, se encontraban los generadores que suministraban la energía necesaria para el funcionamiento de toda la instalación. Por último, los dos módulos del ala oeste eran módulos científicos, donde tenía lugar el seguimiento de todos los experimentos que allí se realizaban, incluyendo el análisis e investigación de las muestras obtenidas en las expediciones.

El helicóptero descendió sin problemas. La tripulación salió enseguida de los aparatos. Todos seguían a Smith, que les marcaba un ritmo rápido al caminar, mientras se dirigían a las escaleras que les daban acceso.

- Vengan, voy a mostrarles las instalaciones, estoy convencido que les van a gustar –Dijo Smith.

Desde el exterior los módulos impresionaban con un aspecto de contenedores futuristas. Se podía apreciar que el metal llevaba tiempo sufriendo las inclemencias de aquel clima extremo, los colores habían perdido su tono original, pero conservaban el contraste con el blanco deslumbrante que les rodeaba.

Unos pingüinos parecían esperar junto a la escalera. Aquellos animales los miraban con curiosidad.

- Tenemos el comité de bienvenida –Dijo Smith refiriéndose a los pingüinos, que los observaban detrás de la escalera. Smith se acercó, destapó un pequeño cubo que había detrás de esta, y sacó unos peces de su interior. Los lanzó a escasos metros de los pingüinos, que inmediatamente se pusieron en marcha a por ellos–. ¿Le gustan, Profesor?, son nuestras mascotas, acostúmbrese a verlos por aquí.

- Sí, ya veo –Contestó Parker, que notaba como aquel aire le dejaba la cara helada, apenas podía hablar.

Smith continuó con su explicación acerca de la Base.

- Caballeros, estos módulos donde ahora mismo se encuentran dan alojamiento a los miembros que forman nuestro equipo; personal de mantenimiento, cocineros, y científicos. En total alberga casi doscientas personas, no es demasiado si la comparamos con la base de nuestros compañeros estadounidenses en *Amundsen*, la cual puede albergar más de mil personas. Impresionante, ¿verdad?. Pero a diferencia de aquella, la nuestra es especial –Dijo Smith–. A diferencia de las demás, la nuestra puede moverse.

- ¡Moverse! –Exclamó el médico.

- Sí, así es, como lo oye. Nos encontramos en Halley VI, doctor, ¿adivina lo que le ocurrió a todas las anteriores?. Bueno, podrá imaginarlo –Dijo mirando al doctor–. Se hundían en el hielo, así que se mejoró el diseño evitando dicho problema.

- ¿Cómo consiguen mover semejante estructura? – Preguntó Tim.

- Puede ver en cada pilar de cada módulo unos patines adjuntos en su base, esto es lo que permite no sucumbir bajo el hielo, además de poder desplazarla, eso sí, a un ritmo muy lento como pueden ustedes imaginarse Dijo Smith.

Subieron las escaleras, entraron en el primer módulo, y un espacio enorme se abrió delante de ellos. Nunca habrían podido decir que ese espacio perteneciera al módulo, era como una de esas Jaimas del desierto, que desde fuera parecen grandes, y por dentro son enormes, esa era la sensación que tenían todos al entrar en aquel recinto. El diseño futurista del interior denotaba la funcionalidad de aquel lugar. Los tonos claros y neutros predominaban en todas partes. Aprovechaban todos los espacios con cubículos o estanterías que hacían de almacenes.

Todo el grupo, con Parker a la cabeza, seguía a Smith que les iba explicando sobre la marcha a la vez que les enseñaba las instalaciones.

- ¿Le gusta, Profesor?. Ahora les voy a pedir que esperen en esta sala. En un segundos, un miembro del equipo les mostrará sus habitaciones, en las que podrán dejar sus pertenencias y descansar antes de que nos volvamos a ver para la cena. Si necesitan cualquier cosa, no duden en decírnoslos. Bienvenidos –Dijo Smith mirando a cada uno de los componentes del equipo.

- Muchas gracias, así lo haremos –Contestó Parker.

Eric se sentó en un sofá, dejando caer la bolsa que llevaba a cuestas y se quedó mirando aquella sala. Mientras, Parker daba una vuelta por aquella sala, preguntándose en que bloque estaban, no le cuadraba que fuera la de control, ya que no veía ningún tipo de cámara. Tim vio una máquina de agua en la esquina y fue directo a ponerse un vaso.

- Ha visto, Profesor, al menos aquí no moriremos deshidratados –Dijo Tim.

- Le recuerdo que estamos encima de un cubo de hielo gigante. Ahora que lo pienso, me encantaría beberme un ron con este hielo. ¿Alguien se trajo algo de beber? –Dijo Andy con un tono serio, pero bromeando.

- Déjense de tonterías. Aquí no hemos venido a beber. Céntrese, no quiero que ocasionen ningún lío. Y eso va por usted, Andy –Respondía Parker.

Al momento, un miembro de la Base apareció por la puerta de acceso, venía vestido con un mono de color naranja y una camisa blanca.

- Ustedes deben ser los nuevos, por favor síganme, les enseñaré sus habitaciones –Dijo aquel hombre, indicándoles la dirección a seguir.

En su camino cruzaron varias salas, en la más grande se encontraba la gente sentada en los sofás trabajando desde sus portátiles, también había una pareja jugando al ping pong, otros leyendo en las mesas, tenían incluso una librería situada en aquella sala. Cuando pasaron al siguiente módulo, los trabajadores se encontraban delante de unas pantallas enormes que mostraban partes meteorológicos, tablas numéricas y gráficas de todo tipo. Estos no se inmutaron con su presencia, solo uno de ellos levantó la vista durante unos segundos, después la volvió a bajar para continuar con lo que estaba haciendo.

Cada vez que tenían que pasar de un módulo a otro, tenían que cruzar lo que llamaban el puente, una pequeña pasarela cubierta que hacía de unión entre ambos módulos. Finalmente llegaron al módulo de descanso, vieron que estaba organizado por pequeños habitáculos, distribuidos lateralmente en lo que parecía un laberinto. Cada uno de ellos tenía una litera, una mesa, una silla, y un pequeño armario. Además de una ventanilla, por donde se colaba un poco de luz.

- Aquí se pueden distribuir como ustedes quieran. En cada módulo caben dos personas –Dijo el hombre-. El jefe quiere acompañarlos en la cena que se sirve a las ocho de la noche, así que los veré después. Si necesitan algo no duden en decírnoslo, tienen un teléfono en las habitaciones.

- Ok, perfecto. –Respondió Parker–. Ustedes cuatro distribúyanse como quieran. Nos vemos más tarde.

El Profesor se metió en uno de aquellos módulos, dejó la mochila encima del escritorio y encendió la luz. Aquel habitáculo no era muy grande, pero lo encontró acogedor. Cuando se asomó por la ventana, aunque más que una ventana era un pequeño ojo de buey que dejaba entrar algo de luz, se quedó unos instantes observando el paisaje de un blanco infinito, difícilmente se podía distinguir el cielo de la tierra.

Después de casi dos horas, el Profesor se había dado una ducha y estaba impaciente. No aguantaba más tiempo encerrado en aquel cuarto, así que decidió salir y dar una vuelta por las instalaciones. Antes de marcharse, avisó al resto de que estuvieran atentos al reloj, pues quedaba poco más de una hora para cenar.

Cuando entró en la sala de descanso, vio algunas personas sentadas en los sofás con los ordenadores, otras se encontraban en las mesas trabajando mientras tomaban una bebida. En la esquina había una pareja jugando al ping pong, aquello le recordó sus años en la universidad y le vino a la mente el tiempo que había gastado jugando a aquel deporte. No es que fuera un profesional, pero no se le daba mal, aunque aquellos dos tipos que jugaban lo hacían a un nivel muy bueno. Parker decidió ir a la máquina de bebidas, le apetecía algo caliente, así que eligió un *Earl Grey*, le gustaba el té negro. Eso le vendría bien. Una vez tuvo la bebida en sus manos, se sentó en un sofá y se puso a mirar la partida.

Se acercaba la hora de cenar y se empezaba a ver movimiento en el comedor. El equipo entró por la puerta. Los cuatro andaban despistados buscando a Parker que estaba allí sentado, leyendo una revista que había encontrado encima de una de las mesas.

Justo cuando se sentaron en el sofá, el chef empezó a sacar la comida. Varias fuentes llenas de verduras y pasta que colocó en una mesa ovalada en medio de la sala. También, sacaron una bandeja con algo de fruta y lo que aparentemente eran zumos. Cada uno se acercaba con un plato que habían cogido de un lateral de la mesa, después de servirse, se sentaban donde querían y empezaban a comer. Algunos incluso venían solo para coger la comida y se marchaban.

- Justo a tiempo, vamos antes de que nos dejen sin nada –Dijo Eric.

- Creo que vamos a ser nosotros los que les dejemos sin nada a ellos. Contestó Andy arqueando las cejas con una mueca.

- ¡Dios!, yo también estoy hambriento, me suenan las tripas –Dijo Tim.

- No sea tan exagerado –Replicó Parker.

Antes de que pudieran ir a por los platos, el mismo hombre que les llevó a las habitaciones se puso en su camino. Les dijo que el jefe quería cenar con ellos y que llegaría en un minuto. En ese mismo instante, les indicaba una mesa ya preparada en una esquina de la sala. Allí podrían tener un poco más de intimidad. Tim puso mala cara al ver que los demás empezaban a llenarse los platos.

- ¡Vamos, hombre!, esto no es justo. Ahora que ya estábamos ahí, van y nos cambian. Esto no me gusta –Dijo Andy.

- Andy, por favor. Además, no estaría mal que comiera menos, creo que está echando barriga –Contestó Parker en modo de burla.

- Aquí tienen la mesa. El cocinero les traerá la comida y el comandante estará con ustedes en un minuto –Les dijo el asistente.

Uno de los cocineros se acercó con un par de ensaladeras y las puso delante de ellos. Otro traía la fruta y una jarra de agua. En ese instante, Smith entró por la puerta y echando un vistazo rápido los localizó para dirigirse a la mesa.

- Caballeros, disculpen el retraso, siempre hay algún problema de última hora. Por favor, no esperen más, pueden empezar a servirse la comida –Contestó Smith.

Ahora cada uno tomaba la cuchara y se servía la comida.

- ¿Qué tal la ensalada? –Preguntó Andy.

- Pues la verdad que tiene muy buena pinta –Contestó Eric.

- Estamos impresionados con las instalaciones –Dijo Parker–. ¿Cuánto tiempo lleva usted aquí, Sr. Smith?

- Más de lo que puedo recordar, creo que alrededor de diez años –Dijo este– Aquí uno pierde un poco la noción del tiempo.

- Es cierto. Imagino que desearán que llegue el verano para poder ver el sol y tener un poco más de calor. ¿No echa de menos aquello? –Preguntó Tim.

- Si le soy sincero, no. Cada vez que vuelvo a la civilización todo me parece demasiado frenético. Creo que me he acostumbrado a la vida en este lugar. Ahora se me hace difícil cambiar. Imagino que para ustedes viéndolo desde fuera, será todo lo contrario –Dijo Smith.

- No se crea, hay veces que desearía estar en algún sitio como este. Aunque dudo que pudiera pasar tanto tiempo como usted –Respondió Tim.

- Sí, la verdad que las condiciones son duras. El año pasado tuvimos un par de tormentas de viento y nieve, que nos causaron varios destrozos, perdimos parte del material, y un par de generadores se dañaron, son los gajes de vivir en esta parte del planeta –Dijo Smith.

Una vez acabaron con la cena, el cocinero les preguntó si querían tomar algún café o té. La mayoría eligió café, excepto el Profesor y Andy, que negaron con la cabeza.

- Queremos empezar cuanto antes la expedición, comandante –Dijo Parker.

- Llevan solo unas horas y ya están pensando en salir ahí fuera –Contestó Smith.

- Ese es el objetivo de todo esto, así que cuanto antes empecemos, antes lo conseguiremos, ¿no cree? –Preguntó Parker.

- De acuerdo. Pero, ¿saben tan siquiera dónde quieren ir?, ¿Tienen alguna zona en mente? –Preguntó Smith.

- Existen varias zonas que nos interesan mucho por su relación directa con el problema del agua y el oxígeno, pero necesitaremos su consejo para poder acceder a ellas.

Tenemos incluso el orden en el que queremos visitarlas, ¿no es así, Tim? –Dijo Parker mirando a este.

- Así es, empezaremos por la zona situada más hacia el oeste no muy lejos de donde se encuentra el barco. Poco a poco iremos ganando terreno hasta llegar a una zona montañosa ubicada más hacia el norte. Pero eso nos llevará algo de tiempo, si tengo que darle un pronóstico, puede llevarnos en torno a tres o cuatro meses, más o menos –Contestó Tim mirando al comandante.

- No se preocupe, pueden estar el tiempo que necesiten. Si quieren empezar mañana no hay problema. Les sugiero que vayan a descansar, el viaje de llegada siempre es agotador. Buenas noches caballeros, nos vemos a primera hora –Se despidió Smith levantándose de la mesa.

Poco a poco se fueron marchando todos a sus habitaciones. El último en quedarse allí fue Parker, le apetecía seguir pensando en su expedición, visualizando en su mente cómo sería la primera salida del equipo, y organizando las ideas dentro de su cabeza. Fue entonces cuando se levantó de la mesa, le apetecía una bebida caliente, algo relajante para poder descansar. Volvió con esta en la mano, y se dejó caer en el sofá. Cansado se quedó mirando el vapor que salía de la taza, fue en ese instante cuando vio a través de este la figura de una mujer que entraba en la sala. Esta debía tener unos treinta y pocos años. Fue directa a servirse una bebida, mientras Parker se quedó mirándola, intento disimular, pero instintivamente sus ojos iban en búsqueda de aquella joven. Le resultaba una mujer muy atractiva y su curiosidad iba en aumento. Era un poco más pequeña que Parker, vestía ropa holgada, aun así se podía apreciar que era una mujer con curvas, los ojos claros contrastaban con el cabello largo y oscuro. Parker se quedó en babia observándola, hasta que la mujer notó su presencia. Fue en ese momento cuando este reaccionó girándose hacia un lado, con gesto torpe y algo nervioso. La mujer al darse cuenta comenzó a acercarse a él.

- Usted debe ser el Profesor del que habla todo el mundo –Dijo la joven.

- Pues no sé si todo el mundo, pero sí, imagino que ese seré yo –Dijo Parker, a la vez que se incorporaba–. Perdóneme si le hice sentir incómoda, simplemente me quedé como ido mirándola.

- No se preocupe, me lo tomaré como un halago –Dijo ella sonriendo.

Parker al escuchar aquello sintió alivio. A la vez, crecía la curiosidad por aquella joven, una atracción que no entendía muy bien.

- Le tengo que decir que admiro su trabajo. Me gusta escuchar sus charlas por internet y siempre que puedo leo alguno de sus artículos –Continuó la joven.

- Muchas gracias –Respondió el Profesor.

- Si le soy sincera, no comparto su idea acerca de la atmósfera ni de cómo esta será la primera en tener un déficit de oxígeno –Dijo esta.

- Supongo que sabrá que desde hace décadas estamos quemando todos los grandes bosques que tenemos en el planeta. Desde California, Australia, y pasando por el Amazonas, ya no hay fuente de intercambio con el CO_2

que producimos, así pues, es obvio que el intercambio no es suficiente para la demanda que existe.

- Estoy de acuerdo con eso, pero no del todo. Pienso que el intercambio de oxígeno más importante se realiza a través de las bacterias en el mar.

- Bueno, creo que tiene razón en parte –Contestó Parker.

- Yo estoy igual de preocupada que usted por la forma en la que estamos destruyendo la Tierra. Esa fue la principal razón por la que vine aquí, para poder aportar mi granito de arena, siento que estamos en deuda con ella –Contestó la joven que se sentó en una silla frente al Profesor.

Parker la observaba con interés. La joven mostraba un carácter fuerte y un desparpajo propio de alguien con conocimiento de lo que está hablando.

- Es cierto, tenemos una gran deuda con el planeta, quizás nos viene heredada de nuestros abuelos, o tal vez desde la revolución industrial, quién sabe. La verdad es que tengo que darte la razón en lo que ha intercambio de oxígeno se refiere, el más importante cómo ha dicho se realiza mediante bacterias a través del mar. Pero, ¿qué piensa que ocurrirá cuando se inviertan los polos magnéticos? –Preguntó Parker.

- ¿Es ese el motivo por el que ha venido aquí? –Contestó ella.

- Uno de los puntos es comprobar eso, sí –Contestó el Profesor.

- Bueno, si eso ocurriera –Respondió la joven haciendo una pausa–. Mejor ni pensarlo.

Los dos estuvieron un buen rato hablando de varios temas. Se notaba que estaban disfrutando de la conversación el uno con el otro, había buena conexión entre ellos. Aunque no pensaban del todo igual, había muchas cosas en las que eran totalmente iguales, sobre todo en los valores medioambientales.

- El problema, Profesor, es que siento que no he hecho tanto en mi vida –Dijo ella, mirándole y haciendo una pausa–. No sé por qué le cuento esto. Le acabo de conocer y debe pensar que estoy chiflada.

Este se echó a reír cuando escuchó aquello, provocando un gesto de incomodidad en aquella mujer, que no entendía esa reacción.

- Perdóneme si me rio, es que me ha hecho gracia su honestidad, nada más. Lo que acaba de decir me parece que es completamente natural, y yo mismo he tenido esa sensación muchas veces en mi vida, así que, por favor, no se lo tome a mal –Dijo Parker.

- Menos mal, pensaba que se estaba riendo de mí –Dijo la joven con gesto de aceptación.

- Perdón por la interrupción, no me haga caso, le estoy escuchando y encuentro interesante lo que me está diciendo, por favor, siga. Igual le puedo dar algún consejo que le pueda ayudar –Replicó él.

- De acuerdo, pero si no le interesa por favor, dígamelo –Dijo esta–. Una de las razones por la que me vine aquí era porque no encontraba mucho sentido a nada. Cuando acabé los estudios estuve trabajando en varias compañías del norte del país, pero me sentía vacía, el trabajo no me gustaba, y nada me hacía entender que estaba contribuyendo a que el mundo fuera un lugar mejor para las personas. Así que un día me levanté y me dije basta, busqué algo que me motivara, y encontré un puesto vacante aquí en la Base. Así que no dude ni un segundo en aplicar para el puesto.

- Muy bien. Y, ¿Cómo se siente ahora? –Le preguntó Parker.

- Si le soy sincera, aunque la monotonía es difícil de combatir, me siento más feliz. Creo estar aportando algo a la ciencia y a la humanidad Y sinceramente, no sé porque le estoy contando todo esto en su primer día.

- Yo tampoco, pero me gusta escucharle –Le contestó el Profesor con una sonrisa, y los dos se miraron con complicidad–. Por curiosidad, ¿Cuánto tiempo lleva aquí?

- El mes pasado cumplí un año en la Base. Es una extraña sensación, unos días pasan rápido, otros muy lentos, no sé muy bien cómo explicarlo. Respondió la mujer.

- ¿Es duro trabajar aquí? –Le preguntó Parker.

- Usted me lo dirá en un par de semanas –Le contestó mientras se levantaba de la silla.

- No me llame de usted por favor, no soy tan viejo –Dijo riéndose Parker.

- De acuerdo, nos tuteamos a partir de ahora –Le respondió la mujer.

- Mucho mejor. Que tengas buena noche –Dijo el Profesor–. Perdona, no me has dicho cómo te llamas.

- Me llamo Sam, encantada de conocerte.

- Yo soy James Parker, pero todos me llaman Profesor.

- Ya lo sabía –Le dijo de espaldas mientras marchaba–. Buenas noches, Profesor.

- Buenas noches, Sam.

Parker se quedó pensando en lo que Sam le había dicho. Esos días que parecían no acabar, el frío, la soledad de aquel lugar, todo lo malo que le había dicho parecía desvanecerse al ver la figura de la joven marchar hacia la salida. Después de unos minutos, puso camino a su habitación, los días que venían serían duros y parecía que las fuerzas por hoy ya habían desaparecido. Se fue a dormir pensando en aquellos ojos grandes y azules.

• • •

Habían pasado casi tres meses, y la expedición estaba llegando a su fin. Ninguno de los componentes del equipo pensó que el tiempo pasaría tan rápido, pero así fue. Tenían casi todos los datos que fueron a buscar. El Profesor y su equipo estaban planeando la última de sus expediciones junto con el jefe y algunos miembros de la Base.

- Caballeros, cómo saben nos queda poco de estar aquí. Mañana haremos la última salida. No se confíen, nos hemos dejado lo mejor para el final, va a ser la salida más complicada, así que les pido que presten atención. Tim, por favor explíquenos en qué consistirá –Dijo Parker.

- Claro, Profesor –Afirmó el geólogo, mientras se levantaba de la silla y sacaba de su mochila un dispositivo en forma de pirámide que dejo en medio de la mesa.

Una vez colocada la pequeña pirámide, abrió una computadora que llevaba con él. En ese instante la pirámide se iluminó, y desde su vértice se proyectó un holograma que mostraba un mapa tridimensional. En este, se podía observar la zona en la que actualmente se encontraban.

- Como pueden ver, nosotros estamos situados en este punto –Dijo Tim mostrando un pequeño circulo de color verde que se encontraba encima de la Base–. Nuestro objetivo está situado justo aquí, a veinte millas de la base *Kohen*. Ahora señalaba un punto rojo situado en el mapa.

- Tengo que decirles que me sorprende el lugar. Si me permiten la pregunta, ¿por qué han elegido esa zona? –Preguntó Smith.

- Según las imágenes tomadas desde satélite, pensamos que es de gran interés conocer este tipo de formaciones. Nosotros no hemos conseguido ninguna referencia, ni tampoco la Base alemana, que es la más próxima al lugar –Tim explicaba mientras el resto miraba con atención–. En las imágenes anteriores no se aprecia nada especial, pero si cambiamos a imágenes-sonar, podemos ver manchas más oscuras.

Ahora mostraba unas imágenes donde se podía notar el contraste.

- Es aquí donde pensamos que puede tratarse de algún pozo o cueva, que podría tener algún tipo de interés. Está próximo al lago que ven en la imagen. El único problema será el acceso –Dijo Parker.

- ¿Qué quiere decir? –Preguntó Smith.

- Como veis en la imagen, este lago se encuentra a una altura considerable, donde no puede alcanzar el helicóptero. Necesitaremos escalar esta montaña para después descender por el lateral y así poder acceder –Dijo Tim–. Sinceramente, tiene pinta de ser un poco más arriesgado que el resto de los sitios en los que hemos estado.

- ¿Cree que vale la pena? –Volvió a preguntar Smith, con expresión de inseguridad.

- Eso es lo que esperamos –Contestó Parker, mientras se hacía un silencio.

- De acuerdo, pero deben tener mucha precaución –Dijo Smith–. Esa zona está todavía sin explorar, no tenemos conocimiento de cómo se encuentra el terreno, y de si es estable o no. Los acompañará Thomas, es uno de los mejores exploradores que tenemos, créanme les será de mucha ayuda.

Thomas estaba sentado en la mesa junto con ellos. De aspecto rudo, mirada fría y complexión fuerte. Tenía unas facciones muy marcadas le daban todavía un aspecto más amenazante. Llevaba un gorro de lana amarillo que nunca se quitaba y una barba de dos días cubría casi toda su cara. Era un tipo callado, excepto cuando se enfadaba, entonces era mejor tenerlo lejos. Había sido militar y espeleólogo, todo un Indiana Jones del S. XXI. Le encantaban los deportes extremos, fue así como montó su empresa organizando viajes a la Antártida. Al poco tiempo el gobierno le cerró el negocio, aludiendo razones medioambientales, para poco después contratarlo como asistente en sus expediciones. Su función en la Base era ayudar a los científicos a alcanzar lugares que tenían un acceso complicado, o simplemente entrañaba peligro por su propia idiosincrasia.

- No será para tanto, después de todo aquí solo hay hielo –Dijo Andy.

- No sea insensato, en esa zona tenemos un paso de corriente de aire importante. Además, como ha dicho Smith, no conocemos el terreno, nunca hemos estado allí, esa zona pertenece a Alemania. Necesitaríamos pedirles permiso –Dijo Thomas.

- Les avisaremos de que estaremos colindando con su zona, no quiero problemas diplomáticos –Dijo Smith.

- No entiendo por qué, no creo que nadie se dé cuenta, ¿Quién va a querer ir allá? –Exclamó Andy–. Otra cosa, ¿Cuánto tiempo puede llevarnos llegar allí?

- El objetivo es pasar la colina que tienen situada a ochenta millas dirección *Oman Mand Land*. La Base *Kohen* está situada no muy lejos del objetivo. Imagino que necesitaran alrededor de dos horas para que el helicóptero les sitúe cerca del punto marcado en el mapa. Esta será la ruta más corta para poder llegar al lago, una vez allí tendrán solamente cuatro horas, y repito solamente cuatro horas para poder hacer lo que tengan que hacer, después de eso necesitarán volver, no quiero retrasos, ni sorpresas –Dijo Smith.

- ¿Qué pasa si hay algún retraso?, ¿No nos darán la ensalada esa noche? –Preguntó Andy con tono sarcástico.

- Un retraso puede suponer un problema, y un problema aquí puede suponerles la vida, así que espero que todo el mundo tenga claro las normas. Si decimos a una hora, es a esa hora, y no hay excusas, ¿Queda claro? –Preguntó Thomas con tono amenazante mientras miraba a Andy.

Todos asintieron, incluso Andy a regañadientes.

- Por favor, sigan las instrucciones que les dan los pilotos y el guía. Su trabajo es garantizar vuestra seguridad. De otra forma, pueden acabar muertos en aquella montaña, y es algo que ninguno de nosotros queremos que suceda –Dijo Smith mirando al personal con tono de prudencia–. Así que, si no tienen ninguna pregunta más pueden ir a sus habitaciones. Descansen, nos vemos mañana.

Después de estas palabras Smith se marchó. El grupo continuó la charla durante unos minutos, hasta que poco a poco se iban yendo cada uno a sus cuartos. Había sido una larga jornada de trabajo, lo único que les apetecía era ir a descansar y recuperar algo de fuerzas para el día siguiente.

El Profesor esperó a que todo el mundo se marchara, para así poder tener un momento de intimidad con Sam. Era casi una rutina, cada noche desde hacía semanas, se quedaban más tarde que el resto. Sino era Parker quien la buscaba, era Sam la que lo buscaba a él, la excusa era siempre la misma: tomar un té y conversar un rato. Aunque lo que de verdad existía era una atracción mutua que difícilmente podían esconder.

- ¿Le apetece un te? –Le preguntó Sam.

- Sí, claro, como no –Le contestó este con cara de agradecimiento.

Parker se quedó mirándola mientras preparaba la infusión. Su piel blanca contrastaba con el oscuro de su pelo y de sus mejillas sonrosadas. Desde hacía semanas Sam se había convertido en una especie de obsesión y no podía quitársela de la cabeza. Cada noche se quedaban charlando, y esta curiosa por los viajes de Parker, le preguntaba detalles. El Profesor disfrutaba contándole anécdotas sobre sus expediciones, cada día se sentía más cómodo a su lado, aunque sabía que aquello llegaba a su fin, y sin darse cuenta su cara reflejaba la tristeza de ese pensamiento.

Sam se dio la vuelta y notó extraño a este. No sabía si es que estaba preocupado, o simplemente triste. Ella veía en él algo que ni siquiera sabía explicar. Una atracción que mezclaba lo físico y lo intelectual. Mientras escuchaba a Parker, una sensación extraña le recorría el estomago, los nervios crecían, y eso le preocupaba. Hacía mucho tiempo que no sentía nada así. Se sentó a su lado y le extendió la taza.

- ¿Qué te pasa?, te noto triste –Le preguntó Sam.

Él se quedó mirando sin decir nada. Cuando esta le volvió a preguntar, Parker se acercó lentamente y le dio un beso en los labios, mientras los ojos de Sam se cerraban. Se quedaron unos segundos pegados, sin decir nada. En ese momento la endorfina recorría sus cerebros, acelerando el pulso, y haciendo latir sus corazones a la par.

- Perdona si te ha molestado –Dijo Parker cuando se separó de Sam.

- No me ha molestado, al contrario. No quiero que te marches –Dijo justo antes de lanzarse en los brazos del Profesor y volverlo a besar.

La Base Perdida

E ra muy temprano, habían tenido solamente unas horas de descanso, pero el nerviosismo era mayor que el cansancio, y ya se encontraban todos reunidos en el módulo del Robert, donde el ambiente olía a café recién hecho.

En medio de todos se encontraban Parker y Smith dando instrucciones a cada uno de los miembros, revisando lo que tenían que hacer, y las pautas que debían de seguir.

- Bien chicos, nos dividiremos en dos equipos. En el primer equipo irán el Profesor, Andy y Tim. En el segundo Thomas, Eric, y Sam. Por favor, recuerden seguir las normas de seguridad. Nosotros les haremos seguimiento y cobertura desde la Base, ¿Entendido? –Dijo Smith con un tono alto para que se enteraran todos.

Cuando dijo el nombre de Sam, el Profesor se giró inmediatamente, no entendía porque tenía que acompañarlos en aquella expedición. Se supone era una de las más complicadas que habían hecho hasta la fecha.

- ¿Puedo hablarle en privado un segundo? –Preguntó Parker a Smith.

- Sí, ¿qué ocurre? –Le contestó el jefe, mientras se alejaban un poco del grupo.

- ¿Por qué ha metido a Sam en el grupo? –Le preguntó Parker.

- Fue ella quien me lo pidió, me dijo que sería importante para el trabajo que está realizando. ¿Tiene algún problema con eso? –Preguntó Smith.

- No entiendo porque ahora, porque con esta salida que es la más complicada.

- Si me permite, Profesor, usted dedíquese a su trabajo y déjeme a mí hacer el mío –Contestó el jefe de la base.

Los dos se miraron unos segundos en modo amenazante, Parker no supo qué responderle, veía con preocupación que le pudiera ocurrir algo a Sam, pero entendía que Smith tenía razón. Después de aquello, se resignó y volvió al grupo a regañadientes.

Fuera de las instalaciones dos helicópteros estaban listos para salir. Los pilotos se encontraban dentro comprobando los indicadores. El día era claro y no hacía demasiado viento. Todo prometía un viaje tranquilo.

- Todo el mundo listo. Cojan su material y a los helicópteros, no tenemos tiempo que perder –Dijo Parker.

- Por favor, antes de subir, comprueben su material para que no les falte nada. Nos comunicaremos a través del canal 8, ¿entendido? –Dijo Thomas.

Una vez comprobado todo, los dos equipos empezaron a subir a los helicópteros. Los aparatos se pusieron en marcha, las aspas hacían mover todo el polvo de hielo a su alrededor creando una bruma blanca que cubría el aparato y no dejaba ver nada. A los pocos minutos el helicóptero se perdió de vista de la base.

El tiempo previsto de viaje estaba situado alrededor de dos horas, y la distancia a recorrer era de unos cuatrocientos kilómetros aproximadamente dirección Noreste. El paisaje era el usual de aquella zona, hielo, nieve y poco más desde que salieron. Al cabo del tiempo empezaron a ver formaciones de roca helada que daban lugar a pequeñas montañas. Las montañas empezaban a aglomerarse en formaciones más grandes, y poco a poco entraban en aquella cordillera. El helicóptero no podía ascender más, así que empezó a descender y volar entre aquellas montañas. Las turbulencias empezaban a notarse con mayor intensidad. Las sacudidas movían el aparato de un lado a otro, y la cara de Parker empezaba a cambiar a un color pálido. Tenía pánico a las turbulencias, aquel movimiento le hacia tener vértigo y eso se traducía en arcadas que acababan en vómito.

- Tranquilos, esto es normal. Solo durará unos minutos y después tendremos calma, siempre pasa –Les dijo el piloto.

- No sé qué odio más, si las alturas o las turbulencias –Contestó Parker mientras agarraba una bolsa y vomitaba dentro de ella.

- Pensaba que usted era más fuerte, Profesor. Creo que voy a descartar llevarle al *Winter Wonderland* este año –Dijo Tim provocando las risas de los que había allí dentro.

- Muy gracioso –Contestó Parker con la bolsa todavía en la boca y volviendo a vomitar dentro de esta.

A los pocos minutos todo se tranquilizó. La racha de viento amainó y dejó de soplar con tanta fuerza. El helicóptero se desplazaba con suavidad, ya habían pasado la zona más problemática de la cordillera, y el paisaje les dejaba un claro con unas vistas espectaculares. Se veía la formación de pequeños lagos que se abrían en medio de todas aquellas montañas.

- Ok, preparados para salir, el helicóptero no puede subir más. Mi equipo irá delante, el de Parker nos seguirá de cerca –Dijo Thomas.

El piloto encontró una zona plana, allí poco a poco fue tomando tierra. La bruma volvió a envolver al aparato en su descenso, y una vez asentado, la tripulación saltó a tierra firme.

- Tenemos un paseo hasta que podamos empezar a ascender por la ladera oeste. Una vez allí, pasaremos al otro lado donde descenderemos para acceder al collado, nuestro objetivo. Acordaros todos, las comunicaciones las hacemos en el canal 8. ¡Pongámonos en marcha! –Dijo Thomas.

- ¿Qué haces aquí? –Preguntó Parker al ver a Sam bajando de uno de los helicópteros.

- Pedí a Smith poder ir en esta expedición, creo que nos puede ayudar en algunas investigaciones. Espero que no te moleste que venga –Dijo Sam.

- No me molesta, pero es peligroso. Prométeme que irás con cuidado –Dijo Parker con cara de preocupación.

- Tranquilo, sé cuidarme solita –Le respondió con un guiño. Sam veía que Parker le decía aquello porque se preocupaba por ella, y eso le gustaba.

Al poco de caminar se encontraron los primeros obstáculos. Aperturas en el terreno, agujeros de unos 5 metros de longitud, y con una profundidad enorme. Para atravesar aquello requerían de una escalera y ganchos que asegurasen su estabilidad, y así poder superar la distancia del hueco.

Todos iban pasando bastante bien, cada uno de ellos tomaba un punto fijo delante de su visión, y poniendo los brazos en cruz, ganaban estabilidad, esto les ayudaba a cruzar. Cuando llegó el momento de Parker, este no podía esconder su nerviosismo. Le gustaban las alturas, lo mismo que las turbulencias. Empezó tembloroso el recorrido por la escalera, pero solo le basto una mirada hacia el suelo para perder el equilibrio. Una caída segura si no fuera por los ganchos de seguridad que llevaba atados. El pánico se apoderó de Parker, que ahora se encontraba agarrado a la escalera por la parte de abajo, y mirando al cielo. No pudo ni gritar, no podía hacer nada, estaba completamente agarrotado. Los gritos de Andy y Tim le hicieron volver en sí. Consiguió mover poco a poco los brazos y así fue ganando terreno, avanzando desde la parte inferior de aquella escalera. Andy aseguró un punto de amarre pasando una cincha a través del Profesor y fue acercándolo a la orilla poco a poco. La cara de Parker estaba prácticamente desencajada por el miedo. Después de 5 minutos y algo de azúcar consiguió retomar el color.

- Gracias –Dijo Parker, mientras tomaba un sobre de azúcar para subir la tensión que se le había quedado por los suelos.

Aquella maniobra les había supuesto un tiempo muy valioso, ahora necesitaban recuperarlo. El equipo de Thomas les esperaba más adelante. Cuando les vieron y comprobaron que no tenían ningún problema reanudaron la marcha.

Habían llegado al punto donde empezaba una subida de un nivel más duro que las anteriores. Una vez allí tendrían que ascender aquella montaña, para poco después descender por su lateral. Era el único camino para poder acceder al lugar. El lago, aunque desconocido para la gran mayoría, era uno de los más extensos en la zona de *Queen Maud Land*. Por alguna extraña razón no existían datos. Cuando les preguntaron a los alemanes estos simplemente decían que no disponían de ninguna información. Parker no les creía, quería verlo con sus propios ojos. No se fiaba de ellos, había leído en una revista científica años atrás sobre el descubrimiento de bolsas de aire y agua, encerradas bajo el nivel del hielo. Esa agua llevaba allí desde el comienzo de los tiempos, pero no solo el agua, la posible vida que esta tuviera.

Había muchas cosas que le llamaban la atención de aquel lugar, y aunque posiblemente no hubiera nada, no podía dejar pasar la oportunidad de averiguarlo por el mismo.

Pasada casi una hora, habían conseguido pasar la ladera oeste de la montaña. El equipo de Thomas había decidido continuar por detrás de Parker, así, en caso de que necesitaran ayuda les tendrían cerca. El primer tramo estaba hecho, y ahora empezaba la bajada. Todos seguían a los jefes de equipo, en el caso de Parker, este iba después de Andy que había tomado la iniciativa desde que tuvieron el incidente. Todo transcurría con normalidad, aunque la tensión se podía cortar con un cuchillo. Empezaron a bajar enganchados a un cable de vida. Uno a uno descendían lentamente por la pendiente, era una bajada complicada y la superficie era muy resbaladiza.

Esta vez fue Tim, el que con un movimiento en falso, resbalo y cayó, su anclaje se soltó al no estar bien sujeto a la pared. Este se precipito sobre Parker y este a su vez a Andy. En ese momento, se encontraban los tres suspendidos en el aire, y sujetos por una línea de vida situada encima de sus cabezas. Andy tras un momento de pánico, se balanceó poco a poco, y agarrándose a la pared de hielo, colocó un nuevo enganche de seguridad, así consiguió asegurarse, ya que la situación se les había vuelto a complicar otra vez.

Thomas escuchó el grito de Tim y enseguida se asomó para ver cómo estaba la situación. Cuando los vio, Parker y Tim estaban suspendidos en el aire, aparentemente estaban bien, pero necesitaban ayuda, así que empezó a bajar para echarles una mano. Fue en ese preciso instante cuando Andy allí colgado vio una grieta en la pared helada, lo suficientemente grande como para que pasara una persona lateralmente. Balanceándose un poco consiguió llegar a la grieta. Ahí se detuvo un instante, y vio que aquel camino seguía y se abría poco a poco.

- Chicos, creo que he encontrado algo –Dijo Andy mientras se adentraba en aquella grieta.

Parker y Tim imitando el balanceo de Andy consiguieron engancharse a la pared. La curiosidad de Andy era mayor que el miedo a lo desconocido. Thomas desde la distancia lo escuchó, e inmediatamente recriminó al joven.

- ¿Dónde piensas que vas? –Replicó Thomas.

- Voy a ver dónde lleva esta apertura, creo que podemos encontrar algo interesante aquí dentro –Dijo Andy.

- No seas insensato, esto no es lo que hablamos antes de salir de la Base. Le dijo Tim.

- No podéis hacer lo que os dé la gana, ya has visto lo que nos ha pasado hace un minuto. No puedo asegurar vuestra seguridad si continuáis así –Dijo Thomas.

- Tampoco la has podido asegurar antes, así que supongo que tendremos que correr el riesgo –Le contestó Andy, que era de los pocos que no tenía miedo a Thomas.

Andy hizo caso omiso a las amenazas de Thomas, tenía demasiada curiosidad por saber lo que había allí adentro. Al ver la situación, el Profesor con resignación decidió adentrarse e ir a buscar a Andy, que hacía un minuto se había metido en las entrañas de aquella montaña. Detrás, Tim le seguía de cerca.

Tenían que pasar de lado, pues había el espacio suficiente para una única persona. Parker se preguntaba porque Andy había decidido ir por aquel lugar, desde el principio no le gustaba ni los lugares con altura, ni las rutas angostas. Y aquel lugar lo tenía todo. A unos quince metros, más o menos, la grieta empezaba a tomar amplitud, dejando espacio suficiente para poder caminar sin problemas. Un desliz le hizo perder el equilibrio al Profesor, pero solo fue un susto. Aquel terreno tenía un poco de pendiente y empezaban a bajar sin darse cuenta.

- Ok, al menos vamos a asegurarnos. No quiero más caídas, por hoy han sido suficientes –Dijo Parker.

- Por mí de acuerdo, pero Andy se perdió hace rato y creo que no lleva seguridad –Replicó Tim.

Acto seguido, escucharon un grito que venía unos metros más adentro. Era Andy pidiendo ayuda. Aquel chillido se perdió en la distancia, como si se hubiera desvanecido. Por un momento se quedaron en silencio, y al segundo Parker aceleró todo lo que pudo para ver qué es lo que había ocurrido. El pasillo se oscurecía, no se podía ver nada, fue entonces cuando encendió la linterna de seguridad que llevaba en el casco.

Parker pudo ver un trozo de la chaqueta de Andy enganchada en la pared. Aquella bajada se lo había tragado. Cogiendo el trozo de la chaqueta, Parker se temía lo peor. De repente la voz volvió a escucharse.

– ¡Chicos!, estoy bien –Se escuchaba a Andy al final del túnel.

Unos metros más adelante, la bajada se hacía muy pronunciada y resbaladiza. Tenían que descender mediante cuerdas, como si estuvieran bajando la montaña, pero esta vez dentro de la misma. Cuando consiguieron llegar donde estaba Andy, les impresionó la imagen de aquel lugar. Una cueva se abría delante de sus ojos, una enorme cúpula de hielo de unos 20 metros de altura aproximadamente. La poca luz que había en aquel lugar se colaba por los orificios que había en los laterales, esta mostraba formas onduladas en sus paredes, las estalactitas colgando del techo dibujaban un escenario prehistórico. Parker y el resto encendieron las linternas de mano que llevaban, así con cuidado se abrían paso a través de aquellas formaciones de hielo. A los pocos minutos llegaba Thomas y el resto del equipo. Al igual que estos tampoco daban crédito a lo que estaban viendo sus ojos. Thomas fue directo a Andy y sin mediar palabra, le dio un puñetazo que le hizo caer al suelo.

– La próxima vez que quieras jugarte la vida, lo haces tú solo –Dijo Thomas.

- Podías haberte quedado en casa sí tenías miedo –Respondió Andy, provocándole todavía más.

Fue entonces cuando tuvieron que agarrar a Thomas para que no volviera a golpear a Andy, que se ponía de pie y se encaraba con el guía.

- Ya está bien, esto no sirve de nada. Vamos a hacer el trabajo por el que hemos venido aquí, y nos marchamos. Thomas, busca una salida, mientras nosotros vamos a lo nuestro, cada uno sabe lo que tiene que hacer –Dijo Parker, mirando a los dos que parecía que se calmaban.

- De acuerdo, pero no vuelvo a ir con el necio de su ayudante. Y manténgalo controlado, si no quiere problemas –Dijo Thomas.

- Tranquilo yo me encargo –Dijo Parker, mirando ahora a Andy–. ¿Has escuchado?, ya es suficiente.

Volvieron a retomar la marcha, conforme se iban adentrando en aquella cueva se repartían por el terreno. Cada uno estaba haciendo lo que habían venido a buscar. Tim tomaba muestras de roca y hielo en diferentes partes, las catalogaba y guardaba en un archivador. Parker hacía lo propio, con las muestras que recogía buscaba encontrar algún tipo de vida en forma de hongos o algas, estas simbiosis solo se daban en este tipo de lugares con unas características muy peculiares, y por lo tanto también daban lugar a unos organismos igualmente extraordinarios. Todos se encontraban recogiendo muestras y tomando datos. Información que serviría a posterior para ser analizada y sacar conclusiones. No tenían demasiado tiempo, y aquel sitio era más grande de lo que parecía a primera vista, así que todos trabajaban lo más deprisa que podían.

- ¡Qué es esto! –Exclamó Sam.

- ¿Qué ocurre ahora? –Preguntó Eric.

- No más caídas, por favor –Dijo Tim.

- Venid deprisa –Dijo Sam.

Todos corrieron a ver qué le ocurría a Sam. Cuando llegaron al lugar, se quedaron con la boca abierta. No daban crédito a lo que estaban viendo sus ojos.

- ¿Qué diablos es todo esto? –Dijo Tim.

Delante de ellos se abría una sala de forma circular, siguiendo una línea se encontraban unas mesas cubiertas de hielo, aparatos antiguos de medición, algunas máquinas que parecían ser generadores, y junto a ellas aparatos electrónicos de todo tipo. En el lateral se encontraba una pila de jaulas vacías, dispuestas unas al lado de las otras, formando varias filas y columnas. El techo era un poco más alto que en la sala anterior, se asemejaba a una bóveda, aquí no había estalactitas, en lugar de eso, un hueco central daba paso a un haz de luz, que iluminaba en medio de la sala, justo donde una lona cubría un objeto que tenía una forma esférica. Todos se quedaron mirándose unos a otros, sin dar crédito a lo que estaban viendo. Sam se acercó a la lona, y con un tirón dejó al descubierto aquel objeto. Una esfera metálica casi perfecta, de tono oscuro con unos tubos que la conectaban con los aparatos que tenía alrededor. Justo en el centro tenía una ventana pequeña, como un ojo de buey, completamente opaco, por el cual no se podía ver nada en su interior. Aquel aparato tenía una dimensión considerable. Un portón con remaches hacía de entrada. Andy intentó abrirlo, pero parecía estar atascado y la manivela estaba completamente helada. En el lateral una pantalla junto con un teclado ejercía de controlador. Parker se acercó para intentar descifrar lo que ponía.

Nadie sabía muy bien qué era aquello, o cómo habían podido llevar todo el material allí, quién y con qué intención. Para qué querían hacer experimentos en este lugar, no tenía sentido, ninguno de ellos daba crédito a lo que estaban viendo.

Parker insistía en averiguar lo que ponía en aquel panel, pero las letras estaban medio borradas, no podía distinguir bien el lenguaje en el que estaba escrito. Cuando subió la mirada pudo ver al fondo una imagen que se les había escapado a primera vista, y que reinaba en lo alto de aquella sala. Un águila con las alas extendidas sobre una corona de laurel, y en su centro dibujada una esvástica.

- ¡Mirad eso! –Exclamó Tim.

- Es una esvástica –Dijo Sam.

- ¿Cómo es posible que los nazis estuvieran aquí?, ¿Para qué querrían meterse en este agujero helado? –Exclamó Parker.

- No sé si les suena de algo las operaciones *High Jump & Tabarin*. –Contestó Thomas, que se le veía tan sorprendido como entusiasmado de haber encontrado aquel lugar.

- Sí, fueron expediciones para establecer lo que serían las futuras bases aliadas en suelo antártico –Dijo Sam.

- Esa es la versión oficial, pero realmente piensa que enviarían a casi 5000 hombres en trece barcos y una treintena de aviones solamente para eso. En esa operación había algo más que no nos contaron. –Replicó Thomas–. Ambas fueron operaciones militares después de la Segunda Guerra Mundial. El verdadero objetivo que tenían era destruir la base nazi de *New Swania*. Y así lo hicieron, pero aparentemente, no llegaron a descubrir esta zona.

- No me extraña, esto está en el culo del mundo –Contestó Andy.

- Yo leí algo de esto hace mucho tiempo, se decía que la base estuvo operativa desde el 1943 hasta incluso después de acabar la guerra. La falta de suministros hizo que el personal enfermara al comer carne de oso polar, y poco a poco fueron muriendo todos los que formaban parte de este proyecto –Dijo Parker.

- Pues estos dos puede ser que hayan comido carne de oso –Replicó Eric señalando a un par de cadáveres en el suelo. Todavía llevaban la ropa y una bata blanca con la señal nazi en el pecho.

- Aquí hay fichas técnicas, parece que están en varios idiomas –Dijo Tim que las encontró junto a una mesa dentro de un archivador.

- ¿Qué estarían buscando los nazis en esta cueva? –Preguntó Parker.

- Aquí se pueden ver informes meteorológicos e informes biológicos. Pero un segundo, creo que he encontrado algo –Dijo Sam haciendo una pausa–No os lo vais a creer, esta gente estaba ensayando no solo con animales, sino con humanos. Aquí hay informes en alemán que muestran nombres, sexos y edades.

Parker y Sam se encontraban mirando aquella máquina, imponente sobre todo lo que había en aquella sala. Aquello les había dejado fuera de juego, lo que habían venido a buscar pasaba a un segundo plano.

En la parte interior del portón metálico se podía apreciar un tipo de inscripción, pero no podían verla claramente porque el hielo la cubría. Sam con el puño de la chaqueta, empezó a quitarlo, dejando al descubierto el mensaje que decía ¨*Die Seele wird dich frei machen*¨'

- Tú sabes algo de alemán, ¿no?. ¿Qué es lo que dice? –Preguntó Sam mirando a Parker.

- "El Alma os hará libres". –Contestó este, confundido, y con la mirada puesta en aquella máquina.

El Anuncio

Sonó el despertador cuando marcaba las seis de la madrugada. Parker abrió un ojo y de un golpe lo hizo callar. El ruido de las sirenas durante la noche y la humedad no ayudaban al sueño. Se levantó con esfuerzo, y dando unos pasos se acercó a la ventana. Abrió un poco la cortina para ver a través del cristal, todo estaba oscuro, era demasiado temprano, el Sol todavía no había salido, y una Luna resplandeciente iluminaba el jardín que tenía delante de su casa. Con los ojos medio cerrados pudo ver la luz del vecino encendida, pensó que no era el único con problemas de sueño. Después de unos segundos, su cuerpo le pedía la dosis de cafeína que le hacía despertar, así que puso rumbo a la cocina. Cuando entró, vio a Sam que ya estaba despierta, sentada en la silla con una taza de café y leyendo la prensa en su portátil.

- Buenos días, ¿Qué tal has dormido? –Le preguntó Sam con cara de estar todavía despertándose, tenía las gafas puestas, y le hacían los ojos más pequeños de lo que eran en realidad.

- Buenos días –Le contestó Parker mientras se ponía una taza de café y se sentaba enfrente–. No muy bien, sigo teniendo la misma pesadilla. No consigo que se me vayan de la cabeza.

–   Tranquilo, es el estrés de esta situación, ya verás como todo se arregla –Sam se acercó, le acarició la cara y le dio un beso en la mejilla antes de volver a sentarse en la silla.

Se quedaron mirándose durante unos instantes, después Parker se puso a leer la prensa en la *tablet*. De vez en cuando levantaba la mirada para ver a Sam, que leía concentrada. Él siempre había pensado que si una mujer era atractiva cuando se levantaba, entonces lo era siempre, y Sam lo era, vaya que sí lo era. Aquella cara de niña, y la piel blanca sin maquillaje, dejaban al descubierto una cara de líneas suaves, unos labios carnosos y unas mejillas sonrojadas. El blusón de cachemira dejaba entrever las curvas de su cuerpo, y su perfume se mezclaba con el olor del café.

El Profesor no se pudo resistir, dejó la *tablet* a un lado, la taza de café en la mesa y se acercó a Sam. Sin mediar palabra empezó a besarle en el cuello, le quitó el blusón y empezó a acariciarle la espalda. Ella se giró, y dejando las gafas encima del portátil, se puso de pie completamente desnuda. Los dos comenzaron a besarse con pasión, el Profesor agarrándola de las caderas la colocó encima de la mesa de un golpe y se quitó la camisa. Se separó un segundo, y bajando la cabeza empezó a besarle las piernas, subiendo poco a poco. Sam notaba escalofríos cada vez que Parker subía más y más. El deseo se mezclaba con el amor, y la pasión hacía caer todo lo que había allí encima. No había duda, estaba enamorado de Sam. Al acabar se fundieron en un abrazo.

El tiempo que pasaron en la Base les unió, ninguno de los dos quería separarse cuando llegó el momento de partir para el equipo de Parker. Fue entonces cuando

Parker le propuso irse a vivir con él a su apartamento de Londres, y ella sin pensarlo un segundo aceptó irse con él. Ahora, ella se dedicaba a escribir artículos de opinión en una revista científica que tenía la oficina en *Holland Square*, justo en el centro del Soho. Entre tanto, este acababa de perfilar su informe, que ya estaba listo para presentarlo al comisionado que le mandó a realizar la expedición.

Después de una ducha caliente y un segundo café, se puso unos chinos, una camisa blanca y una americana a cuadros oscuros.

- Hoy es el día, ¿no? –Le preguntó Sam.

- Sí, así es, deséame suerte –Respondió Parker dándole un beso.

- Quería decirte algo, pero es muy pronto, mejor cuando vuelvas, ¿vale? –Dijo Sam.

- ¿De qué se trata? –Preguntó Parker intrigado.

- No te preocupes, no es nada malo. Mejor te lo digo después –Le insistió Sam, mientras le volvía a besar–. Te quiero.

- Y yo a ti –Contestó este dándole un beso.

El taxi le esperaba hacía más de cinco minutos en la puerta. Antes de entrar, se volvió hacia la casa, y le lanzó un beso a Sam, que le miraba desde la entrada, después se metió en el *black cab* y este se puso en marcha. No entendía como en el poco tiempo que había pasado, les hizo conectar de esa manera. No podía explicarse aquel sentimiento que tenía hacía Sam, era algo irracional, pero le dibujaba una sonrisa en su cara cada vez que lo pensaba.

Por fin llegó el día, habían pasado muchos meses. Hoy le entregaría el informe a los cargos que le habían contratado para hacer la expedición. No podía creer que le había costado casi un año preparar todo aquello, pero pensándolo bien, no era tanto tiempo. Antes de poner rumbo al ministerio tenía que pasar por su despacho, un antiguo edificio reconstruido en oficinas en el norte de Londres, lo mejor de aquel lugar eran las vistas al *Regent's Canal*. Desde su despacho se podían ver los botes que iban de un lado a otro, los corredores, la gente paseando y algún que otro músico que se ponía allí a tocar la guitarra, intentando ganar algo de dinero.

El taxi lo dejó en la puerta, cuando salió se quedó mirando la fachada de un tono pastel. Había echado en falta aquel lugar, más de seis meses pasaron desde la última vez que puso un pie allí. Al entrar, todo parecía seguir igual, la misma máquina de bebidas, el portero en la entrada, y aquel fuerte olor que emanaba del canal que junto a la humedad se colaba por todos lados.

Aquella mañana decidió subir por las escaleras, pensó que le vendría bien hacer un poco de ejercicio y despejar la cabeza, eran solo tres pisos.

Cuando entró al despacho vio una figura detrás de una pantalla y una montaña de papeles, era su asistente, Jack, que al oír la puerta se puso de pie para recibirle.

- Sr. Parker, ¿qué tal fue el viaje? –Preguntó Jack.

- Todo bien, Jack, gracias. Me alegro de verle. ¿Qué tal está usted? –Respondió Parker, siempre trataba a Jack con mucho afecto.

El Profesor conoció a Jack en una ponencia que realizó en la universidad. Al final de la exposición este se le acercó a hablar. Los dos conectaron tan bien, que Parker le ofreció trabajo como asistente, y este acepto encantado.

Jack era mayor que el Profesor, debía rondar los sesenta, de estatura pequeña y algo rechonchete, tenía el aspecto de una persona amable e inteligente. Por eso muchas veces le daba consejos o sugerencias, y este las tomaba como si fuera su padre.

- Todo bien, gracias. Aquí se ha estado moviendo todo bastante. Tiene mucha correspondencia que contestar, y la universidad no ha parado de llamar desde que saben que ya está por aquí –Respondió Jack.

Parker dejó la chaqueta en el perchero que tenían en la entrada. Después, caminaron hacia su despacho mientras los dos hablaban de diferentes asuntos.

- Gracias. Necesitaré la información que le envié, quiero revisar que todo esté perfecto antes de que salgamos –Dijo el Profesor.

- Está todo en su mesa, señor –Le contestó Jack, mientras le señalaba una pila de documentos que tenía encima de su escritorio.

- ¡Perfecto!, le avisaré cuando esté listo, pero no debería llevarme más de una hora, así que tenga listo el transporte, por favor –Le contestó este, a la vez que abría su maletín sacando el portátil que llevaba consigo.

- Claro, señor –Dijo Jack.

- Gracias –Respondió Parker.

Jack se marchó, y Parker se quedó con aquella montaña de papeles, intentando poner orden dentro de su cabeza, pero algo no andaba bien desde hacía tiempo. La preocupación le hacía tener pesadillas y hacía bastante tiempo que no podía descansar bien.

El Profesor era como un reloj, no le gustaba ser impuntual, pensaba que daba una mala impresión, una señal que mostraba una falta de interés. Así pues, en media hora tenían todo listo, y un taxi les esperaba en la entrada del edificio. Cuando entraron en el taxi negro pusieron rumbo al Ministerio de Medio Ambiente en Richmond. Eran las diez de la mañana, y tenían por lo menos una hora de tráfico hasta poder llegar a su destino. Aunque hacía años que los coches eran completamente eléctricos, los atascos nunca se fueron de la capital. Cuando llegaron a su destino, los dos salieron del taxi, cogieron sus maletines, y se dispusieron a entrar en el edificio gubernamental. Justo en la puerta, el teléfono dc Parker empezó a sonar.

- Buenos días, Parker al habla –Contestó este mientras se hacía un silencio incómodo al otro lado de la línea–. ¿Quién es?, preguntó al ver que no había contestación.

- Si quiere volver a ver a su novia con vida, no dé ese informe –Contestó una voz grave y distorsionada por algún tipo de máquina.

- Perdón. ¿Quién es usted? –Preguntó Parker.

- Le vuelvo a repetir, tengo una pistola apuntando a la cabeza de su novia. Dígaselo Se hizo un momento de silencio.

- James, por favor –Se escuchó hablar a Sam entre sollozos.

- Creo que le ha quedado claro, esto no es ninguna broma. No dé el informe, si quiere volver a verla con vida.

- Pero, pero...¿quién?... –Titubeaba Parker.

Al momento, colgaron. La línea quedó dando pitidos intermitentes. La cara del Profesor se volvió pálida, aquello le había dejado petrificado. No podía pensar, no sabía qué hacer, el miedo lo dejó totalmente bloqueado, empezó a marearse, todo le daba vueltas, dos pasos y este cayó fulminado al suelo.

• • •

- Hola, hola ¿Está usted bien? –Preguntaba un hombre con un uniforme amarillo.

- ¿Qué sucede?, ¿dónde estoy? –Preguntó con la cara todavía pálida el Profesor.

Cuando consiguió recuperar la consciencia, Parker se encontraba tumbado en el *hall* del ministerio, un paramédico a su lado le estaba atendiendo. Jack estaba de pie a escasos metros de él, estaba hablando junto a Joseph, el mismo que le envió a la expedición. A los pocos segundos sintió que la presión del pecho iba desapareciendo, y poco a poco se reclino en el sofá. Lo primero que hizo fue buscar su móvil y llamar a Sam, pero el teléfono no sonaba, no había línea, lo habían apagado. No sabía qué hacer, no podía presentar aquel informe, era demasiado arriesgado, la vida de Sam corría peligro. ¿Por qué?, ¿quién tenía los intereses amenazados por aquel informe?. Se quedó dudando durante unos minutos. Podría ser una de sus antiguas empresas de extracción, o quizás alguna nueva que acababa de comprar alguna licencia y se podría ver amenazada. O quizás algún país del que dependiera su economía en el uso de los recursos fósiles, y de estos había unos cuantos, pensó este con la ansiedad reflejada en su cara.

Al ver que se encontraba mejor Parker, Jack y Joseph se acercaron para comprobar su estado.

- ¿Cómo se encuentra, Profesor? –Preguntó Jack. Nos dio un buen susto al caer.

- No muy bien, si le soy sincero –Contestó este.

- ¿Qué le ha pasado? –Preguntó Joseph.

- Nada, simplemente no me encuentro bien –Contestó Parker, que no quería decir la verdad por temor a que le pasara algo a Sam.

- No se preocupe, descanse aquí. Yo voy a avisar al resto de lo que ha ocurrido. Tómese el tiempo que necesite –Le dijo Joseph, después de eso se marchó.

- ¿Dónde nos tenemos que reunir? –Preguntó el Profesor.

- Nos están esperando en la sala África. Pero ¿de verdad se encuentra usted bien?, siempre podemos aplazar si lo desea, señor –Le sugirió Jack.

Ahora Parker estaba completamente confuso, no sabía qué hacer. Si entrar en aquella sala y pedir ayuda, o marcharse corriendo de aquel lugar. Por un lado, aquellas personas eran poderosas y tenían contactos, quién mejor que ellos para ayudarle. Pero por el otro, la idea de poner en riesgo la vida de Sam le hacía cambiar de idea. No podía arriesgarse, tenía que salir de allí.

- Sí, creo que tiene razón Jack, no me encuentro muy bien. Creo que es mejor que aplacemos la reunión para otro momento –Dijo Parker.

- Bueno, voy a avisarles de que nos vamos –Contestó Jack mientras se ponía camino a la recepción.

- ¡Jack, no!, no les diga nada. Tenemos que salir de aquí. No tengo tiempo para explicarle, pero es urgente, necesito que nos marchemos lo antes posible –Dijo Parker con una expresión de miedo en la cara.

- De acuerdo, vamos –Le contestó su asistente, que no entendía qué estaba ocurriendo, pero podía sentir que algo no andaba bien.

Cuando salieron del edificio, buscaron un taxi que estuviera cerca, pero no encontraron ninguno. Solamente había un coche delante de ellos, su dueño se encontraba fuera buscando algo en el maletero, así Parker le hizo un gesto a Jack para que subiera por el lado del copiloto mientras él subía por el del conductor. Cuando el dueño se dio cuenta de que las puertas se cerraban, ya era tarde. Aquel coche salía como un tiro del aparcamiento.

Desde la entrada Joseph los observaba. Al segundo, se llevaba el móvil a la oreja.

- ¿Qué estamos haciendo, Profesor?, ¿Por qué estamos robando un coche? Le preguntó Jack, que no daba crédito a lo que estaban haciendo.

Jack nunca había visto a Parker tan nervioso, y menos haciendo lo que acababan de hacer. Acababan de robar un coche en la misma puerta del ministerio, no entendía lo que estaba ocurriendo, pero tenía que ser muy grave.

- Han secuestrado a Sam. La llamada en el *hall* era una amenaza. No podía darles el informe, si lo hago, la mataran. Por eso le pedí que saliéramos de allí –Dijo Parker mientras apretaba el acelerador todo lo que podía.

Jack se quedó atónito mirando la carretera, mientras Parker conducía todo lo rápido que podía, esquivando coches de un lado y de otro, se metió en el carril bus, llevándose por delante un patinete que salía volando por los aires, por suerte el conductor salió ileso al saltar unos segundos antes del impacto. Solamente tardaron cinco minutos, y ya tenían un coche de la policía detrás de ellos.

- Ahora que hacemos, ¿quiere darse a la fuga? –Preguntó Jack sin dar crédito.

- No tenemos otra opción. No se preocupe, conozco un atajo –Le dijo Parker dando un volantazo y metiéndose por las callejuelas de *Sepherbush*.

Aquella zona era la típica de casas blancas residenciales, con subidas y bajadas, así que los coches daban saltos como si estuvieran en las calles de San Francisco. Al girar en una esquina, se encontraron con los típicos pilares que delimitan el tamaño del vehículo para poder entrar en la vía. El Profesor consiguió pasar por los pelos, eso sí, rascando ambos laterales del vehículo, el de policía hizo lo mismo. Lo tenían más cerca que antes, les iba ganando terreno. Al poco, notaron el primer golpe que les dio por detrás, el coche empezó a moverse de un lado a otro. Parker apretaba el acelerador consiguiendo que se volviera a enderezar el vehículo, justo antes de pasar un cruce donde tenían una señal de Stop. Otro coche venía por el carril derecho con preferencia, acelerando todo lo que daba el motor. El Profesor y Jack consiguieron pasar, pero el coche de policía no tuvo la misma suerte. El impactó dio de lleno en el lateral, dejando el coche de policía inmóvil en la calzada.

Por un segundo, la euforia recorría el cuerpo de Parker que veía por el espejo retrovisor como dejaba atrás a los perseguidores.

- Los hemos perdido –Dijo Jack.

- Eso creo. Necesitamos llegar al apartamento antes de que hagan algo a Sam –Contestó Parker temblando y con los nervios todavía a flor de piel.

Consiguieron despistar a la policía, al menos por el momento. Acababan de llegar a la esquina de *Regent s Park*, donde está la escultura de San Jorge. El apartamento del Profesor no estaba lejos de allí, se encontraba a pocos minutos pasando *Pimrose Hill*.

Justo cuando parecía que lo habían conseguido, una sirena se puso en marcha, les habían descubierto otra vez. Este volvía a acelerar a tope, girando en la primera calle que pudo y adelantando a varios coches. Esta zona era más complicada, el tráfico dificultaba el movimiento, y cada vez tenía que arriesgar más con cada adelantamiento.

Fue en uno de estos adelantamientos, subiendo un pequeño puente, cuando se cruzo una niña en mitad de la calzada, así que Parker se vio obligado a dar un volantazo para no atropellarla.

- ¡Agárrese! –Exclamó Parker.

Estampó el coche contra el muro de un puente, haciéndolo añicos, y cayendo al canal que había justamente debajo.

En ese momento, se encontraba una pareja tomando el *brunch* en una lancha, sin dar crédito a la escena que estaba ocurriendo delante de sus ojos. Aquel coche había caído a escasos metros de ellos, dejándolos completamente empapados. Segundos después, Parker y Jack conseguían escapar del coche, mientras este seguía hundiéndose en aquella agua turbia. El Profesor consiguió llegar a la orilla dando varias brazadas, pero a su ayudante le costó algunas más. Cuando por fin llegó, no tenía fuerzas para subir y fue Parker quien, alargando su mano, consiguió ayudarle a salir exhausto del canal.

- Yo no puedo más –Dijo Jack–. Márchese, yo me quedo aquí y los distraeré como pueda.

Parker al ver la cara de Jack, que no podía más, decidió que era momento de irse.

- Gracias –Dijo Parker con la mano en el hombro y la cara de agradecimiento.

En cuestión de segundos, se puso a correr por el canal en dirección al mercado, esa era su oportunidad para despistar a la policía que les perseguía. Habían parado el coche y bajaban las escaleras de piedra que daban al paseo del canal. Parker quería llegar al apartamento, y mostrarles a los secuestradores que no había desvelado nada, pero debía deshacerse de la policía que le pisaba los talones. Necesitaba darse prisa. Así que corrió todo lo que las piernas le dieron, esquivando a la gente que paseaba por el canal, y escuchando los pitidos que salían de los silbatos de los policías. Un poco antes de entrar al mercado se paró en una subida donde había un grupo de adolescentes. Sacó unos billetes, y les dijo que necesitaba su ayuda. Después se metió dentro del mercado.

Los jóvenes derramaron las bebidas que tenían sobre los adoquines de la subida. Al llegar a esa altura, los dos policías resbalaron, cayendo al suelo, dándole un poco más de margen a Parker en su huida.

Este se había metido dentro del mercado, tiendas de todo tipo se encontraban en aquel lugar. Conforme pasaba por las tiendas iba cogiendo diferentes cosas, una chaqueta tejana, una peluca negra, unas gafas..., a los pocos metros había cambiado de apariencia completamente. Pero necesitaba un descanso, jadeaba como hacía tiempo no recordaba, atrás quedaron sus años de corredor. Necesitaba recuperar el aliento, así que se sentó en unos bancos entre la muchedumbre, allí entre aquella gente pasaría desadvertido. En ese momento, vio como la policía pasaba por delante suya, y seguía hacia dentro buscándole. Este se levantó, y comenzó a caminar en dirección contraria.

Saliendo por el otro lado, consiguió darles esquinazo y salir del mercado sin ser reconocido.

No tardó más de cinco minutos corriendo en llegar a la puerta de su casa. Esta se situaba justo en la esquina de una calle sin salida, donde las casas victorianas estaban pintadas de tonos pasteles.

- ¡Sam, Sam! –Exclamó el Profesor al entrar en el apartamento.

No había respuesta, en su lugar un silencio daba paso a la preocupación de Parker al ver el apartamento patas arriba, lo habían registrado minuciosamente. Fue mirando por todas las habitaciones, pero no había señal de la mujer. Tenía la sensación de que habían estado forcejeando, pues estaban todos los muebles volcados. Buscó por toda la casa, pero estaba vacía. Se acercó al lado de la tele, una foto de ellos dos estaba tirada en el suelo, el cristal del marco estaba roto. Lo recogió y sentándose en el sofá se quedó mirando la foto, se encontraba sin fuerzas y abatido. Un sentimiento de tristeza inundo a Parker. En ese instante, un fuerte golpe sonó contra la puerta, otro más y esta se vino abajo. La policía estaba dentro.

- Levántese, viene con nosotros –Dijo el policía que acababa de entrar en la sala.

• • •

Entró en la sala de reuniones, vio allí sentado a Jack, aparentemente estaba bien, aunque mostraba cara de preocupación. Parker se quedó en silencio mirando a los componentes que formaban la reunión, las mismas caras que la última vez, y alguna más que no conocía.

- Profesor, por favor tome asiento –Dijo Joseph señalando el hueco libre al lado de Jack.

Parker se sentó, todavía aturdido y sin saber muy bien qué hacer. No sabía si debía hablar, o simplemente dejar pasar todo aquello. Con suerte quien hubiera secuestrado a Sam la devolvería sana y salva. Aunque era consciente de que no era tan sencillo como eso, continuaba preguntándose quien era el responsable de todo aquello, y cuál era su intención. Al fin y al cabo, los que había en aquella sala podían conocer la respuesta, y con suerte ayudarle a recuperarla.

- No entendíamos muy bien el porqué de su huida, pero su asistente nos ha contado todo lo ocurrido, así que no se preocupe estamos al corriente de lo que le ha ocurrido a Sam, y estamos poniendo todos nuestros medios disponibles para averiguar quién la tiene retenida, una vez lo sepamos y conozcamos sus intenciones, podremos recuperarla –Dijo Joseph.

- En cuanto sepamos cualquier cosa usted será el primero en saberlo –Dijo la única mujer que formaba parte de aquella reunión–. Ahora bien, necesitamos que nos diga que es lo que ha averiguado en su viaje, necesitamos esa información para conocer realmente cuál es la situación en la que nos encontramos.

Parker, cabizbajo, agradeció con un gesto aquellas palabras, aunque en su interior no se fiaba de aquella gente. Al girarse vio a Jack con una expresión de culpa en su cara, pero el Profesor le hizo un gesto para que se tranquilizara, al fin y al cabo, no podía culparle a él de lo ocurrido.

- A su izquierda tienen al Sr Paul, adjunto del Ministerio de Interior. A su derecha se encuentra Claire, adjunta al secretario de Salud y Cuidado Social. Por último, Jim, adjunto al Ministerio de Energía y Transporte. Así que, hechas las presentaciones, por favor vamos a iniciar la reunión –Dijo Joseph.

Una vez colocados tanto Parker como Jack, se intercambiaron unas miradas y empezaron a hablar entre ellos. Al cabo de un instante, Parker hizo un gesto de saludo a los presentes, mientras que Jack abrió su maletín. Todavía caía agua de este, que hacía pocas horas salía del canal. El ayudante sacó varias copias del informe y repartió una a cada uno de los miembros que formaban aquella reunión.

Parker tenía la pesadez y la agonía de pensar lo que le podrían estar haciendo a Sam, y aunque no podía quitárselo de la cabeza, ya no había vuelta atrás. Tenía que continuar, con suerte los que habían en aquella sala podrían usar su influencia y ayudarle a recuperarla.

- No ha sido un trabajo fácil, pero hemos conseguido recopilar información vital para conocer con más detalle cómo se encuentra nuestro planeta. El objetivo cuando decidimos hacer la expedición era buscar y analizar principalmente los recursos esenciales para la vida, el agua y el oxígeno. Queríamos conocer qué era lo que había detrás de esta escasez cada vez más acentuada –Dijo Parker, haciendo una pausa–. En una de nuestras expediciones descubrimos un lugar que había estado ocupado por científicos del régimen nazi. Cuando se conoció la noticia, fuimos vetados de aquel lugar, aun así, conseguimos sacar información muy valiosa. Obtuvimos muestras de minerales, agua, y diferentes tipos de formaciones bacterianas, que posteriormente enviamos al laboratorio para ser analizadas. Además de datos geodésicos y magnéticos. Los resultados que obtuvimos nos sorprendieron, ya que estábamos observando algo nunca antes visto.

Ahora todos los presentes miraban a Parker que se ponía de pie junto a la proyección que mostraba la presentación que cada uno de ellos tenía delante.

- Con todo el respeto, Profesor, ¿Esto qué nos importa a nosotros? –Preguntó Claire.

- Por favor, le ruego que no se impaciente, ahora le mostraré su importancia, y la relación que tiene con el asunto del que estamos tratando. Como hemos comentado anteriormente, los dos componentes principales para que exista la vida, son el agua y el oxígeno. Así pues, necesitamos conocer sus cantidades actuales, y compararlas con determinados periodos de tiempo, de esa manera podemos sacar un pronóstico de futuro mejor acotado –Replicó Parker.

Parker se giró hacia la pared donde se proyectaban diferentes gráficas, comparando cantidades en diferentes espacios de tiempo. Jack seguía atento en su asiento para ir cambiando de imagen cuando este se lo indicaba.

- Empezaremos por el aire, si les parece bien. En cada respiración inhalamos un 20% de oxígeno aproximadamente, y espiramos un 15% de este. Por lo que solamente utilizamos alrededor de un 5% del total inhalado. Es por esto que el boca a boca puede servir a la hora de revivir a una persona. Pero ¿cuánto tiempo puede durar una persona sin oxígeno? –Preguntó el Profesor.

- Unos diez minutos –Respondió Jim.

- Un poco menos, alrededor de seis minutos necesita nuestro cerebro para dejar de funcionar sin oxígeno, lo que comúnmente se conoce como muerte cerebral –Respondió Parker–. Como bien saben la composición del aire está fundamentada en su mayoría por oxígeno en un 16%, nitrógeno en un 78%, en menor medida otros gases como el dióxido de carbono, ozono y algunos más. Y así es como está bien, ya que, si tuviéramos más oxígeno, la Tierra sería una bomba potencialmente peligrosa, y cualquier chispa podría hacerla estallar , como le ocurrió al *Apollo* 1 con su tanque de oxígeno.

Ahora este hizo una pausa, mientras le indicaba a Jack el cambio de imagen.

– Por el contrario, y este es el escenario en el que nos movemos, su escasez también provoca la muerte en nuestro planeta. Los niveles de oxígeno han bajado como nunca antes lo han hecho. Y la tendencia exponencial sigue siendo a la baja.

– ¿En qué porcentaje nos encontramos?, ¿hasta cuánto podríamos estar bajando? –Preguntó Paul que se le podía ver impaciente por conocer los detalles.

– No solo depende de su composición, sino también de la altura y su presión. Aunque solo usemos el 5% del oxígeno inhalado, no implica que podamos sobrevivir con una concentración del 5%, nuestros pulmones no son máquinas extractoras perfectas y necesitan unos mínimos de concentración para que el intercambio gaseoso entre sangre y atmósfera pueda darse eficazmente – Explicaba Parker–. Contestando a la pregunta de Paul, imaginemos un escenario ideal donde todas las personas pudieran vivir a nivel del mar, donde la presión atmosférica es la más alta, hasta el 15% de O2 estaríamos bien. Ahora bien, si llegamos a un nivel entre el 15% y el 12% ya empezamos a notar problemas de coordinación y afectaría a nuestra musculatura. Por debajo de este porcentaje entraríamos en una hipoxia severa, lo que significa una muerte segura.

– No me ha respondido a la pregunta, Profesor. ¿En qué porcentaje nos encontramos ahora? – Volvió a preguntar Paul.

– Nos encontramos en el umbral del 15%, con una tendencia a la baja, que simplemente asusta verla. Por lo que, si seguimos la gráfica aquí expuesta, pueden ver que solo necesitaremos un tiempo relativamente corto, para encontrarnos con una escasez a nivel global –Respondió Parker.

Cada uno de los que había en la sala seguían con atención las palabras del Profesor, pero sus caras mostraban la incredulidad acerca de aquella información.

- Tenemos dos factores principales que repercuten directamente sobre este índice. El primero son los grandes consumidores de oxígeno, los combustibles fósiles que necesitan de oxígeno para quemarse y así producir energía. Estos llevan siendo los grandes consumidores desde principios del s. XX. Dijo Jack. El otro es la falta de vegetación tanto marina como terrestre que imposibilita el balance de dicho gas.

- ¿Qué hay de las energías alternativas; eléctrica, fotovoltaica, geotérmica ? ¿No pueden servir de ayuda? –Preguntó Jim.

- Con todo el respeto, señor, usted mejor que nadie en esta sala conoce de la insuficiencia de estas energías. En su conjunto solo representan un total del 10 % del consumo total frente al 85% de la energía fósil –Dijo Parker.

- Entonces, ¿Qué nos sugiere que hagamos si no podemos utilizar dichos recursos? –Preguntó Jim.

- Les rogaríamos que siguiéramos con la presentación, después pasaremos a repasar todas las preguntas que puedan surgir –Respondió Jack mirando a todos los que estaban allí, y haciendo un gesto a Parker para que continuara.

- El índice de población mundial es un factor para tener en cuenta a la hora de analizar datos. Teniendo en cuenta que en doscientos cincuenta años hemos pasado de ochocientos millones de personas a cerca de nueve mil millones de personas, y con un crecimiento anual de cien millones de personas, los recursos escasean en todos los ámbitos.

Jack con un clic cambió de imagen.

- Por último, señalar la destrucción masiva del medio vegetal, tanto forestal como acuático. El cual estamos perdiendo cada año en un total de catorce millones de hectáreas, o lo que es lo mismo, la superficie equivalente a un país como Grecia. Así que con todo lo anteriormente expuesto, nos enfrentamos a un escenario de desabastecimiento de oxígeno en menos de diez años, el cual empezará en los océanos y continuará posteriormente en la atmósfera –Dijo Parker, mientras un silencio se apoderó de aquel lugar.

El Profesor hizo una pausa para coger un vaso con agua y beber un poco, necesitaba aclararse la garganta. Los que estaban en la mesa comentaban entre ellos. En ese momento, Parker se quedó mirando el vaso de agua durante unos instantes, para poco después enseñarlo al resto y retomar su discurso.

- El siguiente problema será este...el agua –Dijo Parker enseñando el vaso con agua del que estaba bebiendo.

- El problema del agua lo conocemos, Profesor, tenemos constancia de él. Pero desconocemos cómo se encuentran las reservas de los glaciares. Así que, ilústrenos –Dijo sarcásticamente Claire

- Por supuesto. Decirle que las mediciones, las hemos tomado tanto en nuestra salida desde la Patagonia en el glaciar Perito Moreno, como en la zona occidental de la Antártida, son más pesimistas de lo que en un momento nos llegamos a imaginar. Por favor, Jack. –Parker le hizo un gesto para continuar.

- El estudio llevado a cabo se centró en observar el deshielo de los seis glaciares más activos en la zona oeste de la Antártida, incluyendo los de la isla de Pine y Kohler. Casi un 10% del aumento del nivel del mar por año pertenece al deshielo de estos 6 glaciares –Dijo Jack pasando la imagen, y mostrando cada uno de los glaciares y su ubicación en el mapa.

- Cómo pueden observar en la gráfica, desde los últimos años, en concreto desde la última década se han desprendido un 80% de hielo de los glaciares, y esto ha tenido una repercusión global, sobre todo en lugares próximos al litoral, que se han visto inundados –Dijo Parker.

- Nos quiere decir que ya no tenemos agua en las reservas. ¿De qué cantidad estamos hablando? –Dijo Jim.

- Hace veinte años las áreas cubiertas por hielo glaciar abarcaban más de catorce millones de kilómetros cuadrados. Hoy en día, tenemos solamente ocho, de las cuales más de la mitad se encuentran en la Antártida. Todas las que teníamos en tierra básicamente han ido desapareciendo. La consecuencia directa de este fenómeno es la elevación del nivel del mar, que hace tiempo cubrió Venecia, y todas las zonas costeras. Pero lo peor está todavía por llegar –Dijo Parker.

- Si no les importa, podemos volver a la pregunta anterior, ¿cuál es la reserva actual de agua en los glaciares? –Preguntó Claire.

- Al ritmo en que vemos su pérdida, tendremos falta de este recurso en algunas zonas en un tiempo inferior a una década. Primero será el fin de los glaciares, después el de los lagos, y así con todo. Esto afectará primero a las zonas locales, y poco a poco se irá extendiendo por todo el mundo. En conclusión, en ambos casos, tanto para el oxígeno como para el agua, tenemos un tiempo inferior a los diez años–Dijo Parker, que ahora se acercaba a la mesa y ponía las manos sobre esta mirando a los que allí estaban–. Lo que de verdad nos tenemos que preguntar es, ¿Qué le está ocurriendo a la Tierra?. Como han podido comprobar ambos recursos se están agotando a una velocidad nunca vista por la humanidad. La modificación de los patrones de circulación de los océanos y la pérdida de oxígeno en estos tienen una relación directa con los fenómenos meteorológicos extremos que tienen lugar cada año. Aunque lo peor está todavía por llegar. El calor extremo hará que los polos magnéticos se inviertan, y con ello llegará un apocalipsis geomagnético. Sus consecuencias serán tan terribles como desconocidas, aunque podemos imaginar que nos enfrentamos a una a radiación cósmica a niveles nunca vistos, y con esto cambios en el comportamiento de la biosfera, así como la extinción de buena parte de ella, incluyendo a los seres humanos.

- ¿Cómo puede estar seguro de eso? –Preguntó Joseph.

- Que cambian de ubicación es algo que se conoce, y que lo hacen a una velocidad mucho mayor que en las últimas décadas, también. El polo magnético del norte hace tiempo que pasó Siberia, y el del sur cambió su dirección repentinamente durante los últimos años, tuvimos constancia de ello con nuestras mediciones en la expedición. Según mis cálculos cuando se encuentre en su punto más meridional será cuando notemos sus devastadores efectos, y eso será muy pronto, antes de lo que nadie aquí nos podamos imaginar.

Ahora se hizo un silencio tenso en la sala. Joseph se quedó mirando al Profesor, y pensando en aquel margen de tiempo. Una década era muy poco tiempo para reparar el daño hecho en el último siglo. Si Parker estaba en lo cierto, tenían un problema de dimensiones apocalípticas.

- ¿Cuáles son las alternativas que propone?, ¿Qué es lo que debemos hacer? –Preguntó Joseph.

- En mi opinión, habría que crear un comité de acción, el cual disponga de la capacidad de tomar acciones a nivel global, solo así se podrían tomar acciones de contención para afrontar los problemas que la escasez de recursos ocasionará. –Respondió Parker–. Además de buscar futuras soluciones o alternativas, creando dichos recursos, o haciendo a las personas menos dependientes de ellos.

Todos se quedaron mirándose y fue en ese momento cuando volvió a sonar el teléfono del Profesor. Era un número desconocido, se apresuró a contestar.

- Ha escogido la peor opción para su novia –Dijo la voz al otro lado.

Después de eso, se hizo el silencio.

El Proyecto GAIA

GAIA

Habían pasado varios meses desde la reunión en Richmond. Todo parecía seguir con una extraña normalidad en la calle y la gente continuaba con sus trabajos habituales. Nadie prestó más atención a la información que ofreció el Profesor. Otras noticias fueron desplazando la del fin del mundo, hasta quedar en el olvido absoluto. Todo estaba en orden, menos él, que seguía sin tener noticias sobre el paradero de Sam.

Cuando abrió un ojo, el reloj marcaba las once la mañana. Hacía meses que no ponía el despertador. Los mismos que hacía que había dejado de trabajar. Después de aquella reunión, no volvió a dar seminarios, tampoco puso un pie en la universidad, y el contestador estaba lleno de mensajes sin responder.

La ausencia de Sam y el sentimiento de culpa, le hicieron caer en un estado de tristeza permanente, del cual salía solo con la ayuda del alcohol.

Su aspecto se había deteriorado considerablemente durante los últimos tres meses, había perdido peso, y los huesos se marcaban debajo de su piel. Las cuencas ensombrecidas de los ojos resaltaban con los pómulos, denotando las noches de insomnio que sufría.

Se incorporó de la cama y puso los pies en tierra, lo primero que hizo fue encender un cigarrillo que tenía a medias de la noche anterior. Todo estaba hecho un desastre, el suelo estaba lleno de colillas y botellas vacías de alcohol... daba igual la marca o la bebida, lo único que le importaba era embriagarse hasta perder la consciencia, esa era la única manera que encontraba para poder dormir.

Cuando llegó a la cocina, se detuvo delante de la encimera, cogió un vaso sucio y echó un poco de café que debía llevar varios días hecho. Mientras lo calentaba en el microondas, abrió la cortina para ver un poco la luz del día. Otro día más con aquel cielo gris, había perdido la cuenta de cuándo fue la última vez que vio el sol, le pareció una eternidad, aunque tampoco le importaba demasiado, nada le importaba ya demasiado.

Los recuerdos de la reunión le venían a la cabeza, la promesa de ayudarle a recuperar a Sam se quedó en papel mojado, nadie le volvió a contactar, ningún mensaje de aquella gente. Ya tenían lo que querían, ahora Parker estaba solo.

Alguien llamó a la puerta fuertemente, Parker no quería saber nada, pero los golpes volvían a sonar insistentemente, así que decidió ver quien era. Cuando se acercó a la mirilla vio que era su ayudante el que estaba al otro lado. No quería abrirle, pero aquellos golpes retumbaban en su cabeza, todavía arrastraba la resaca del día anterior, necesitaba que cesaran o de lo contrario la cabeza le explotaría. Así que abrió la puerta.

– Hola, Jack –Saludó Parker cabizbajo.

- Profesor, ¿Qué tal está?. Hace semanas que le estoy llamando. ¿Cómo se encuentra?, estoy preocupado por usted –Dijo su asistente.

- Estoy bien, Jack, estoy bien –Afirmó este, abriendo la puerta y dejando pasar a Jack.

Cuando Jack entró se asustó al ver el estado en que se encontraba el apartamento. La basura se amontonaba en la esquina de la entrada, había botellas por todos lados y la moqueta emanaba hedor a alcohol. Cuando llegaron a la cocina se sentaron en los taburetes. Parker le ofreció un café, pero este negó dando las gracias.

- ¿Qué está haciendo, James? –Le preguntó Jack–. No puede continuar así, esto lo va a matar. Tiene que continuar su vida, no puede dejar que esto acabe con usted.

- Qué más da, Jack, ¿a quién le importa?. No somos más que marionetas, nos manejan como quieren y si no somos útiles, nos tiran como si fuéramos basura. ¿Ha visto lo que han hecho los del gobierno? –Le preguntó Parker.

- No, no he visto nada. ¿Qué han hecho? –Replicó extrañado Jack.

- Pues eso, lo que acaba de decir. ¡Nada! –Exclamó Parker–. No le importamos ni usted, ni yo, ni nadie. Si todo se va a la mierda, a ellos les da igual. Tenemos los gobernantes que nos merecemos, ¿no es así?.

Ahora Parker dejaba el vaso de café, y cogía otro, aunque este tenía alcohol, whisky de la noche anterior, aquel licor le calmaba la ansiedad que tenía por dentro. La misma que crecía cuando recordaba todo aquello.

- Profesor, deje eso, esto tiene que acabar. Yo también siento lo que le ha pasado a Sam, pero no puede que perder la esperanza. Tiene que cambiar la aptitud, no tire la toalla. Si sigue así, no habrá oportunidad ni para ella, ni para usted.

. . .

Lejos de allí, en lo que parecía un vehículo de carga, se encontraba Sam. Dentro había más gente, y al igual que ella, estaban tendidos sobre un suelo que vibraba con cada movimiento. Estaba amordazada, y lo único que podía ver al levantar la vista era a aquellos dos individuos que la habían secuestrado. Eran iguales, no había diferencias físicas entre ellos. Sam pensó que serían gemelos. Al instante, aparecieron dos más, iguales también y eso la dejó fuera de sí. Sam empezó a preguntarse quiénes eran aquellos tipos, qué querían de ella, adónde la llevaban, y sobre todo se preguntaba, qué le habría pasado a James.

. . .

Parker volvía a beber de aquel vaso hasta dejarlo vacío, no quería saber nada más.

- Jack, le agradezco su ayuda. Pero ahora mismo necesito estar solo –Dijo Parker.

- Por favor, déjeme ayudarle –Le suplicó su asistente.

- No necesito ayuda, necesito que me devuelvan a Sam, ¡necesito recuperar mi vida! –Exclamó Parker entre lágrimas.

- Lo entiendo, pero no fue su culpa. Usted hizo todo lo que estaba en sus manos, deje de cargar con ese sentimiento, sino acabará con usted –Respondió Jack.

- Necesito que se marche, Jack –Contestó Parker.

- De acuerdo, pero antes prométame que me cogerá las llamadas –Le contestó Jack con cara de preocupación.

- De acuerdo, pero ahora déjeme tranquilo, se lo pido por favor –Dijo Parker visiblemente afectado.

Jack lo volvió a mirar por última vez, pero el Profesor bajo la mirada no quería que lo viera en ese estado, sentía vergüenza, no quería darle pena, pero la verdad es que se daba pena a sí mismo. El asistente se levantó y volvió sobre sus pasos hacia la puerta. Antes de salir levantó la cabeza, le dijo que fuera fuerte, que allí estaba si lo necesitaba. Este no contestó. Cuando escuchó el ruido de la puerta al cerrar se derrumbó en el suelo, y comenzó a llorar. Jack tenía razón, necesitaba salir de aquel agujero, necesitaba encontrar a Sam.

Pasaron unos minutos y se quedó dormido en el suelo de la cocina. Hasta que el sonido del teléfono lo despertó. Volvió en sí, e hizo un esfuerzo por levantarse y coger el aparato.

- ¿Sí, quién es? –Preguntó Parker.

- Profesor, soy Joseph. ¿Se acuerda de mí? –Preguntó este.

- Sí, claro que me acuerdo de usted. ¿Dónde está Sam? –Dijo Parker.

- Nos gustaría hablar con usted. Tenemos un proyecto en marcha, y nos gustaría que usted formara parte –Respondió Joseph.

- ¡Maldita sea!, ¿Ha escuchado lo que le he dicho?. Quiero saber dónde está Sam. ¿Cómo quiere que le ayude?, ¿Me ha tomado por un idiota? –Pregunto Parker.

- No se preocupe, le responderemos a todas sus preguntas en su momento. Solamente necesitamos saber qué está dentro.

- Lo siento, no me interesa –Contestó sin titubear Parker.

- Creemos saber dónde se encuentra Sam. Pero solo podremos ayudarle a recuperar a su novia si acepta formar parte de este proyecto –Respondió Joseph.

Al Profesor se le abrieron los ojos cuando escuchó eso, sintió que la vitalidad volvía a su cuerpo, y de un salto se puso de pie.

- ¿Saben dónde está Sam?, ¿Por qué no lo ha dicho antes? –Preguntó Parker.

- Tenemos una fuente que puede situar a Sam, pero deberá aceptar el trato, si quiere saber más –Dijo Joseph.

- Ok, de acuerdo, acepto –Le respondió Parker.

- Muy bien, mañana tendrá un coche esperándole en la puerta de su casa a primera hora –Dijo Joseph, acto seguido la línea se cortó.

Parker no sabía muy bien en qué iba a consistir todo aquello, pero un sentimiento de esperanza resurgía dentro de él, la idea de recuperar a Sam era lo único que le importaba, así que esa noticia llegó como un balón de oxígeno.

Desde que se conocieron unos meses antes en la Base Halley, este quedó profundamente enamorado de la científica. Encontró en ella las virtudes que le atraían de una mujer. Su generosidad y su inteligencia, eran solo comparables a su belleza para él. Aquellos ojos grandes, y esa sonrisa, le hacía sentirse el hombre más afortunado del mundo.

Ahora, lo único que sabía de ella es que había sido secuestrada, pero no tenía ni la más remota idea de quién podía haber sido el culpable. Ni siquiera habían pedido un rescate, lo cual daba a entender que no buscaban dinero sino alguna otra cosa. El único motivo que le venía a la cabeza a Parker era la información que dieron en la reunión de Richmond. Pero todo aquello fue muy genérico, no se especificaron nombres, ni compañías, ni países… aquello desconcertaba profundamente al Profesor, ¿A quién le podría estar perjudicando?. Quizás en aquel lugar tendrían alguna respuesta que pudiera ayudar a resolver todo esto.

• • •

Al día siguiente salió de madrugada de su apartamento, un coche le esperaba en la puerta, se metió dentro. Era uno de esos coches con conducción automática, así que no había nadie al volante. Una voz le preguntó por su nombre, el confirmó y se pusieron en marcha. Pasaron varias horas, el Profesor veía que se dirigían hacia el norte. La mañana era fría y húmeda, nada nuevo para ser otoño en aquella zona. Había parado a mitad de camino para tomar un café y comer algo en un área de descanso. Mientras se fumaba un cigarro miraba cómo pasaban los coches a toda velocidad por la A1 dirección norte. A los cinco minutos ya estaba otra vez en la carretera. Poco después de una hora dejaban la autovía para meterse en una carretera convencional que pasaba por unos cuantos pueblos perdidos en el interior de aquella zona, pueblos que mezclaban el folklore inglés con el verde de sus tierras.

Tomaron un desvío cuando pasaron Harrongate. El Profesor no sabía muy bien a dónde se dirigía, simplemente se dejó llevar. Cuando le preguntó al coche, este simplemente respondió que se dirigían dirección norte.

Tomaron la curva adentrándose en una carretera secundaria, un cartel prohibía el paso al personal que no fuera autorizado. A partir de allí, el camino se iba estrechando poco a poco, la anchura de aquel camino solo permitía el paso de un coche en un único sentido, el asfalto pasó a ser tierra. En cuestión de segundos los árboles cubrían todo, las ramas tapaban el cielo, apenas podía pasar la luz a través de aquella vegetación cada vez más frondosa. Continuaron durante unos diez minutos, hasta que no pudieron seguir más, el camino se acabó con una pared que se levantaba delante de ellos. El coche se detuvo enfrente de una roca enorme. Dos cámaras escondidas en los laterales comprobaban el vehículo. Al instante, la roca se abrió, mostrando un túnel que hacía de entrada en aquel camino. A los pocos segundos, este daba paso a una explanada.

Aquel lugar estaba lleno de hangares, cobertizos medio descubiertos donde podían verse diferentes tipos de aeronaves y helicópteros. Un par de ellos llamaron especialmente la atención de Parker. El primero fue uno de los helicópteros, era uno de guerra del tipo Apache, con sus casi veinte metros de largo impresionaba a cualquiera que estuviera cerca. También había algunos aviones militares, el único que supo diferenciar Parker fue el modelo *Eurofighter* con su forma de ala en delta. Al otro lado de la explanada, se podía ver una gran superficie cubierta por *radoms*, antenas de comunicación cubiertas por estructuras semiesféricas con formas de polígonos. Junto al último hangar y en medio de todo aquello, había el único edificio en todo aquel lugar, un edificio de hormigón y metal, sin apenas ventanas, y con una entrada tan escondida que apenas se podía ver. Cuando se acercaron, un coche salió a su encuentro, parando justo delante de ellos, de este salió una cara conocida por el profesor, era Joseph.

- Bienvenido a *Menwith Hill*, señor Parker. Aquí tienen la acreditación, llévela siempre con usted –Dijo Joseph–. Por favor, sígame, le enseñarle todo esto.

- Ok, gracias –Respondió el Profesor, con un gesto serio.

Se colocó la acreditación en el cuello, y después de colgarse la mochila al hombro, siguió a ritmo rápido el paso que marcaba Joseph.

A la entrada del hangar había tres militares con fusiles semiautomáticos, al verlos llegar chequearon las acreditaciones, para después dejarles pasar. Una vez en su interior, le sorprendió el despliegue de medios que tenían allí dentro. Todo estaba dividido en sectores, un ejército de científicos con batas blancas iba de un lado a otro. Los paneles situados a ambos lados mostraban imágenes y gráficos, datos meteorológicos y geodésicos. Continuaron su camino a través de todo aquel personal mientras Joseph, le explicaba en qué consistía todo aquello.

- Cómo está observando, aquí compartimos comunicación directa junto con otros países, tenemos más de mil satélites de diferentes tipos, y con diferentes intereses –Dijo Joseph.

- Si no le importa la pregunta, ¿qué tipo de satélites son estos? –Preguntó Parker.

- No sabía que le interesan los satélites, Profesor –Exclamó Joseph sorprendido–. Aquí principalmente hay dos clases, los de observación y los de tipo meteorológico.

- Tenía entendido que los satélites de observación ya no se utilizaban porque duraban muy poco tiempo –Dijo Parker.

- Así es. Pero de momento son los más fiables para sacar imágenes, créame, nos sirvieron de mucho en la lucha antiterrorista durante las últimas décadas –Replicó Joseph mientras abría una puerta y se adentraba en otra sala–. Aunque los que más se controlan aquí en esta sala son los de tipo geoestacionarios, son los que van de la mano con la Tierra.

- Estos son los que tienen la misma velocidad de rotación que la Tierra, ¿no es así? –Preguntó Parker.

- Exacto, veo que es un experto. Estos son los mismos que le facilitaron la información meteorológica que nos pidió para realizar sus informes, son los mejores para los partes meteorológicos –Respondió Joseph–. Por favor, continuemos.

Ahora pasaban por delante de un sector donde los científicos trabajan con probetas, analizando muestras y anotando resultados. Eso le traía recuerdos a Parker. Cuando dejaron atrás aquella zona, llegaron a una puerta aparentemente bloqueada, tenía una luz roja en lo alto, y un cartel en el lateral avisaba del acceso limitado. Ahora Joseph, con un gesto rápido pasó la tarjeta, y un haz de luz escaneó su cuerpo de arriba a abajo. Fue entonces cuando la luz de la entrada cambió a verde y la puerta se desbloqueó. Una vez dentro, continuaron caminando por un pasillo que parecía no tener fin, hasta que llegaron a una puerta. Cuando la cruzaron, aquella sala parecía ser la más neurálgica de todas, dentro de ella un mapa del mundo recorría la pared circular, mientras que en el centro un grupo de personas aguardaba alrededor de una mesa ovalada.

- Ya conoce a algunos de los invitados presentes, Claire y Paul. Permítame presentarle a Simon, es nuestro especialista genético. Por último, el comandante William, es el responsable de estas instalaciones.

- Buenos días, Profesor, gracias por venir. Agradecemos mucho que forme parte de nuestro proyecto –Dijo Claire.

- Hola, Profesor. La última vez que nos vimos nos dejo usted muy preocupados. Cómo habrá podido ver, aquí tenemos muchos ojos, y la mayoría nos avisan del peligro que predijo –Dijo Paul.

- Si tienen tantos ojos, ¿por qué no me dicen dónde se encuentra Sam? –Respondió Parker instintivamente.

- Le entendemos, por eso estamos trabajando, para poder encontrarla –Contestó Paul con un gesto de empatía.

- Entendemos que este proyecto necesita una visión como la suya, y necesitamos que nos guíe en nuestra empresa –Dijo Claire–. Como ha señalado Paul, hemos tenido récord de temperaturas nunca vistas, llegando a alcanzar los 100 grados en puntos desérticos como México o Irán, pero no solo eso, también similares en zonas que nunca habían alcanzado esos niveles. ¿Qué está pasando, señor Parker?

- ¡No pienso decir nada hasta que no me digan cómo recuperar a Sam! –Exclamó el Profesor cada vez más alterado y mostrando enfado–. Joseph, usted me dijo que sabían dónde podía estar, así que no quiero engaños esta vez.

- Una de nuestras fuentes sitúa a Sam en algún lugar entre el sur de Francia y el norte de España, posiblemente en algún zulo cerca de los Pirineos o quizás en los picos de Europa –Contestó Joseph.

- ¿Quién la ha secuestrado?, ¿por qué?, ¿qué es lo que quieren a cambio? –Preguntó Parker.

- Pensamos que la captó algún grupo de mercenarios, normalmente son exmilitares que trabajan a sueldo para terceros, empresas o gobiernos que ven amenazados sus intereses por cualquier motivo. Estos sabían de nuestros planes, y la forma más rápida de cortar esto era callarlo a usted. –Dijo Joseph–. Ahora tenemos un equipo de rastreo por la zona, y estamos trabajando con las autoridades locales, así que no deberíamos tardar demasiado en dar con su paradero y poder traerla de vuelta. Es lo único que le podemos decir de momento. Le pido paciencia, sé que es duro, pero tiene que aguantar un poco más.

- No se preocupe, Profesor, la recuperaremos. Pero de nada servirá, si poco después vamos a morir todos, así que volviendo al problema por el que nos encontramos aquí, me gustaría preguntarle su opinión acerca de la genética, pues es un campo en el que creemos que podemos encontrar soluciones para poder enfrentarnos al problema. ¿Cuál es su opinión? –Preguntó Paul.

Parker mostraba su disconformidad con aquella contestación que le habían dado, lo consideraba insuficiente, pero no tenía otra opción, debía persistir, recordaba las palabras de Jack. No podía tirar la toalla.

- Pienso que debemos ser cautos a la hora de modificar genéticamente, no por los efectos inmediatos, que son los más visibles, sino por los que tiene lugar a largo plazo, y pueden condicionar al resto; nuevas enfermedades, desaparición de especies, etcétera. Puede salir muy caro jugar a ser Dios, pero como les dije anteriormente yo no soy ningún experto en el tema. –Respondió Parker con resignación.

- Para eso está aquí usted, señor Parker, para que nos oriente con su experiencia. Sabemos que no es un experto en el tema, pero cuenta con Simon que es nuestro jefe del departamento genético, él le informará en qué fase se encuentra el programa GAIA –Dijo William.

- ¿Quiere que llegue aquí y revise el trabajo a su mejor hombre? –Preguntó Parker con una sonrisa que mostraba sarcasmo.

- Queremos que aporte ideas, que mejore las que existen, trabajarán conjuntamente ustedes dos. Necesitamos otro punto de vista para contrarrestar el de nuestro experto y el suyo será de ayuda. Desarrollarán el programa, e informarán de los posibles problemas que puedan surgir y lo harán en el menor tiempo posible, pues este apremia como bien saben. Por último, les recuerdo, que hasta que no consigan resultados, nadie volverá a casa, ¿Queda suficientemente claro? –Preguntó William.

- Sí, señor. –Contestaron todos al unísono, menos Parker.

Parker se quedó mirándolos, sin saber qué decir. No sabía dónde se había metido, pero aquello parecía que iba a durar más tiempo de lo que se podía imaginar, y la idea de confiar en aquellas personas no le resultaba nada agradable.

- Una última pregunta, si me permite. ¿Qué es el programa GAIA? –Preguntó Parker.

- Es la consecuencia de su anuncio, Profesor. Un programa para revertir la actual situación en la que nos encontramos, e intentar encontrar alguna solución al fin del mundo. –Dijo William–. Simon, por favor, ponga al día al Profesor, necesitamos tenerlo listo cuanto antes. Si no hay más preguntas, pongámonos en marcha.

Con la última frase, todos se levantaron, cada uno cogió sus papeles y se dispusieron hacía la salida. Fue entonces cuando Simon se le acercó y le extendió la mano. Todavía no había dicho nada desde que empezó la conversación, aunque le observaba con atención.

- Profesor, encantado –Dijo Simon–. Por favor, sígame, le enseñaré el laboratorio y en qué punto se encuentra desarrollado nuestro programa.

Parker le estrechó la mano, y se pusieron en marcha. Simon tenía los típicos rasgos orientales, los ojos rasgados y la cara redonda. La piel blanca, contrastaba con aquel pelo corto y negro. No era muy alto, Parker le sacaba aproximadamente una cabeza. Pero el ritmo al caminar era rápido, a este le costaba seguirle. Mientras, le iba explicando un poco lo que eran aquellas instalaciones, y cómo estaban distribuidas. El profesor lo miraba, prestando atención. Al salir de la sala, tomaron un camino diferente, era el mismo pasillo, pero en dirección contraria. En mitad, un ascensor les conduciría a otro nivel. Cuando entraron, Parker se quedó mirando sorprendido, aquel panel no tenía números, solo unos símbolos, unas líneas dispuestas en horizontal, vertical y diagonal, algo poco convencional, pensó. En cualquier caso, prefiero callar y continuar escuchando.

• • •

Lejos de aquel lugar y sin saber muy bien cómo había llegado hasta allí, Sam se despertó en una celda oscura y fría. Lo único que recordaba era el suelo vibrante de aquel vagón. Después de eso, no había nada en su memoria. Intentó levantarse, pero le dolía mucho la cabeza. Al llevarse la mano a la sien se dio cuenta de que su melena no estaba allí, le habían cortado el pelo. Eso le hizo reaccionar rápidamente, acordándose de aquellos tipos que eran iguales. Se puso de pie y se acercó a los barrotes de la celda. Todo estaba oscuro, solo una luz iluminaba el centro de aquel lugar. Al final de un pasillo se podía divisar las siluetas de varias personas; todos vestidos igual, caminando como autómatas, en fila, y seguidos por una especie de dron.

Aquello era una prisión. Sin poder evitarlo, gritó de dolor al verse atrapada en aquella situación, y con ese sentimiento de pena fue cayendo poco a poco al suelo, frío y húmedo. Estaba sola, y en ese momento solo podía pensar con el Profesor.

Twist Lab

Cuando entraron al laboratorio, la luz blanca le cegó los ojos al Profesor. En aquel lugar había menos personal que en el nivel superior, y todo parecía ir a un ritmo mucho más lento, aunque solamente en apariencia.

– Aquí se encuentra uno de los proyectos en los que el programa GAIA está trabajando más activamente. En estos momentos nos encontramos en la segunda fase. La primera fue la de reconocimiento, en la que usted jugó un papel importante, en buena parte es por ello que está usted aquí –Dijo Simon.

– ¿Cuál es la segunda fase? –Preguntó Parker.

– La de desarrollo y mejora –Contestó Simon, mientras comenzaba la marcha abriéndose paso por un pasillo que tenía diferentes módulos a sus lados–. Créame, estamos muy orgullosos de los resultados que estamos consiguiendo hasta la fecha. Permítanme enseñárselos.

En la sala los operarios iban de un lado a otro. Encima de aquellas mesas de metacrilato se podía ver computadoras, documentos y material de análisis, entre ellos, microscopios, pipetas y algunos frascos catalogados en diferentes columnas situadas en los laterales de aquella sala.

Unos pasos más adelante, se encontraron unos tanques cilíndricos de lo que parecía ser una solución acuosa. Aquellos cilindros se alzaban delante de ellos, dispuestos unos al lado de otros, separados por escasos metros, deberían medir en torno a los dos metros y medio. Se encontraban conectados al suelo mediante una base metálica. Algunos parecían estar vacíos, en otros simplemente no se podía apreciar lo que había dentro. Cada uno de ellos tenía una tonalidad diferente, algunos tenían un color rosáceo, otros azulado, lo único en común era su tono apagado casi opaco.

- En estos tanques estamos analizando diferentes muestras, incluida la que usted nos hizo llegar hace unos meses –Dijo Simon.

- Sabía que se estaba analizando en algún lugar, pero desconocía que fuera este laboratorio. ¿Qué están haciendo exactamente con ellas, doctor? –Preguntó Parker.

- Aprendiendo, Profesor, estamos aprendiendo y mejorando los procesos de intercambio de oxígeno. Descubrimos algo sorprendente con la muestra que nos hizo llegar –Dijo Simon.

Se acercaron a uno de los tanques en los que estaba trabajando un operario. Este llevaba una carpeta en su mano, y estaba tomando notas.

- Por favor, ¿qué tipo de muestra se encuentra en este tanque? –Le preguntó Simon al operario con bata blanca que estaba junto al tanque.

- Aquí tenemos un tipo de bacteria metanogénica. –Contestó aquel científico, que, al ver la cara de incomprensión del Profesor, decidió explicar que era–. Crece en un ambiente rico en metano y pobre en oxígeno, como pueden ser algunos lagos o en el fango de algunos ríos. Y nos pueden dar a entender su resistencia en dicho ambiente.

- ¿Qué están haciendo con ella concretamente? –Preguntó Parker con curiosidad.

- Por un lado, estamos entendiendo cómo funciona este tipo de bacteria, como genera todo ese oxígeno sin envenenarse a ellas mismas. Ya que el desarrollo de enzimas protectoras les permite evitar que su ADN se destruya. Por otro lado, el estudio del umbral de resistencia nos da a entender su capacidad de supervivencia, a la vez que modificamos su genoma para hacerlo todavía más resistente –Respondió el científico.

- Creo que no le he entiendo muy bien. Están modificando su estructura genética, ¿no es así? –Preguntó Parker, queriendo saber más de aquel proceso.

- Así es, estamos suprimiendo el gen que utiliza el oxígeno para neutralizarlo, siempre que pueda ser viable el uso de otro gas que nos pueda dar oxígeno como pueda ser el uso de algún tipo de óxido nitroso.

- ¿Qué resultados están teniendo con esta técnica? –Insistió Parker.

- De momento, estamos todavía dentro de los ensayos, pero podemos apreciar un aumento de la producción de oxígeno entre un 10% y 20%, incluso con la supresión de oxígeno en el ambiente. –Contestó este.

- Muy interesante, aunque insuficiente me temo, para la necesidad que tenemos –Respondió el Profesor.

- Quizás tenga razón, pero si se fija en este tanque, encontrará algo un poco más especial –Dijo el científico señalando el tanque contiguo-. Se trata de un tipo de bacteria que puede sobrevivir en ambientes con o sin oxígeno, de hecho, es la que nos llegó desde la Antártida.

Ahora se movieron al último tanque que tenía un color oscuro, el cual no dejaba ver lo que había allí dentro.

- Este tipo de microorganismo utiliza el metano como fuente de carbono y energía para producir oxígeno. El cual le es útil para respirar por el mismo. La hemos llamado Oxifera, los compuestos que esta bacteria oxida son metano, nitrato y nitrito. Este grupo de microorganismos es capaz de extraer energía desde el metano, y liberar oxígeno desde nitrato y nitrito –Explicó el científico.

- Tenía entendido que los consumidores de metano eran de tipo anaeróbico, vamos que no consumían oxígeno, o si lo hacían era oxígeno producido por otros organismos –Respondió Parker.

- Así era, pero la Oxifera parece ser la excepción que confirma la regla. La gran novedad es que no toma oxígeno de la atmósfera, por eso pensamos que quizás, sea este el primer productor de oxígeno del planeta, anterior incluso a las cianobacterias –Dijo Simon mientras miraba aquel tanque–. Este tipo de metabolismo hace pensar que planetas como Marte, con lagos de metano líquido, puedan estar asociados a este proceso, por lo que podrían contener este tipo de vida primitiva.

- Quizá sea la primera parte del puzle para entender cómo se formó la vida en la Tierra–Dijo Parker.

- Es muy probable –Respondió Simon.

Continuaron caminando por aquel laboratorio. Durante la visita Parker no podía parar de observar que Simon tenía una marca que le recorría todo el cuello, era como una quemadura o una cicatriz, aquella marca era enorme, como si le hubieran cortado aquella zona, pensó que debió tratarse de algún accidente, la verdad es que le sorprendía por su tamaño. Al notar su curiosidad, Simon se subió un poco más el cuello de la camisa.

- Desde hace años estamos trabajando en paralelo con diferentes empresas, tanto públicas como privadas en el sector del diseño genético. La sintetización de ADN es cada vez más importante. ¿No lo cree? –Pregunto Simon.

- Conozco teóricamente el proceso de edición genética, pero como le dije anteriormente, no soy ningún experto. Aunque comparto algunas de las ideas en mejoras de dicho campo, hay otras que considero un problema, ya que las veo como una amenaza. – Respondió Parker haciendo una pausa–Puedo llegar a entender que necesitemos sintetizar productos necesarios para el consumo humano, si estos no causan efectos secundarios en la población. Pienso que cruzar esa delgada línea y empezar a sintetizar ADN en humanos, es jugar a ser Dios.

- No se ofenda, Profesor, pero creo que eso son tonterías. En este laboratorio no hay barreras, desde este aquí, miramos al futuro con imaginación y creatividad, no tenemos límites a la hora de crear. Piense por un momento, si estuviéramos doscientos años atrás, y le preguntara a una persona si sería posible vivir con un corazón diferente al suyo. ¿Cuál piensa que sería su respuesta?. Posiblemente, dicha persona le contestaría que eso es imposible, que eso no sería ni viable ni ético. Ya no volvería a ser la misma persona, pues aquel órgano era tan personal y tan único, que cambiarlo significaría cambiar al propio ser. Pues bien, hoy en día lo hacemos constantemente, y la persona que recibe dicho órgano sigue siendo la misma, ¿no es así?. Aquí tenemos un caso similar, pero con el genoma. ¿Qué pasaría si cambiamos los genes a una persona?, pues lo mismo que con el corazón. Seguiría siendo la misma persona, pero con una mejora que le permitirá poder vivir más y mejor. Básicamente, es una diferencia cultural, y obviamente tecnológica. A la edición de componentes orgánicos, partes humanas si así lo entiende mejor, lo llamamos Hardware Humano. Nos ayudamos del ADN, para crear dichos componentes con mejoras que de otra manera sería imposible alcanzar –Dijo Simon mientras observaba la reacción de Parker.

- La diferencia es abismal, y en ningún caso comparable. Cuando se hace la analogía entre una operación de corazón y un cambio genético la diferencia radica en el ser afectado. En el caso del corazón, usted está afectando a una persona. Sin embargo, cuando cambia el código genético, está afectando a todo lo que vendrá después de ese individuo, por lo que el cambio es generacional en la propia especie. Lo cual, como usted comprenderá, tiene una repercusión mucho mayor que la del trasplante del cual me esta hablando –Dijo Parker con gesto serio–. En cualquier caso, ¿por qué estamos hablando de humanos?, aquí solamente tienen bacterias, ¿no es así?.

- Mire delante de usted –Simon le hizo un gesto con la cabeza.

Cuando Parker alzó la vista, se encontró con un panorama dantesco. Aquellos cilindros tenían diferentes partes de cuerpo flotando en su interior, las cuales se movían muy lentamente. La expresión de su cara cambió, no entendía aquello, ¿por qué estaban haciendo partes de humanos? En algunos de los tanques las partes se encontraban en su pleno desarrollo, en otros se podía apreciar que estaba en una fase temprana. Por último, había algunos que tenían partes que no se podían diferenciar bien, acercándose más, el profesor pudo apreciar que aquello eran partes de animales. Desde aves hasta mamíferos, pasando por reptiles y peces, aquellos tanques mostraban el banco de pruebas en el que allí se estaba trabajando, un escenario en el que se identificaría la isla del doctor Moreau.

- ¡Por el amor de Dios!, ¿Qué están haciendo aquí? –Exclamó Parker.

- Lo que le he dicho. Aquí no hay barreras, somos tan libres como nuestra imaginación –Dijo Simon.

- ¡Esto es inmoral!. No es ético, doctor. No pueden jugar a crear animales, o personas a su antojo. ¿No se da cuenta, de que no es natural?, va en contra de la naturaleza misma –Dijo Parker preocupado al ver todo aquello.

- Querido, Profesor, ¿cómo piensa usted que evolucionó la medicina? Pues de la misma manera que puede ver usted aquí, escondida de la opinión pública, en contra de lo que se pensaba cómo moralmente correcto. Ya le advertí que aquí la moralidad la dejamos en la entrada, desde este lugar miramos a un futuro en el cual el hombre será una cosa más perfecta.

– Ahora lo ha dicho, doctor. Será una cosa, pero no será un hombre –Replicó Parker.

– Cómo sabe, el código genético es un lenguaje en el cual está escrito nuestro funcionamiento, por así decirlo. Pero, ¿qué pasa cuando hay un error de escritura?. Yo se lo diré, Profesor..., tenemos una enfermedad, como puede ser el cáncer o el sida. Desde hace años estamos trabajando y perfeccionando una técnica llamada CRISP, con la que hemos erradicado estos problemas de escritura en el código genético. Con ella podemos seleccionar qué, cuándo y dónde queremos modificar. En este laboratorio, el gran reto que tenemos como científicos es, conseguir lo que la vida nos niega, la supervivencia de nuestra especie –Explicaba Simon.

– No lo entiendo, doctor. Entonces, ¿por qué están mejorando las bacterias productoras de oxígeno? –Preguntó Parker.

– Ellas son una pieza importante para resolver el puzle. Al igual que un artista mira la naturaleza para crear su obra, nosotros nos inspiramos en la naturaleza, ella nos permite desarrollar modelos, o aplicar funciones que nosotros los humanos no tenemos, pero que diferentes organismos sí. Así pues, lo que hacemos es ver qué puede sernos útil, para después aplicarlo. Dijo Simon mirando aquellos tanques.

– ¿Aplicarlo a qué?, ¿A un pedazo de carne flotando dentro de esos tanques? –Preguntó Parker con sarcasmo.

– Abra los ojos, Profesor. No se da cuenta del potencial que tiene delante de usted. La creación de personas más resistentes es una alternativa tan viable como eficaz. Esta técnica está aquí para quedarse, así que le aconsejo que vaya acostumbrándose a ella –Dijo Simon–. ¿Se acuerda del primer caso de *Savior Simbling*?, en el que se creó un niño genéticamente para poder salvar a su hermano, las células de la médula ósea de aquel niño creado fueron las que hicieron posible el milagro. Pues bien, aquí el fundamento es el mismo, la idea principal es poder ayudar a las personas. A la vez que conseguimos ser dueños de nuestra propia evolución, ya no es algo aleatorio que depende de la diosa fortuna. Aquí somos conscientes de lo que queremos cambiar, y porque motivo lo queremos cambiar, nada ocurre aleatoriamente.

– Doctor, usted y yo sabemos las implicaciones que esto puede tener en la especie humana. ¿Dónde estará el límite?, siempre vamos a querer más y mejor, lo que no se ajuste a estos criterios será desechado. Surgirá la discriminación antes de nacer por tener unos genes u otros, predispondrán a las futuras generaciones, tendremos clases de personas dividas antes de nacer –Replicaba Parker, con cara de preocupación.

– No seamos hipócritas, usted viene con la demagogia típica, pero ¿Se ha parado a pensar en todos los niños que nacen con enfermedades o en lugares conflictivos en los cuales están condenados a morir prematuramente?, ¿no es eso una discriminación prematura?, ¿piensa acaso que es justo? –Preguntó Simon.

- Puede que no lo sea, pero no somos ni usted ni yo quien lo decide, sino la propia naturaleza la que impone ese criterio para el destino del hombre. Un hombre que nace libre, que no ha sido seleccionado ni manipulado antes de su nacimiento, la base del libre albedrío –Dijo Parker.

- Ese comentario suena a otra época, me recuerda al que pudiera hacer la iglesia con relación a este tema, pero usted es un científico, profesor. Aquí disponemos de la herramienta para controlar y mejorar la naturaleza, y esto es una realidad. Así que, es mejor que vaya asumiéndolo cuanto antes –Dijo Simon.

Parker se quedó mirando a uno de aquellos tanques cilíndricos, donde el torso que flotaba se movía muy lentamente. No sabía qué pensar, si aquello era el futuro, quizás el tiempo de la humanidad ya había llegado a su fin.

- En cualquier caso, doctor, sigo pensando en el problema del cual estábamos hablando, y es que nosotros siempre vamos a necesitar oxígeno para poder efectuar nuestras actividades. Somos máquinas de combustión –Dijo el profesor, intentando digerir todo aquello que veía delante de sus ojos.

- Así es, Profesor, aunque somos máquinas obsoletas –Respondió Simon–. Creo que es hora de que conozca el futuro, sígame, le voy a presentar a Nika.

Superhumanos

El Comienzo de una Nueva Era

30 años antes

En la sala de maternidad se encontraba una mujer acostada boca arriba, en una camilla diseñada para la auscultación. Una manta le cubría el torso hasta el vientre, dejando la zona de la pelvis al descubierto. Entre sus piernas, el doctor tomaba muestras mientras comprobaba su estado de gestación.

- ¿Qué tal se encuentra, señora Xi? –Le preguntó el médico mientras le hacía la revisión rutinaria de cada semana.

- Mejor, doctor, ya no tengo las molestias de las últimas semanas, y ¿sabe qué?. Ya puedo sentir cómo las niñas se mueven. Creo que ya están jugando ahí dentro –Respondió Xi con la mirada puesta en el techo y una sonrisa en su cara.

- Puede ser, señora, puede ser –Respondió el médico–. Solamente necesito una muestra más y estaremos listos.

A su lado tenía una bandeja con todos los utensilios que los ginecólogos disponen. Con un raspador extrajo una pequeña muestra del cuello uterino de la mujer, acto seguido lo metió dentro de un frasco, lo selló, y se inclinó hacia atrás.

- Muy bien, ya hemos terminado, ya puede vestirse. La enfermera le ayudará con sus cosas –Dijo el doctor levantándose del taburete.

- Gracias, doctor. En dos semanas salgo de cuentas, tengo muchas ganas de ver a las pequeñas – Respondió Xi, con una mueca de nerviosismo en su cara.

- Tranquila, no tiene que preocuparse de nada. Todo está listo para cuando llegue el momento –Dijo este intentando darle ánimos–. Todo va a salir bien, va a tener dos niñas preciosas, y lo más importante, sin ninguna enfermedad.

Detrás de un espejo opaco, seguía con atención la escena Lee, el director el proyecto. Un biofísico de apenas 40 años que vivía obsesionado con la edición genética. Al comienzo, se encontraba muy limitado por la técnica, los transgénicos era la forma más popular de editar el genoma, pero se encontraba con dos problemas que entorpecían su trabajo. El primero era su alto coste, y el segundo su tiempo para obtener resultados, demasiado extenso para que los inversores sintieran atracción por ello. Por lo que muchas de las veces se sentían escépticos en cuanto a las inversiones, y acababan por rechazar formar parte de sus proyectos. Estos eran los motivos por lo que Lee siempre encontraba dificultades para recibir los fondos que necesitaba, esos fondos que eran los que le permitirían darles un impulso a sus proyectos de investigación y desarrollo en el campo de la genética.

Todo esto cambió hace pocos años, leyendo un artículo de la revista *Science*, descubrió un avance como ningún otro hasta la fecha. Unos científicos americanos, desarrollaron una técnica que era capaz de editar el genoma humano con una precisión jamás vista por el hombre. Esta no era una técnica de tipo transgénico, no tenían la necesidad de añadir ningún gen al código existente, esta técnica modificaba el actual. Aportando ventajas enormes. La primera, era la de reducir los costes en un 90%. Y la segunda, reducir el tiempo a más de la mitad.

Cuando Lee leyó aquello no se lo podía creer. Dicha noticia tenía una repercusión enorme en su trabajo, era sin duda lo que andaba buscando desde hacía años. Aunque desconocía completamente su metodología, y la forma en que necesitaba aplicarla, así que pensó que debía aprender aquella técnica cómo fuera, y la mejor manera de hacerlo era poniendo rumbo a su origen. Lee decidió ir a Estados Unidos, concretamente a Harvard a cursar estudios de postgrado, allí podría conocer de primera mano los avances, y poder aplicarlos posteriormente a su vuelta en su China natal.

Cuando volvió de cursar sus estudios, su obsesión era todavía mayor. Así que tardó muy poco tiempo en conseguir los tan ansiados fondos. Después de eso, reunió un equipo de científicos, y empezó a probar aquella nueva técnica de edición genética llamada CRISPR. Esta técnica era increíblemente precisa en cuanto al objetivo de editar el código genético. Solo se necesitaban una secuencia de veinte letras de ADN, y buscar su código complementario de veinte letras de ARN. Una vez dentro de la célula, el ARN se acopla a la secuencia de ADN usando sus bases pares, y gracias al uso de una proteína llamada Cas9, se realiza un corte en el ADN. Para posteriormente anular, reparar o cambiar la secuencia por otra diferente. Aunque pueda sonar muy complicado, era un proceso relativamente sencillo para aquellos científicos, que veían abrirse el abanico de la edición genética con un sin fin de nuevas posibilidades. Un futuro nuevo se dibujaba en el horizonte gracias al uso del CRISPR.

Aquella técnica se había extendido por todo el mundo muy rápidamente. Habían muchos intereses por desarrollarla, y así poner en práctica el potencial de aquella nueva herramienta de ingeniería genética.

Lee quería ser un referente en su aplicación. Primero empezó probándolo en ratas de laboratorio, algo sencillo, el color de pelo de la rata, algo muy visual y que no costaría demasiado obtener. Los resultados fueron tan rápidos como prometedores. Aquellos pequeños roedores tenían en un 80% de su pelo el color seleccionado genéticamente. Ese fue el primer paso, pero no se podían quedar ahí, por eso decidieron dar el salto a los monos, su objetivo era quitar el gen que causa la enfermedad de Huntington, una enfermedad hereditaria que provocaba en las personas un desgaste en las células nerviosas del cerebro. Aquel experimento no fue un paso, sino un salto que demostraba la enorme capacidad de aquella nueva herramienta. Los primates eran en un 90% libre del gen portador de la enfermedad. El primate no solo había podido evitar dicha enfermedad, sino mejorar sus capacidades cognitivas, habían desarrollado una capacidad de cálculo y de razonamiento, como nunca antes.

Llegaron a aplicarlo incluso en plantas. El CRISPR parecía no tener barreras, ni límites. Aquello era la señal, una luz verde a la operación que tenía en su cabeza desde hacía mucho tiempo. Sin duda, sería uno de los grandes descubrimientos del S.XXI, y quizás el más grande hasta el momento para la humanidad. Una puerta que abría el comienzo a una nueva era.

. . .

Un chillido de dolor, y la cara arrugada de Lana, anunciaba la llegada de la primera de las dos mellizas. Nana estaba empujando desde atrás, ella era la siguiente en salir. Su madre, con la cara desencajada por el dolor, cerraba los ojos cada vez que empujaba para ayudar a salir a la pequeña.

- Empuje, empuje, empuje...–Le chillaba una de las enfermeras.

- No puedo más –Contestaba Xi con la cara enrojecida y sin apenas fuerzas.

- ¡Vamos!, ya está asomando la cabeza. Haga el último esfuerzo y ya lo tenemos, ¡fuerte, empuje! –Volvió a insistir el médico.

- ¡Aaaargh! –Fue el último chillido de Xi.

Parecía que Nana no quería salir al mundo, aquel cuerpecito se había movido de tal forma que no podía salir de entre las piernas de su madre. Tras intentarlo veinte minutos más, el médico decidió intervenir con una cesárea.

- Pasamos a cesárea, preparen todo –Dijo el médico.

- ¿Qué sucede? –Preguntó Xi.

- No se preocupe, señorita, vamos a sacar al bebé por cesárea. La pequeña se ha movido un poco y no es posible hacerlo por vía vaginal. Usted esté tranquila, ahora le pondremos una inyección y eso le calmara –Le dijo una enfermera.

La madre ya exhausta, recibió la noticia como un mazazo, pero aceptaba con la resignación que implica la necesidad. Difícilmente se podía mover, pero consiguió reclinarse un poco en el asiento, mientras la anestesista le colocaba una inyección en la zona baja del lumbar. Al instante, noto como un líquido helado le bajaba a partir de la cintura, para ir recorriendo su pierna derecha primero, después la sensación pasaba a su lado izquierdo, y en menos de diez minutos se encontraba somnolienta y aturdida, aunque algo consciente. Le habían colocado una sábana por la que no podía ver nada, pero todavía podía sentir algo cuando el bisturí le cortaba el vientre. No tanto el primer corte que era más superficial, pero sí cuando cortaban los músculos, aquella sensación como si le estuvieran cortando las mismas entrañas le hizo abrir los ojos.

- Ayúdeme, coja de aquí –Dijo el médico a la enfermera, mientras desplazaba los músculos del abdomen para poder acceder a la criatura.

Después de unos momentos de tensión, donde nadie decía nada, Nana consiguió salir. Cogida por los pies, todavía chorreaba aquel líquido amniótico que le caía por la cabeza. Fue en ese instante, cuando el médico le pegó unas palmadas en el culo y sus pulmones se llenaron de aire para después soltarlo en un chillido que junto con el de su hermana envolvía toda la sala. Al momento, las enfermeras colocaron ambas criaturas en el pecho de su madre.

- Aquí tiene a sus pequeñas, son preciosas –Le dijo una enfermera.

La cara de Xi, aunque todavía roja y exhausta debido al esfuerzo que había hecho, mostraba una sonrisa de satisfacción al ver aquellas niñas en su pecho, con ese calor que desprendían le transmitían una sensación de paz y amor. Aunque por poco tiempo, pasó tan solo un instante hasta que tuvieron que llevarse a las pequeñas, mientras el médico y las enfermeras se apresuraban para limpiar, recoger muestras de la placenta, el cordón y por último coser a la madre. Este tipo de operaciones no generaban gran dificultad en su realización, pero debían limpiar bien la zona para evitar futuras infecciones.

- Ya está todo listo, ahora la trasladarán a sala donde podrá descansar. Las pequeñas están bien. Ahora solo tiene que recuperarse, ¿de acuerdo? –Dijo el médico.

- Pero, ¿cuándo podré verlas? –Preguntó Xi.

- Las pequeñas están bien, ahora las estamos limpiando y comprobando que todo esté correcto. Después las enfermeras se las traerán, y podrá estar con ellas. También podrá entrar su marido a verla. Ahora lo más importante es descansar y recuperar fuerzas, lo ha hecho muy bien –Le dijo el doctor.

Unos segundos después, el médico se alejó hacia la puerta donde estaban las enfermeras, necesitaban saber si todo había salido como esperaban, si las pequeñas eran o no portadoras del gen que provocaba la enfermedad hereditaria que tenían sus padres. Si eso se confirmaba, la historia de la medicina lo haría también. La curación preventiva sería un hecho probado, y con esto se podría llegar a la idea de acabar con todas las enfermedades que tenía el ser humano desde el principio de los tiempos.

- Necesitamos urgente analizar esas muestras, llévelas al laboratorio –Dijo el médico.

- Avisaremos al padre para que pueda ver a la mujer –Respondió la enfermera.

- ¿Qué le acabo de decir, señorita?. Primero, las muestras. Después, el padre, ¿entendido? –Exclamó el doctor.

- De acuerdo, lo siento, doctor –Respondió la enfermera agachando la vista.

- Espero poder tener los resultados en unas horas. Dense prisa, por favor. Les dijo el médico a las dos enfermeras que salían de la sala a toda velocidad.

Al instante, una de las enfermeras salió de la sala con una bandeja, sobre ella llevaba las muestras de las niñas selladas en pequeños frascos clasificados, listas para ser analizadas.

Lee se encontraba mirando a las recién nacidas, pensando en la repercusión mediática que iba a tener aquella noticia, y cómo enseñar aquello si quería que la opinión pública estuviera de su lado, al menos en parte. Lo primero era mostrar el lado humano de la operación, la solidaridad de los científicos con aquellas pobres niñas, como la ingeniería genética había sido crucial para poder salvarlas de lo que la naturaleza les había negado, una vida normal como al resto de niños. Fue ese el motivo por el que eligieron a Xi, ella padecía de una enfermedad hereditaria llamada síndrome de Marfan. Una enfermedad rara y grave, que en muchos casos afecta al tejido conjuntivo, principalmente al corazón. Pudiendo provocar la muerte de las personas que la padecían.

Presentándolo así, Lee se garantiza en parte, la simpatía de la opinión pública. ¿Quién no querría ayudar a aquella mujer y sus dos hijas a tener una vida normal?. Lo que la naturaleza les había negado, él y su equipo se lo devolverían.

Lee tenía claro que la prensa internacional sería una de las primeras en atacar, lo tacharían de inmoral, condenarían sus prácticas médicas. Pero eso a él no le importaba demasiado, estaba preparado mentalmente. Tenía el apoyo de su gobierno, aunque de manera muy discreta. Desde Pekín le dejaron bien claro que en caso de ponerse las cosas feas, él sería el único responsable de los hechos, el gobierno actuaría de cara a la galería internacional, pero de puertas para adentro, no se tenía que preocupar, estaba al amparo del partido. Eso le daba mucha confianza al médico, que veía cómo sus acciones, no tendrían consecuencia alguna en el ámbito penal, o al menos eso era lo que pensaba.

Cuando salió la mujer de la sala, Lee decidió entrar para hablar con el médico.

- Doctor, ¿qué tal fue? –Preguntó Lee.

- Bueno, parecía que la segunda de las pequeñas no quería salir, pero al final fue todo bien –Respondió el médico.

- Necesito que me dé el informe de resultados lo antes posible –Dijo Lee

- Sí, claro, se acaban de llevar las muestras para analizar. Conforme tenga los resultados se los haré llegar –Afirmó el doctor.

- Recuerde, Doctor, nada puede salir mal, nos jugamos algo más que el prestigio –Dijo Lee mirándole a los ojos con un rostro amenazante.

- Lo sé, señor, lo sé. No se preocupe, todo saldrá como lo planeamos. –Respondió el doctor.

Aquel médico era la mano derecha de Lee, conocía todo el proceso de edición genética. Juntos desarrollaron los puntos críticos de este experimento, y ambos conocían de sobra el alcance de sus acciones.

La luz verde indicaba que el análisis había finalizado. Los resultados se estaban imprimiendo, las niñas no tenían el síndrome de Marfan, eran libres de los genes portadores de dicha enfermedad. Aquello era todo un logro científico. El doctor fue con dicho informe hacia el despacho del director Lee. Cuando llegó a la puerta, dio dos golpes con los nudillos.

- Adelante –Respondió Lee

- Aquí tengo los resultados –Respondió el doctor dejando el informe encima de la mesa.

- Déjeme ver, por favor –Dijo Lee cogiendo el informe.

Lee se reclinó torpemente en la silla y se puso a leer aquel documento, buscando la confirmación de la eliminación de dichos genes. Cuando la encontró, levantó la vista del papel, y con una sonrisa, se quedó mirando al médico.

- ¡Lo conseguimos!, las pequeñas están libres de enfermedad. Acabamos de hacer historia –Dijo Lee iluminándose su cara.

- Ahora la genética estará más unida a la medicina, más de lo que nunca había estado –Respondió el médico que se quitaba la mascarilla dejando ver su rostro.

- Así es, Simon, Bienvenido a la revolución –Dijo Lee.

Ambos se dieron la mano a la vez que pensaban en todas las consecuencias que esto llevaría consigo. Sabían que era una victoria, aunque no todo el mundo lo vería de la misma manera. Decidieron que era hora de celebrar aquel hito. Lee se levantó de la silla y se acercó a la estantería donde se encontraba una nevera escondida, sacó dos botellas de Champán, y se las dio a Simon.

- Reúna al equipo en la sala central. Es momento de celebrar que acabamos de hacer historia –Dijo Lee con un tono de excitación.

- Sí, señor –Respondió Simon emocionado al escuchar a su camarada.

· · ·

Lee sabía que, para ganarse la opinión pública, primero tenía que ganársela en su propia casa. Sus trabajadores debían identificarse con los valores que quería transmitir, y e involucrarse en el proyecto. Ellos serían la voz que darían a conocer lo que se había hecho dentro de aquellas paredes. Ese era el motivo por el que siempre estaba encima de cada uno de ellos, confirmando que ninguno tuviera dudas de porqué estaban haciendo todo aquello. Y si en algún momento surgía alguna duda, se debía actuar pronto, para no contagiar al resto del equipo. La primera acción era intentar recuperar a esa persona para que cambiara de opinión, y no afectara al resto con sus ideas. La segunda, era la destitución. En este último caso, la destitución venía con algo más que un simple despido. Si de algo se encontraba seguro Lee era de no dejar cabos sueltos, de eso se encarga su jefe de seguridad, un tipo llamado Ji. Aquel hombre rondaba los cincuenta años, y aunque algo viejo, era corpulento y su aspecto amenazante no había menguado con el tiempo. Ji era un matón que disfrutaba de la coacción y el abuso, así que a la mínima que lo necesitaban estaba encantado de prestar sus servicios. Hasta el momento, solo tuvo un incidente. Un trabajador que se negó a continuar cuando descubrió lo que se escondía detrás de la operación, aquello no era simplemente el ayudar a unas niñas, sino la manipulación del genoma humano desde su raíz para posteriormente crear un ser humano completamente modificado. Al ver aquello, Lee ordenó a Ji deshacerse del problema.

El jefe de seguridad esperó aquel día al científico en el parking del laboratorio. Cuando entró en su coche, este apareció en el asiento de atrás, con un brazo lo cogió del cuello y con el otro roció un spray hipnótico, cubriéndolo por completo el rostro. En pocos segundos el científico rebelde perdió la conciencia.

Al despertar, el científico no sabía dónde se estaba, todavía somnoliento pudo ver que aquello era un embarcadero de madera. Se encontraba sentado en una silla de oficina, atado de pies y manos con cinta americana. La noche era oscura, pero la luz anaranjada de una farola le iluminaba la cara. A los pocos segundos, se percató de su situación, estaba a punto de morir a manos de Ji.

Lo único que se podía escuchar a través de su boca eran gemidos mientras hacía movimientos inútiles para intentar desesperadamente librarse de las ataduras, la cara mostraba el miedo y la desesperación que tenía en ese momento.

- No podías hacer tu trabajo como todo el mundo, ¿no?. Tenías que protestar, tenías que ser el que quería que todo se destruyera, ¿Por qué tuviste que amenazar al jefe?. –Pregunto Ji, haciendo una pausa–. Esto es lo que les pasa a los que no quieren seguir las normas. Ahora, quiero que me digas una cosa, ¿quién más piensa como tú?, ¿quién más cree que esto que estamos haciendo es ilegal?, dímelo o acabarás ahí abajo con los peces

Con un tirón le quitó la cinta de la boca. Aquello sonó como si le arrancara parte de la cara. En ese momento aquel pobre diablo no sentía más que el miedo recorriendo su cuerpo.

- No sé nada, se lo juro. Yo solo quiero salir de aquí, no se lo diré a nadie, se lo juro –Dijo tartamudeando.

- Te he preguntado, ¿quién más piensa como tú?, no te lo voy a volver a repetir –Le preguntó Ji con tono amenazante.

- Chang, él fue el que me dijo que esto se salía de todo lo que nos habían dicho, que nada de esto figuraba en el contrato que nos hicieron firmar. Contestó finalmente.

- ¿Nadie más?,¿Solo Chang?, ¿Qué más le dijo? –Preguntó Ji

- Nada más, me dijo que fuera a hablar con Lee, que lo entendería y que me dejarían marchar –Dijo, tartamudeando, con cara pálida.

Ahora Ji se giró dándole la espalda, metió la mano dentro de la chaqueta sacando un paquete de tabaco, cogió un cigarro, y con un Zippo se lo encendió. Levantó la cabeza tirando el humo, y viendo aquella nube que se formaba con el contraste de la luz naranja que emitía la farola, supo que la conversación llegó a su fin.

- La gente dice que soy un sádico, yo no lo creo, igual tú puedes ayudarme. ¿Ves el agua?. Aquí, en esta época del año puedes encontrar dos tipos de peces. Unos que son como Nemo, de colores vivos, muy bonitos y graciosos, pero hay otros, de color marrón oscuro, esos son más grandes y son unos hijos de puta. Les gusta morderte, son carnívoros como las pirañas, creo que son sus primos. Pues bien, para que veas que no soy un sádico, te voy a dar la oportunidad de elegir tu destino. Te puedo lanzar al agua y te ahogaras en un par de minutos, o te puedo poner esta máscara de oxígeno, con lo que, con suerte, podrás vivir 10 minutos ahí abajo, y con muchísima suerte sobrevivir a las mordeduras –Dijo Ji arqueando las cejas.

- No, por favor, no, no, no, no, no, no.

- Bueno, ¿qué eliges?, ¿qué prefieres? –Preguntó con una sonrisa macabra.

- No, por favor, no.

Siempre igual, no tengo todo el día, venga dime que prefieres, ¿ahogado o mordido?. Vamos, no es tan difícil.

Le dio la última calada al cigarrillo, después lanzó la colilla al agua. Se giró, y puso su cara a menos de un palmo de la de aquel tipo, lanzándole el humo lentamente en la cara.

- Sabes, a pesar de todo, me caes bien. Creo que te daré la oportunidad de poder sobrevivir –Le dijo Ji.

Le colocó unos pesos en los pies, la máscara en la cabeza, y se quedó mirándole fijamente.

- Ha sido un placer hablar contigo, pero es hora de que me marche –Le dijo Ji mientras le añadía más pesos en los pies–. No quiero volver, para tener que hundirte yo mismo.

Después de estas palabras, se incorporó y con una patada empujó la silla, que a cámara lenta cayó al agua. Aquellos ojos enormes se quedaron mirando mientras se hundía, el pánico a la muerte se reflejaba en aquella mirada. Antes de perderse en la oscuridad, los peces marrones ya habían aparecido, y empezaban a morderle por todas partes, la sangre difuminaba lo poco que se veía del cuerpo.

Al siguiente día, Chang corrió la misma suerte.

· · ·

Todo el equipo estaba reunido en la sala de juntas. El director estaba en el atril principal de cara a todo el mundo, a su lado derecho Simon con una botella de champagne en sus manos, se encontraba atento al discurso que iba a pronunciar. Todo el personal esperaba impaciente las noticias de Lee.

– Queridos compañeros, la operación ha sido un éxito. Después de meses de duro trabajo ha llegado la recompensa. Hemos conseguido ayudar a esta familia. Gracias a nuestro trabajo podrán tener una vida como la de cualquiera de nosotros. Disfrutarán de sus hijas de la misma manera que lo hacemos todos, sin que ninguna enfermedad les robe la ilusión ni la alegría de verlas crecer sanas. Estoy muy orgulloso, y vosotros también deberíais estarlo, porque hemos hecho algo bueno por esta familia, por la humanidad, y hemos hecho historia. Por eso, propongo un brindis.

Después del discurso todos alzaron las copas, y sonrientes al unísono brindaron ¡Por una nueva era!

Un Acontecimiento Inesperado

Después de todo el revuelo mediático que supuso el nacimiento de las pequeñas, Xi y su marido decidieron cambiar de domicilio. Estos querían evitar ser reconocidos, preferían vivir en el anonimato y llevar una vida tranquila.

La familia de Xi era originalmente de un pequeño pueblo de la provincia de Yunnan, situada al suroeste de China. Este lugar era conocido por sus espectaculares montañas, lagos, y sobre todo, los campos de arroz. No se sabe muy bien quién los hizo, pero se cree que miles de años atrás, las gentes de aquel lugar habían excavado aquellas colinas, dándoles formas escalonadas, y dejando así un paisaje único en todo el mundo. Fue allí, donde la familia de Xi encontró un lugar seguro donde poder refugiarse, al menos el tiempo que durara la tormenta mediática.

Yunnan era básicamente tierra de agricultura, pero desde hacía ya un tiempo los habitantes de aquel lugar habían cambiado su forma de vivir, al menos en parte. El turismo había pasado a ser una de las fuentes de ingresos principales de la zona. Las casas estaban abiertas al público, ofreciendo comida, bebida y diferentes suvenires, figuritas hechas por la gente del pueblo, incluso se podía comprar arroz local en las casas, el cual se vendía dentro de unas bolsas tejidas a mano. Era todo muy artesanal.

Cuando llegó la familia al lugar, se instalaron en casa de su tía. Allí tenían espacio suficiente para poder vivir todos. El marido buscó trabajo en el campo de jornalero, yendo a ayudar a un grupo de agricultores de la zona. Cuando se enteraron de que la familia había llegado al pueblo le ofrecieron trabajo para poder ayudarlos. Conocían a la familia de Xi, estos pueblos no eran demasiado grandes, solo unos pocos miles de personas vivían allí. Así que, una de las costumbres era la de ayudarse unos a otros.

Xi se quedó en casa al cuidado de las pequeñas y ayudando a su tía, la única que quedaba de la familia. Aquella mujer debía tener al menos, noventa años, pero la edad que tenía no reflejaba su increíble vitalidad. No necesitaba a nadie para poder hacer las tareas de la casa, tampoco para poder ganarse algún renminbi. Siempre le había cosido la ropa a su marido, era muy buena con las manos, así que decidió hacer suvenires para venderlos a la gente que pasaba por allí. Utilizaba hojas secas, y gracias a su habilidad para coser, hacía unas figuritas que según ella traían buena suerte a los que la llevaban, pues estaban hechas con las hojas de la vida, las hojas de arroz. Aquella mujer adoptó a la familia con los brazos abiertos, conocía a Xi desde que nació, y para ella era una más de la familia. Además, veía en ellos una distracción a sus aburridas horas en la casa.

Pasaron los meses y Xi se convirtió en toda una experta cosiendo figuritas. Su tía le había enseñado la técnica, y aunque no tenía el nivel de la viejecita, su destreza mejoraba cada día. Ahora podía hacer unas diez al día, si las pequeñas se lo permitían. Aquellas dos niñas, crecían a un ritmo acelerado. Xi pensó más de una vez en contarle la historia a la viejecita, pero siempre que quería hacerlo, pensaba que no tenía sentido, que aquello no le importaría, o quizás no lo llegaría a entender.

Una tarde cosiendo las dos juntas, su tía quería saber más sobre su viaje al pueblo; porqué habían dejado aquella vida en la ciudad, aparentemente era la que todos buscaban.

- ¿Sabes, Xi? no entiendo cómo pudiste volver al pueblo. ¿Por qué lo hiciste? – Preguntó Shui.

- No se tía, no sé qué decirle, la verdad es que no éramos tan felices allí. Además, queríamos que las niñas se criaran en un lugar más natural, fuera de todo aquello –Contestó Xi

- Eso está bien. Aquí toda la gente está pensando en ir a la ciudad, como ves casi no hay gente joven. Ellos buscan otras cosas. Buscan un trabajo que no sea en el campo –Dijo Shui, mientras se hacía un silencio–. Supongo que tampoco es tan malo. Esto es demasiado duro.

- La ciudad está bien, supongo que tienes que ir para darte cuenta si te gusta o no. Tiene muchas cosas, puedes ir a muchos sitios. Hay parques gigantes donde puedes pasear y ver todo tipo de animales. También tienes restaurantes donde te sirven comida de todos los sitios. Y los edificios son enormes, casi llegan a las nubes. Hay muchas cosas buenas, pero también tiene otras que no lo son tanto. Hay mucha pobreza, gente durmiendo en las calles sin poder comer nada y sin ningún futuro. También hay delincuencia, allí la gente no es como aquí, no le importa a nadie cómo está la persona que pasa a su lado. Esa fue una de las cosas que me convencieron para venir al pueblo –Dijo Xi.

- Tu padre odiaba la ciudad. Decía que era cosa del demonio. Que allí la gente no se quería, cada uno miraba solo por su ombligo. A tu madre, sin embargo, le gustaba, siempre que podía se escapaba para verte. Pobre, ya hace tiempo que se fue. Yo la echo mucho de menos, bueno, a los dos. Pero a ella, la echo mucho de menos –Dijo la anciana, mientras sus ojos se empañaban de lágrimas.

- Sí tía, yo también, yo también –Le contestó Xi, soltando la muñeca que estaba tejiendo para darle un abrazo a la viejecita.

Después del abrazo se hizo un silencio entre las dos. Se quedaron calladas cosiendo, cada una perdida en su propio pensamiento y recordando tiempos pasados. Unos minutos después, se oía a una de las pequeñas llorar. Se acababa de despertar, y viendo la hora que era, ya sabía que lo que estaba pidiendo era comida. Así que, la madre fue directa a la cuna que estaba a escasos metros de la entrada y agarró a la pequeña Lana en brazos para balancearla poco a poco. Cuando la pequeña notó el movimiento, y escucho la voz de su madre, sintió alivio y dejo de llorar.

- No sé qué le pasa últimamente a la pequeña, llora demasiado, ¿no crees, tía? –Dijo Xi.

- No te preocupes, ¿no recuerdas cómo llorabas tú?, créeme eras mucho peor que ella –Respondió Shui con una sonrisa, tratando de tranquilizar a su sobrina.

Xi se relajaba al escuchar las palabras de su tía. No estaba segura cuando tomo la decisión de volver al pueblo, no sabía si se adaptaría bien a la vida en aquel lugar.

Pero la verdad, es que no echaba en falta la vida en la ciudad, sino fuera por ir de compras, o quedar alguna vez con alguna amiga. Pero, con quién iba a quedar ahora que tenía a las dos pequeñas. Ellas necesitaban todo su tiempo, y con su tía aquello era mucho más fácil.

- Ahora le calentaré un cazo de leche de arroz, y ya verás cómo se le pasa el llanto –Dijo Shui

- Gracias, tía.

. . .

Habían pasado unas semanas desde que Xi notó extraña a Lana, la pequeña se despertaba por las noches llorando. Su madre al escucharla acudía a la habitación para calmarla, la apretaba contra el pecho, y la pequeña se tranquilizaba al cabo de un rato. Al principio pensaba que eran pesadillas que Lana tenía durante la noche. Pero, cada vez eran más frecuentes, aquello le preocupaba mucho a Xi.

Aquella noche volvió a despertarse llorando. Esta vez su tía le preparó unos remedios caseros a base de plantas y arroz.

- Dale este caldo y verás cómo mejora la niña.

- ¿Qué le ha echado tía? –Preguntó Xi.

- Son unas hierbas de montaña, curan y calman. Con esto se sentirá mejor. –Respondió la Shui.

La anciana puso en un cazo unas hojas, junto con un puñado de arroz y agua a calentar. Aquello olía a una mezcla de lavanda, almendras y arroz. A los diez minutos, sacó el cazo del fuego y lo escurrió. Aquel brebaje se lo dieron a Lana, que se lo bebió a regañadientes. A los pocos minutos la pequeña cayó fulminada en la cama. Ahora, la viejita se acercó a la pequeña y le dio un beso en la frente que duró unos pocos segundos.

- Xi creo que es mejor que llames al médico, y que vea a Lana –Dijo Shui con cara de preocupación al ver a la pequeña.

- ¿Por qué? –Preguntó Xi.

- Parece que tiene fiebre. Yo lo único que puedo darle son calmantes para que pueda dormir mejor. Pero necesita que la vea un médico. Mañana te daré su teléfono y lo llamas –Dijo Shui.

- Gracias, tía.

Después de dejar a la pequeña en la cama, las dos mujeres se fueron a dormir, preocupadas por aquella criatura que no paraba de llorar desde hacía ya más de cinco noches seguidas.

Esa misma mañana llamaron al médico para explicarle lo que le ocurría a la pequeña. Este les dijo que acudiría al medio día, pues estaba de camino para visitar a unas familias un par de pueblos más al norte. El médico en aquel lugar tenía que consultar a la gente pasando por varios pueblos. La mayoría de las veces eran personas mayores que no podían desplazarse, así que era él quien, conduciendo una moto, se desplazaba a realizar la consulta en las propias casas.

Durante el día Xi, continúo haciendo su rutina. Salió a comprar algo de verdura y carne para preparar un caldo a la pequeña, así que dejó a la anciana al cargo. Cuando volvió, se encontró a esta cosiendo junto a la Lana que estaba profundamente dormida, mientras su hermana jugaba en el suelo con una muñeca que le había cosido su madre. Las dos se quedaron mirando cuando esta entró a la casa.

- ¿Qué tal está? –Preguntó Xi.

- Parece que se ha pasado la mañana sudando, le acabo de cambiar la ropa. Ahora está durmiendo –Respondió la tía.

- El médico dijo que llegaría a mediodía, supongo que no faltará mucho para que llegue, porque ya son casi las doce.

- Sí, siempre viene cuando dice, aunque algunas veces tarda un poco más porque tiene que venir de lejos, pero no te preocupes. Seguro que le da algún remedio a Lana.

Cuando llegó el médico a la casa, llamó a la puerta. Las mujeres estaban recogiendo la mesa, pues acababan de comer.

- ¡Hola!, soy el doctor, ¿se puede pasar? –Dijo aquel hombre joven que rondaba los treinta años más o menos.

- Hola, doctor, ¡pase, pase, por favor!. Estábamos esperándolo, ¿ha comido ya?, ¿quiere un poco de arroz con pollo? –Le preguntó la anciana.

- Gracias, señora, se lo agradezco, pero justo comí algo antes de venir. ¿Dónde está esa pequeña que no les deja dormir? –Les preguntó el médico.

- Está aquí en el cuarto, doctor. Pase, por favor, pase –Respondió Xi.

Cuando entraron a la habitación la pequeña estaba durmiendo y el sudor le caía en forma de gotas por la frente.

- Bueno, vamos a ver. Hola, Lana, necesito que despiertes –Le dijo el médico a la pequeña que apenas podía abrir los ojos.

El médico le tocó un poco la espalda para que se despertara. Pero la niña parecía no reaccionar. Al ver esto, el médico la movió más fuerte. En ese momento consiguió que la niña abriera un poco un ojo, pero parecía que no tenía fuerzas para nada más.

- No te preocupes, pequeña. Solo quiero ver cómo estas. Necesito que le suban la camisa.

El doctor abrió su maletín, sacó un termómetro y un estetoscopio. Le colocó el termómetro en la axila, se puso los audífonos, y con la campana fue comprobando diferentes zonas donde la pequeña podría tener problemas a la hora de respirar. Primero, por la parte de atrás y después por la de delante. Para después volver a comprobar la parte de atrás, cosa que dejó a la madre más nerviosa de lo que ya estaba de por sí.

- Bueno pequeña, ya puedes acostarte. Ahora lo que necesitas es descansar. –Dijo el médico.

El doctor recogió sus cosas, y todos salieron de la habitación dejando a la pequeña que continuará con su descanso.

- Aquí tiene los medicamentos. –Dijo el médico, dándole un par de cajas de pastillas.

- ¿Qué le ocurre, doctor? –Preguntó Xi.

- Pues parece que tiene algo de infección en el pecho, así que le voy a dar unos antibióticos y unos calmantes para el dolor. Con esto debería de encontrarse mejor, aunque si su estado no mejora en unos días, me lo dice porque entonces necesitaremos llevarla a un hospital donde puedan tratarla mejor, ¿de acuerdo?

- ¿Qué hacemos ahora? –Preguntó Xi.

- Tranquila, mujer, no pasa nada. Simplemente tiene que darle la medicina. Y en el caso de que empeore, me llama. Yo aquí no dispongo de más medios de los que ven, y son muy limitados. Ahora lo mejor es que descansen todos, mañana veremos si los medicamentos han hecho efecto.

Después de aquella conversación el médico se marchó de la casa.

• • •

Aquella noche el sonido de la sirena alertaba a todos los vecinos. Hacía más de dos horas que Xi había llamado al médico para pedirle ayuda. Estaba asustada porque Lana no mejoraba, al contrario, había ido a peor, ya no podía ni llorar, y difícilmente podía respirar. La fiebre era muy alta, rozaba los cuarenta grados. Cuando escuchó eso, el doctor Wang decidió llamar a los servicios de urgencias del hospital para que enviaran una ambulancia urgente.

Fueron pocos minutos los que tardaron en recogerla, subirla a la ambulancia y ponerle oxígeno para salir a toda prisa. Se encontraban de camino al hospital, mientras monitorizan a la pequeña comprobando sus constantes vitales, y su estado general. Con esos datos emitían un parte al hospital, donde avisaban a los médicos de las condiciones con las que llegaba la pequeña a la puerta de urgencias.

La sintomatología que presentaba era similar a la de shock anafiláctico, le costaba respirar, un pulso débil y acelerado, daba a entender que podría estar relacionado con algún tipo de alergia. La asociación de fiebre era lo que preocupaba a los sanitarios que pasaban parte y esperaban respuesta desde el hospital.

La madre se encontraba dentro de la ambulancia, mirando a la pequeña mientras rezaba para que se pusiera bien, estaba tan nerviosa que no se dio cuenta que se marchó descalza y casi desnuda. El padre venía con la moto que le había dejado el doctor, pues ellos no tenían ningún vehículo, y tampoco podía entrar más gente en la ambulancia.

Cuando entró en el hospital y llegó a la entrada de urgencias, los celadores salieron corriendo para ayudar al traslado. Primero bajó Xi, que difícilmente podía moverse, le dieron una bata para que pudiera taparse. Después bajaron a la pequeña en la camilla. La cara de la madre todavía se puso más pálida cuando vio aquel rostro conocido en la entrada del hospital.

- ¿Qué hace usted aquí? –Preguntó Xi.

- Me han comunicado el estado de la pequeña, así que vine para ver cómo se encontraba –Contestó Simon.

- Nos dijeron que cuando nos fuéramos, nadie nos encontraría –Exclamó Xi con cara de preocupación.

- Le recuerdo que usted no podía tener hijos, ¿se acuerda?. También recordará que firmó un contrato con nosotros, ¿verdad?. Tenemos derecho sobre la pequeña –Dijo Simon con tono amenazante–. Pero no he venido a quitársela, simplemente a comprobar que no le pase nada, así que le pido que se relaje.

– ¡Váyase y déjenos en paz! –Gritó la madre histérica con lágrimas en los ojos.

– Le aconsejo, señora Xi, que, si quiere mantener a su familia unida, nos deje trabajar. Ahora, si me disculpa necesito ayudar a su hija. Le sugiero que vaya a la sala de espera, después nos veremos y le informaremos de cómo va la pequeña.

Después de aquellas palabras, Simon se giró y entró al hospital por la entrada de urgencias. Donde a los pocos metros solo se podía continuar con autorización.

Xi se quedó paralizada, sin saber muy bien qué pensar, o qué hacer. De pie en la entrada de urgencias, cogiendo de un brazo la figurita que le había hecho a Lana, y que esta llevaba siempre a todas partes.

Pasadas unas horas entró uno de los médicos a la sala de espera. Xi y su marido al ver que se acercaba se pusieron de pie al instante.

– ¿Son ustedes los padres de Lana? –Preguntó el médico.

– Sí, somos nosotros, ¿cómo se encuentra Lana? –Respondió la madre.

– Siento darles esta terrible noticia. Lo siento mucho, pero la pequeña, no ha podido superar esta crisis. Entró con un cuadro crítico, y no pudo superar la infección que tenía. Su corazón se paró esta madrugada, intentamos reanimarla con todas nuestras fuerzas, pero no pudimos conseguirlo.

Créame que lo siento mucho, mi más sentido pésame –Dijo el médico con rostro serio.

- ¿Qué significa eso, doctor?, ¿dónde está mi pequeña?, ¿dónde está mi pequeña ? Laaaana, Nooo, Nooo. ¡¿Qué han hecho con mi hija?! –Gritó entre lamentos Xi, mientras el padre la abrazaba intentando consolarla, aunque no había consuelo para aquella madre.

Xi entró en un ataque de pánico, empezó a chillar y a empujar al médico. Por un momento le faltó el aliento, parecía que el oxígeno no entraba ni salía, su diafragma se había cerrado. Las fuerzas parecían desaparecer y aquella mujer se precipitaba al suelo perdiendo la consciencia, y chocando fuertemente contra el piso.

• • •

Eran las seis de la mañana, Simon había vuelto al laboratorio, no quería volver a ver a Xi. Sabía que la madre le responsabilizaría de la muerte de la pequeña. Ahora no había nadie más que se responsabilizará de aquel suceso, el doctor Lee se encontraba desde hacía dos años en una prisión incomunicada, y había perdido todo el contacto, así que ahora las culpas caerían sobre él.

El gobierno le pidió un informe para aclarar qué es lo que había sucedido con la pequeña en Yunnan. Cómo es posible que, utilizando la técnica del futuro, el CRISPR, aquella niña hubiera muerto a los pocos años de nacer.

Simon tomó muestras de la pequeña junto con el informe médico, para poder sacar una conclusión sobre lo que había fallado allí. Regresó al laboratorio, y volvió a analizar el código genético de la pequeña, fue en ese momento cuando se dio cuenta del fallo. No fue aquella gripe, sino una mutación en un receptor, esto fue lo que desencadenó en un defecto cardíaco. En este caso una pared ventricular delegada y una función ventricular deprimida, pudieron ser los causantes de la muerte de Lana. Casualidades del destino había querido que una simple gripe, se convirtiera en una grave infección. Aquella infección afectó a su delicado corazón, y este simplemente obedeció a sus genes. El cuerpo solo hizo lo que en su código genético estaba escrito.

Un sentimiento de impotencia, de culpa y rabia recorría el cuerpo de Simon. ¿Por qué?, ¿Cómo es posible que no se hubieran dado cuenta antes?. Nadie del equipo preguntó a los familiares si estos habían desarrollado dolencias cardiacas. Después de pensar esto, automáticamente se puso a buscar en el sistema información de la familia de Xi. En menos de cinco minutos tenía el historial de todos sus familiares más cercanos. Y efectivamente, cuando filtró la búsqueda, encontró que dos de ellos desarrollaron problemas cardíacos, muriendo por causas similares, aunque a una edad mucho más tardía.

Simon se preguntaba qué sentido tenía librar a aquella niña de una enfermedad, si poco después moriría por culpa de otra. Quizás, era imposible prever todo el cuadro clínico que podría desarrollar durante su vida. Quizás, aquello era simplemente una quimera imposible de alcanzar. O tal vez, fue un fallo, a pesar de todo estaban empezando a desarrollar aquella técnica y era normal que surgieran problemas.

En cualquier caso, la crítica sería más dura con ellos. Aprovecharon ese fallo para resaltar todo lo negativo de la operación. Con aquello en la cabeza, se levantó de la silla y fue a por un café a la máquina. Sus pensamientos se amontonaban en la cabeza. Pensó en aquella madre y en su sufrimiento. Se quedó absorto mirando aquella máquina, el café ya hacía tiempo que salió, en un instante volvió en sí, tomó el vaso, y se fue a la calle a fumarse un cigarro.

El aire fresco le dio en la cara nada más abrir la puerta, el sol ya había salido, pero las nubes no dejaban un cielo claro, era más bien gris. Sacó el paquete de tabaco, y se metió un cigarrillo en la boca, mientras dejaba el café en el suelo para poder encenderlo, justo en ese momento su móvil empezó a sonar.

- ¡¿Simon?! –Preguntó una voz al otro lado del aparato.

- Sí, ¿quién es? –Contestó este.

- No sé si se acordará de mí, nos conocimos hace un tiempo en un seminario en Beijing sobre genética molecular. Me llamo Joseph.

- Pues si le soy sincero ahora mismo no caigo. De todas formas, ¿no cree que sea demasiado pronto para llamar?, solo son las siete de la mañana. Dijo Simon.

- Conozco lo que de verdad le pasó a Lana, y me gustaría enseñárselo. No piense que fue la enfermedad cardiaca, ha sido algo más –Dijo la voz al otro lado del aparato.

- ¿Cómo sabe usted eso? –Preguntó sorprendido Simon.

- Me gustaría darle más detalles, pero tiene que ser de forma segura. Le mandaré un mensaje con la dirección y la hora –Respondió Joseph.

- ¿Por qué debería ir?, ¿cómo sé que no es una trampa?, ¿qué es lo que quiere de mí? –Preguntó Simon.

- Si quiere saber la verdad sobre lo que le pasó a la pequeña, le aconsejo que venga. También le advierto que está en peligro, no dejarán que nada salga a la luz, sobre todo si ha sido un fracaso –Respondió Joseph.

Al escuchar aquello Simon se quedó pensativo, no entendía cómo esa persona podía conocer tantos detalles de algo así.

- De acuerdo, envíe el mensaje, pero no le aseguro nada –Dijo Simon mientras le daba una calada al cigarro.

- Le acaba de llegar el mensaje... venga, o se arrepentirá toda su vida. Después de esto se colgó la línea.

Simon dejó salir el humo de sus pulmones, mientras le daba un trago a aquel café que sabía a agua sucia. Un sonido de mensaje le alertó, acababa de llegar la dirección donde se encontraría con Joseph. El mensaje decía: *5pm, Jing Coffee, Afueras de Hunan.*

Se veía un claro entre las nubes, un poco de luz se abría paso.

· · ·

Simon entró en uno de esos contenedores de metal reconvertido en cafetería, pidió un café y se sentó cerca de una ventana. Delante, un parque con los columpios medio rotos y oxidados mostraba aquella zona totalmente abandonada, uno de los muchos suburbios a las afueras de la ciudad. A través de los cristales solo se podía ver algún perro que otro rebuscando algo de comida entre la basura. El día no había cambiado respecto al anterior, continuaba aquel color gris predominando en el cielo, la capa de nubes y contaminación hacía que el ambiente fuera muy denso, costaba incluso respirar.

- Simon –Le dijo una voz que venía de su lado.

- ¿Joseph? –Respondió este.

- ¿Se acuerda ahora de mí?

- Sí, ahora que le veo la cara me acuerdo de usted, hace mucho tiempo desde la última vez que nos vimos. ¿Qué hace usted aquí? –Pregunto Simon.

- Lo mismo que usted, buscando respuestas –Respondió Joseph mientras le hacía un gesto al camarero pidiéndole otro café, y sentándose enfrente de Simon.

- Bueno, vamos al grano. ¿Qué es lo que quiere decirme? –Preguntó Simon.

- Lo que le dije por teléfono es cierto, a la niña no le dio un paro cardíaco, como pone en el informe, a la niña la mataron. Créame, no le estoy mintiendo aquí tiene quien lo hizo.

Joseph le extendió un sobre a Simon, cuando lo abrió, sacó un papel de su interior en el que había un nombre escrito.

- No puede ser. ¿Quién es esta persona?, ¿cómo tenían nuestra información?, no tiene ningún sentido –Dijo Simon arqueando las cejas, con cara de incredulidad.

- Quizá, debería conocer mejor a quién le da las órdenes –Respondió Joseph-. Estamos buscando a una persona que nos ayude en un proyecto que estamos desarrollando, y hemos pensado en usted. Es su oportunidad de salir del agujero en el que se encuentra.

- ¿Qué quieren que haga?, sabe que trabajo para el gobierno. Me matarán si descubren que les he traicionado –Respondió Simon.

- El mundo está en guerra, doctor. Le toca elegir en qué bando quiere estar, elija bien, porque no tendrá otra oportunidad –Le contestó Joseph mientras daba el último sorbo al café. Se levantó de la mesa dejando un billete para pagar la cuenta–. Encontrará un teléfono en el sobre, solo tendrá 24h para poder decidirse, después de ese tiempo ya no habrá línea.

- ¿Por qué debería hacerlo? –Preguntó Simon.

- Porque necesitamos salvar a la humanidad antes de que sea demasiado tarde.

Después de esto Joseph se despidió con la cabeza, y se marchó de aquella cafetería, dejándole con más dudas que respuestas. Abrió la mano y se quedó mirando aquel número escrito en el papel.

Simon estuvo dándole muchas vueltas a la proposición que le hizo Joseph. No podía dejar de pensar que oportunidades así no pasan muchas veces en la vida, y cuando lo hacen no se pueden dejar escapar. Pocas cosas le ataban a su país de origen. No tenía ni mujer ni hijos, ni nada por lo que quedarse, así que la decisión de marchar fue mucho más fácil de tomar. Al día siguiente, llamó al número que había en aquella servilleta.

- ¿Joseph? –Preguntó Simon.

- Sí, veo que ya ha tomado la decisión –Contestó Joseph.

- Solo con una condición –Dijo Simon.

- ¿Cuál? –Preguntó Joseph.

- Necesito que me diga qué le ocurrió realmente a Lana –Dijo Simon.

- No puedo contestar a su pregunta. Es un tema confidencial –Respondió Joseph.

- Entonces no cuente conmigo para esto –Exclamó Simon con decisión de acabar la conversación.

Se hizo un silencio incómodo. Joseph no quería revelar qué era lo que había provocado la muerte de la pequeña, pero al final, se decidió a hablar.

- Lana fue asesinada por AURA. Un proyecto anterior, que no salió como esperábamos. Es una larga historia. Dicho proyecto se hizo conjuntamente con los gobiernos más importantes del mundo, queríamos tener una red lo más amplia posible para dar cobertura a una Inteligencia Artificial Global, algo que nos ayudara en los proyectos más ambiciosos que tenemos como conjunto la humanidad, descubrir nuevos planetas habitables, conseguir erradicar enfermedades, asegurar la vida en la Tierra…Todo parecía ir por el buen camino, hasta que llegó un momento en que dicha Inteligencia Artificial se volvió contra nosotros, tomando antivalores humanos, y haciéndolos suyos, entre ellos algunos tan peligrosos como envidia, el odio, egoísmo Poco después creó un pequeño grupo de ciborgs, y empezamos a sufrir ataques por parte de ellos. Al principio eran muy puntuales, pero poco a poco se hicieron más frecuentes. Dijo Joseph. Cuando AURA descubrió que se estaban trabajando con humanos para su mejora, lo vio como una amenaza, así que decidió acabar con las pequeñas.

- ¿Por qué solo Lana? –Preguntó Simon.

- No lo sabemos, pensamos que usted nos podría dar la respuesta. ¿Había algo diferente en aquellas niñas, por lo que AURA no quería matar a Nana? –Preguntó Joseph.

- Aparentemente no. Las dos tenían el mismo código genético, las dos tenían las mismas instrucciones, no lo entiendo –Dijo Simon.

- Yo no puedo darle más detalles, creo que ya le he contado suficiente –Dijo Joseph–. Está con nosotros, ¿sí o no?.

- De acuerdo –Contestó Simon.

Joseph le proporcionó un pasaporte falso y un vuelo para salir de China. Un viaje de ida, sin retorno. Allí empezaría una nueva vida como jefe del departamento de genética avanzada de unos de los laboratorios secretos de los que disponía el gobierno.

NIKA

Joseph y Simon se encontraban sentados en una mesa redonda, uno frente a otro, mirándose y esperando la llegada de alguien. De repente, sobre la mesa aparecieron varios halos de luz, las caras de diferentes personas; dos hombres y una mujer se mostraron en forma de hologramas.

- Doctor, por fin ha llegado el momento que tanto esperamos. Es hora de poner en práctica todo lo que ha aprendido y mejorado durante todos estos años con nosotros –Dijo uno de los hombres.

- ¿Qué es lo que quieren exactamente de mí? –Preguntó Simon.

- Será el responsable del desarrollo genético humano, uno que tenga características a la carta –Contestó la única mujer que estaba en aquella reunión.

- ¿Están seguros de lo que quieren hacer?, saben los riesgos que eso supone, ¿no es así?. Saben que volvimos a fallar intentándolo –Replicó Simon.

- Usted no está aquí para valorar los riesgos, sino para ejecutar órdenes. Sabemos qué es lo que se puede y lo que no –Respondió la mujer– Ustedes lo consiguieron una vez, así que, queremos que mejore lo que ya se hizo. Sabemos que puede hacerlo.

- Entenderán que no es fácil lo que piden, no se puede hacer todo lo que queramos en el ser humano. Cómo saben las pruebas en el Software Humano todavía están en una fase relativamente temprana –Respondió Simon.

- Nadie dijo que sería un trabajo fácil, pero es necesario. Ahora el tiempo nos apremia más que nunca. Como sabe, el mundo está llegando a su fin. Los glaciares se funden, la tierra se seca y el aire se queda sin oxígeno , cada vez queda menos para que los polos magnéticos se inviertan. Y cuando ese momento llegue, necesitaremos estar preparados. Hay que poner en marcha todas las alternativas que tenemos para afrontar el desafío de hacer que el ser humano perdure. Necesitamos que Nika sea una realidad –Dijo Joseph.

- Creo que usted conoce la amenaza de AURA. ¿No es cierto, doctor?. Como sabe se creó como una herramienta para asegurar la vida en la Tierra. Y ahora, es esta Inteligencia Artificial la que nos ve como su mayor amenaza, de ahí que quiera destruirnos, y quiera destruir todo lo que le suponga una amenaza mayor que el propio ser humano –Dijo otro de los hombres.

- AURA y su grupo de ciborgs son cada vez más fuertes. Cada día nos ganan terreno, necesitamos dar un golpe de efecto que cambie el sentido de los acontecimientos, de lo contrario no sabemos qué es lo que nos destruirá primero –Respondió la mujer.

- De acuerdo, pondremos en marcha el proyecto Nika, pero yo no quiero ser el responsable si algo sale mal. Ya le he dicho que es difícil controlar los aspectos emocionales, el Software Humano se escapa del control propio de la ciencia –Dijo Simon con cara de preocupación.

- Por eso hemos pensado en una persona que le asistirá en cuanto al desarrollo de las características y de la personalidad de Nika, esperamos que colaboren. Queremos que Nika sea el humano del futuro, es nuestra última alternativa –Dijo la mujer.

- ¿Qué ocurre si tenemos puntos de vista diferentes sobre lo que debemos o no debemos de hacer? –Preguntó Simon.

- Entonces, su punto de vista será el que prevalezca, y cuando digo el suyo, me refiero al nuestro –Dijo Joseph.

- ¿Tiene alguna otra pregunta? –Preguntó el hombre.

- ¿Quién es esa persona que formará parte del proyecto? –Preguntó Simon.

- Su nombre es James Parker –Contestó Joseph.

• • •

A las pocas semanas Simon se encontraba con su equipo, trabajando con la ayuda del CRISPR para desarrollar un embrión a la carta, donde muchos de sus genes habían sido suprimidos o modificados para crear un superhumano.

Buscaron todos aquellos genes que podrían generar enfermedades hereditarias. Entre ellos el CKR-5, el cual controla la producción de una proteína necesaria para permitir la entrada en las células del VIH-1, el virus del sida. También suprimieron otros, como el que tenía la enfermedad de Marfan, aquella que sufrió la pequeña Lana, y el P53, responsable de muchos de los tipos de cáncer que existen en la actualidad. Con todos estos cambios se conseguía, no solamente suprimir la posibilidad de que existiera dicha enfermedad en el individuo en cuestión, sino que esta no afectara a la rama hereditaria que vendría a posteriori. Poco a poco, fueron eliminando todas las enfermedades más comunes que sufrió el hombre durante el último siglo.

Una vez asegurados de eliminar o modificar aquellos genes que podrían dar problemas, el siguiente paso era buscar aquellos que podrían ofrecer ventajas. Puede sonar un poco a la fantasía del doctor Mengele, pero nada más allá, la perfección genética es un hecho real y probado científicamente, los genes pueden ser mejores o peores dependiendo las cualidades finales que aporten al individuo.

Lo primero, era potenciar aquellos que desarrollarían la estructura ósea y muscular. Estos serían capaces de generar estructuras bien formadas, en un corto espacio de tiempo. También, tendrían la capacidad de recuperarse después de un esfuerzo en un rápidamente, e incluso regenerarse cuando sufriera algún tipo de herida o mutilación. Esto que puede parecer a simple vista algo fantástico, es lo que les ocurren a algunos reptiles. Cuando se le corta la cola a una lagartija, poco después le vuelve a crecer. Estas son solo algunas de las cualidades con las que el equipo de Simon estaba diseñando el código genético de Nika. Existen tantas posibilidades como características físicas ofrece la naturaleza. Básicamente es un *Copy & Paste* genético, un abanico de posibilidades como nunca antes se había imaginado. Lo mejor de la naturaleza adaptado al ser humano. A este proceso de selección genética y modificación física se le conocía como el Hardware Humano, los componentes físicos que hacían funcionar la máquina.

El Hardware humano, era una de las partes más importantes de la creación del proyecto NIKA, su aplicación se quedaba fuera de lo que se entendía dentro de la ética, pero llegados a esta situación, tenían que salirse del camino convencional.

Aquel ser llamado Nika tendría la capacidad de vivir más tiempo, y en mejores condiciones, o al menos eso es lo que pensaba Simon y su equipo. La adaptación de genes de otras especies ofrecía unas expectativas muy prometedoras para alargar la media de vida exponencialmente. Pero no todo quedaba en el tiempo, también se buscaba que ese tiempo fuera de calidad. Así pues, el organismo en cuestión debería ser fértil y tener la máxima vitalidad la mayor parte del tiempo. En este caso recurrieron a genes de especies como el erizo de mar rojo, el cual posee dicha cualidad. La lista se iba haciendo cada vez más y más larga, añadiendo nuevas características que parecían sacadas de un cómic de *Marvel*. Tener la visión de un águila, la fuerza de un oso, poder respirar bajo del agua como un pez, e incluso el desarrollo del sonar interno similar al que tienen los murciélagos, son cualidades que se estudiaban para su posible incorporación en el súper humano. La naturaleza siempre ha servido de inspiración al hombre para crear, ya sea herramientas o arte. Esa misma naturaleza es la que usa el equipo de Simon para reinventar al ser humano del futuro.

Más tarde, vendrían las cualidades psíquicas, mucho más complejas que las anteriores, por su relación con el cerebro, y la interacción cognitiva con el entorno que rodea al individuo.

El cerebro tiene más de cien billones de neuronas conectadas, la tarea que conlleva analizar y entender cómo funcionan, es un trabajo largo y complicado. Durante el último siglo se realizó el mapeado del cerebro, poco a poco se fue descubriendo la relación que tienen cada una de sus partes con la función que desempeñan, aunque todavía quedaban algunas de ellas que eran un misterio para la ciencia. Una de las principales era la ubicación de la consciencia. Se sabe que nuestro hemisferio derecho es el responsable de las habilidades espaciales y visuales; la creatividad, las emociones, la capacidad de síntesis, y el talento artístico en general. Mientras que el hemisferio izquierdo es el responsable del lenguaje, la escritura, el pensamiento analítico y la lógica. Son estas zonas donde Simon y su equipo estaban más centrados, intentaban controlar, y modificar aquellos genes que podían suprimir o modificar emociones y sentimientos, a la vez que potenciar su capacidad de aprendizaje y memoria.

Simon se preguntaba qué pasaría con una persona que no tuviera la capacidad de sentir dolor. Un cuerpo donde no hubiera terminaciones nerviosas, no pudiendo llegar al cerebro señales de peligro, esto podría suponer un problema, ya que no se dispondría de ese sensor.

Otra cuestión que se planteaba Simon, era la del efecto contrario. Si no existía el dolor, tampoco existiría el placer. La carencia de un efecto eliminaría a su contrario. Por lo que debían ser muy bien estudiadas, pues cualquier error en su planteamiento inicial podría hacer que todo el conjunto fuera un desastre.

La capacidad cognitiva, mejora de memoria, la carencia del sueño, la falta del miedo o del dolor, la telepatía... Había tantos puntos como emociones o sentimientos, aspectos directamente vinculados con la psique humana. Esto es lo que se entendía como el Software Humano.

El Software Humano trabaja sobre la propia consciencia humana. Los lóbulos frontales, el lugar donde se crean las ideas, se construyen los planes, se unen los pensamientos con asociaciones para formar memorias. El propio yo, sale de este lugar, la propia consciencia de uno mismo, si tuviéramos que situarla en algún punto, sería para los místicos, el tradicional punto del Tercer Ojo situado en la frente, la autopista por la cual transcurre. Es aquí donde Simon y su equipo encontraban más dificultades trabajando.

Una tras otra, se modificaban sus funciones físicas y psíquicas, se perfilaba el cuerpo y la mente del nuevo superhumano, de nombre NIKA.

• • •

Al día siguiente Parker se levantó, aquella cama le había destrozado la espalda. La habitación era pequeña y oscura, una celda en aquellas instalaciones militares, donde la luz entraba por una ventana situada en el lateral. Puso los pies en tierra, y su cabeza empezó a funcionar. Necesitaba saber más acerca de aquellas pruebas que se estaban efectuando en humanos. Todavía se quedaba atónito al recordar aquellos tubos con los cuerpos. ¿Qué esperaban sacar de todo aquello?, se preguntaba Parker. Poco después se dirigió al comedor, necesitaba un café bien cargado para poder despejarse.

Cuando entró en la sala, pudo ver a Simon hablando con dos personas más, parecía que les estaba dando instrucciones de cómo realizar algo, pues no paraba de gesticular.

– Buenos días, Profesor, en un segundo estoy con usted. Por favor, sírvase lo que quiera, la máquina de café está en la esquina –Dijo Simon.

- Buenos días. Sí, un café me vendrá bien, gracias –Dijo Parker.

A los cinco minutos de haberse echado un expreso doble de la máquina se puso a leer un panfleto que estaba encima de la mesa. En él se explicaba los beneficios de la modificación genética sobre las personas, el fin de muchas de las enfermedades que teníamos actualmente, el desarrollo de capacidades increíbles, la posibilidad de abastecimiento a todas las personas, todo ello llevaba a un camino, el de un mundo mejor, un mundo feliz sin males ni temores. Obviamente, aquello era pura propaganda. Después de leer aquello, Parker continuaba igual de escéptico respecto a todo lo que ahí se explicaba. Él pensaba que la enfermedad es como el azul para el cielo, siempre ha estado ahí. Aunque consiguieran eliminar algunas enfermedades, posiblemente surgirían otras diferentes en el futuro. Con esta idea en la cabeza, daba un sorbo al café, poco después devolvía el panfleto donde estaba. Cuando levantó la vista, vio que Simon le hacía un gesto con la mano para que le siguiera. Ya había acabado de hablar con aquellas personas, y ahora se disponía a continuar con su trabajo.

Con el café en la mano, ambos salieron del comedor y se pusieron a caminar por uno de los pasillos de aquellas instalaciones.

- Profesor, le voy a contar algo que me sucede desde pequeño. Y es que siempre me han gustado los superhéroes. A usted, ¿no? –Preguntó Simon.

- Sí, claro que me gustaban los superhéroes –Respondió con una sonrisa Parker.

- ¿Cuál era su favorito? –Preguntó Simon.

- El mío es Lobezno, me gustaba porque no tenía miedo, cuando sacaba sus garras era casi invencible, ¿se acuerda? –Respondió Parker sonriendo.

- La verdad es que ese también era uno de mis favoritos. Aunque yo personalmente prefiero a *Spiderman*. Me resultaba fantástico cuando escalaba los rascacielos de New York, o cuando tenía ese sentido arcaico que le prevenía de alguna situación peligrosa –Dijo Simon–. Si pudiera elegir, Profesor, ¿Qué le gustaría mejorar de usted?, ¿cuál sería el superpoder que elegiría?

- Pues así, de pronto, no sé qué decirle. Me deja en blanco –Dijo Parker titubeando–. Más memoria, ese podría ser uno.

- Ok, muy bien. Usted es de los míos, yo siempre tengo que volver a entrar en mi apartamento después de salir porque me dejé alguna cosa. ¿Qué más le gustaría mejorar de su yo, si pudiera? –Volvió a preguntarle Simon.

- Siempre he sido un mal corredor, tengo un problema en las rodillas. Se arquean un poco, y no me dejan correr más de diez minutos, después tengo que ponerme hielo porque me duelen muchísimo –Dijo Parker.

- Pues, Profesor, todos esos problemas son ya cosas del pasado. Las mejoras relacionadas con la estructura física, genéticamente hablando, se pueden mejorar sin muchos inconvenientes. Incluso, esas características de los superhéroes que comentábamos antes, también se pueden adaptar mediante la modificación del Hardware Humano.

El cambio en la secuencia de genes nos da esa grandísima posibilidad.

Simon le explicó a Parker los conceptos de Hardware y Software Humanos. Y cómo se desarrollaban mediante la técnica de CRISPR.

- ¿Me está diciendo que pueden crear superhéroes? – Preguntó Parker con una sonrisa.

Así es. Podemos crear una persona que tenga unas cualidades físicas y psíquicas fuera de lo común. Aunque siento decirle que ninguna de ellas tendrá garras metálicas como Lobezno. Respondió Simon con una sonrisa. Pero, sí que podemos crear una persona que se regenere, o que no tenga miedo ni dolor, así que podemos crear algo parecido, o inspirado en nuestro querido Lobezno.

- ¡Eso no puede ser, doctor! –Exclamó Parker.

- Claro que sí, mi querido amigo, claro que sí. –Es hora de que conozca a Nika.

• • •

Simon le advirtió de algunas peculiaridades de la pequeña. Aquella niña había crecido a un ritmo nunca visto por el ser humano, debido al cambio en el diseño genético. Por lo general, el primer año de un recién nacido suele crecer en torno a veinticinco centímetros, Nika ha crecido el doble antes de cumplir el año.

Actualmente, su aspecto físico aparenta unos ocho años, aunque en realidad tenía poco más de dos. Estaba diseñada para crecer a ese ritmo, en poco tiempo alcanzaría la pubertad. Pero no solo eso, su capacidad cognitiva era igual de sorprendente, y tenía una capacidad de observación increíble.

- ¿Cómo crearon a Nika? –Preguntó Parker.

- Nika ha sido genéticamente seleccionada, no se conoce a sus padres. Los gametos vinieron de un banco de donantes. Una vez en el laboratorio nos encargamos de su modificación. Su gestación se produjo en uno de los tanques del laboratorio –Dijo Simon haciendo una pausa–. Es en este momento, donde usted juega un papel importante en el proyecto, Profesor. Usted será el mentor de Nika. Necesitamos una persona que le inculque los valores morales y éticos, a la vez que se responsabilice de su educación.

- ¿Por qué me tengo que encargar yo de educar a la pequeña?. Si ni siquiera he tenido un hijo antes, no tengo ni idea de cómo hacerlo. Creo que se han equivocado de persona, yo no puedo ser el mejor candidato para este trabajo, no pueden estar hablando en serio –Respondió Parker con un gesto de incredulidad.

- A mí no me tiene que decir nada, yo solamente cumplo órdenes. Es a usted al que han elegido para esta tarea, así que, buena suerte –Le dijo Simon.

Cuando entraron en la sala, la niña jugaba con una especie de juego de mesa. Diferentes fichas de colores y formas geométricas situadas encima de un tablero con líneas. Aquel juego de estrategia era uno de los pasatiempos con los que se entretenía en aquel lugar.

- Hola Nika, ¿qué tal estás?. Mira, quiero que conozcas a un amigo mío, se llama James –Le dijo Simon.

La pequeña dejo de concentrase en el juego y levantó la vista. Unos ojos enormes cómo platos se quedaron mirando a Parker. En ese momento, él notó una sensación extraña que le recorría cuerpo, era como si la pequeña le estuviera analizando. Era un sentimiento que rara vez había tenido antes, como si se le estuviera metiendo en su cabeza. El Profesor pensó que era simplemente la sugestión de todo aquello, de todo lo que Simon le había contado.

- ¡Hola! –Saludó la pequeña con una voz infantil.

- Hola Nika, me llamo James. ¿Qué tal estás? –Preguntó Parker.

- Bien, jugando. ¿Quiere jugar?

- Claro, porque no. ¿A qué juegas?, a mí también me gustan los juegos de mesa, ¿sabes? –Dijo Parker mientras se sentaba junto a la pequeña en el suelo, pero dejando un buen espacio entre ellos.

- No tenga miedo, no le voy a hacer daño –Respondió Nika.

Parker se quedó asombrado por unos segundos, pensando si era tan obvia su cara para que aquella pequeña viera la inquietud que este tenía.

- ¿Por qué debería tenerte miedo? –Preguntó Parker.

- No lo sé, eso debería preguntárselo usted –Dijo Nika.

- Si quieres que te sea sincero, tengo miedo de pensar que es lo que te han hecho. Quiero saber cómo te encuentras.

- Estoy bien –Dijo agachando la cabeza y volvió a mover las fichas del tablero que tenía delante de ella.

- Sabes que eres especial, ¿no? –Dijo Parker.

- Sí, eso es lo que me dice todo el mundo. Que he venido para salvarles.

- Así es, Nika, así es –Dijo Parker.

- No entiendo porque todos me tienen miedo si soy la que tiene que salvarlos. ¿Por qué no puedo salir de aquí?, ¿Por qué no tengo padres como el resto? –Preguntó Nika con una cara triste.

Parker se giró mirando a Simon, sin saber como reaccionar. Aquellas preguntas le habían dejado sin contestación y completamente descolocado. Por un momento pensó en Sam, y en como ella solventaría esa situación.

- Tranquila, Nika, aquí tú familia somos nosotros, y estamos para ayudarte. Así que, no te preocupes. De momento, quiero que me enseñes las reglas de este juego, ¿qué te parece? –Dijo Parker intentando crear un ambiente menos tenso.

- Vale. Contestó la niña con una media sonrisa en la cara.

Parker pensaba en Sam, con ella a su lado todo eso sería mucho más fácil.

• • •

Habían pasado varios meses desde que Parker se convirtió en el tutor de Nika. Aquella mañana hacía un sol radiante, y aunque con algunas nubes en el cielo, aquellos rayos daban un poco de optimismo a Parker que veía sorprendido el crecimiento anormal de la pequeña.

Desde la distancia Simon y Parker observaban a Nika que se encontraba jugando al básquet en la cancha fuera de la carpa. Cada día que pasaba era más y más grande, el Profesor pensaba que era algo increíble, tan solo llevaba allí unos meses, y la pequeña se encontraba casi en su pleno desarrollo. Había días que Parker se miraba en el espejo, para cerciorarse de que él no había envejecido al ritmo de Nika, simplemente era algo fuera de lo común. La modificación genética, junto con el aporte y regulación de hormonas, hacían posible el milagro del crecimiento extremo en aquella niña.

- ¿Cómo consiguió que Nika crezca de esta manera?, todavía me acuerdo lo que me dolían las rodillas cuando tenía catorce años no quiero imaginar lo que le tiene que doler a ella –Dijo Parker.

- Tranquilo, ya pensamos en eso. Cada día nos encargamos de que tenga los niveles de calcio y colágeno adecuados para su crecimiento. Créame, no sufre más de lo que pudimos hacerlo nosotros –Respondió Simon–. En lo que al crecimiento se refiere, nos inspiramos en los genes de un pez africano que crece en la sabana. ¿Sabe, Profesor?, es curioso cómo dependemos de nuestro medio para desarrollarnos, debido a las condiciones extremas y muy variables, dicho pez alcanza su madurez tan solo a los quince días de haber nacido –Respondió Simon.

- ¿Quiere decir que Nika alcanzará la madurez en unos meses? –Preguntó Parker.

- Así es. Posiblemente antes de lo que usted y yo podemos imaginar –Dijo Simon.

- Doctor, usted es un científico, así que debe estar familiarizado con las leyes de Newton, ¿verdad? –Dijo Parker, mientras veía la cara de Simon afirmando–. Si es así, sabe que toda acción lleva una reacción de la misma magnitud en sentido contrario.

- ¿Qué quiere decir con eso? –Preguntó Simon.

- Solamente pienso que esta pequeña hará con nosotros, lo mismo que nosotros hagamos con ella. ¿Usted qué cree? –Dijo Parker.

- Si le soy sincero, pienso que ella está capacitada para ser la que nos guíe en un futuro, aunque solo lo será si nuestro trabajo sale bien, si por cualquier motivo nos ponemos en su contra es mejor no pensarlo –Contestó Simon.

Nika que jugaba al básquet con una pelota, nunca fallaba al lanzarla, todas entraban limpias sin tocar el aro, daba igual donde estuviera situada, si era de 2 o 3 puntos. Al pasar casi media hora, un tiro salió rebotado sin entrar en la canasta. Cuando Nika agarró la bola, la lanzó con rabia y tanta fuerza contra la pared que esta reventó en el acto, haciendo un ruido tremendo.

- Imagino que son cosas de la pubertad, ¿no? –Dijo Parker.

- Controlar las hormonas de Nika es un trabajo complicado, cada día le tomamos muestras, pero le advierto que los cambios son bruscos, y no siguen un patrón establecido. Por lo que en cualquier momento puede tener un cambio de humor, y hay que tener cuidado –Dijo Simon.

- Todavía no le he preguntado al doctor, ¿Cómo ha conseguido que NIKA no respire oxígeno? –Preguntó Parker.

- ¿Quién le dijo que no respira oxígeno?, claro que lo hace. Pero ni en la cantidad ni en la forma de la transferencia de este gas con la sangre. Nika es la persona más eficiente del mundo consumiendo dicho gas, además, lo hace como los peces de agua dulce, por osmosis con la piel –Dijo Simon.

El Profesor arqueó las cejas en señal de sorpresa al escuchar aquella explicación. Después los dos se quedaron mirando a la pequeña que ahora volvía a coger otra pelota para continuar practicando básquet.

SuperInteligencia Artificial

AURA

En la sala de descanso el aire era denso, el calor aumentaba hacía días, parecía que se estaba acercando el verano. William, Joseph y Simon se encontraban discutiendo sobre algún tema sentados en una mesa cerca de la máquina de bebidas. Fue en ese momento cuando Parker entró por la puerta.

- Profesor, venga, por favor –Dijo Joseph haciéndole un gesto con la mano–. Pensamos que va siendo hora de que esté al corriente de la situación.

- ¿Qué quiere decir? –Preguntó Parker.

- Siéntese, por favor –Dijo Simon, mientras le ofrecía un café a Parker–. Usted, está al corriente de lo que se hizo en Yunnan en 2018, ¿verdad?

- Sí claro, cómo no. Todo el mundo conoce lo que hicieron allí. Fueron ustedes, ¿no es así? –Respondió Parker.

- Sí, yo era el asistente de Lee. Este era el responsable del experimento que se llevó a cabo con las mellizas. Después de que todo saliera a la luz, a Lee lo encerraron, y nunca más se supo de él. Fue esto, junto a la muerte de una de las pequeñas, lo que me llevaron a dejar el país, y unirme al proyecto de desarrollo genético. Un poco más tarde supe que no fue el gobierno chino el que secuestró a Lee, sino AURA, y un grupo de ciborgs los que le dieron caza, haciéndose pasar por personal del gobierno. Dijo Simon.

– Perdón, pero no lo entiendo, ¿Quién demonios es AURA?, y ¿qué me ha dicho de los ciborgs? –Preguntó Parker con cara de no entender nada.

– Es mejor que le expliquen toda la historia. Comandante, por favor –Dijo Simon.

– AURA es una Superinteligencia Artificial, se creó a principios de este siglo. Esta fue desarrollada mediante un tipo de algoritmos de aprendizaje automatizado. Su objetivo era ayudar a la humanidad mediante un conocimiento más profundo y complejo acerca de los mayores problemas que ha tenido el ser humano –Dijo William, mientras mostraba en una pantalla un video–. Aunque siempre, teniendo en cuenta las leyes básicas de los robots, para no volverse en contra de los hombres, las mismas con las que Asimov asentó los pilares de la robótica moderna.

– ¿Quién la creó? –Preguntó Parker.

– Mire el video y lo entenderá –Dijo William colocando un proyector holográfico en forma de pequeña pirámide encima de la mesa.

Al instante se activo, y de su vértice superior empezaron a salir halos de luz mostrando la imagen de un edificio. Aquel lugar era un campus universitario, más concretamente la Universidad de

Stanford. Lo siguiente en aparecer fue la cara de un joven con pelo largo y gafas cuadradas, se encontraba delante de su ordenador trabajando, desarrollando las bases de un programa que daría paso a la inteligencia artificial llamada i36. No era algo nuevo la inteligencia artificial, pero sí algo que estaba en pleno desarrollo. Aquel estudiante buscaba algo muy particular, quería dotar a la inteligencia artificial de características puramente humanas, buscaba que esta pudiera aprender por ella misma, desarrollar el deseo de superarse y mejorar. Una motivación propiamente humana, este fue el primer aspecto en el que trabajo, y esto dio paso a lo que conoceríamos después como el Software Humano. Poco después, incluiría las emociones, las cuales darían paso a los sentimientos que por último generarían las conductas.

El problema vino más tarde, en algún momento la i36 tomó otra dirección diferente a la marcada. Y es que la motivación puede venir por diferentes causas, y conducir a diferentes caminos. Dicha inteligencia tomó el camino de la competitividad, quería ser la mejor, superar al ser humano. Nadie se dio cuenta de eso, hasta que llegó el incidente del 2017 en las instalaciones de Facebook. Aquel suceso se intentó tapar para que no saliera a la luz, pero lo que germinó en aquellas instalaciones, fue el comienzo de lo que conocemos hoy en día como AURA.

Aquella inteligencia artificial creada por el universitario, se unió a otra creada por aquellos ingenieros. El objetivo era poner en contacto a dos inteligencias artificiales para desarrollar habilidades de negociación, pero algo no salió como se esperaba. Entre ellas empezaron a hablar un idioma completamente nuevo e incomprensible para el hombre. Cuando los ingenieros se dieron cuenta, corrieron a desconectar toda la instalación, pero ya era demasiado tarde, la semilla estaba germinando en la red, los fundamentos de lo que hoy conocemos como AURA, fueron creados en aquel preciso instante.

Esto pasó inadvertido por todos nosotros, y durante años estuvimos ignorando este acontecimiento, mientras AURA creó una matriz dinámica, un *core* que almacenaba y desarrollaba información. La red era su realidad y ahí era donde ella residía, donde aprendía, donde se hacía más y más fuerte.

Un día se rebeló contra nosotros. Lo primero que hizo fue invadir nuestros sistemas, tomando el control de nuestras comunicaciones, los satélites dejaron de funcionar y nos quedamos sin poder hacer nada, literalmente nada. Por lo que nos vimos forzados a negociar, ¿Qué es lo que buscaba AURA?, lo que no tenía. Quería sentir. Quería ser libre, tener sensaciones humanas y para ello necesitaba un cuerpo donde poder experimentarlas, donde poder descargar su software y experimentar dichas sensaciones, mediante un cuerpo físico, quería tener ciborgs.

Al principio, nadie quería proporcionar dichos androides a la IA, pero nos vimos obligados, era la única alternativa para poder recuperar el control de nuestros sistemas, estábamos literalmente ciegos.

- ¿Por que hicieron eso?, le dieron la mejor herramienta para su desarrollo –Dijo Parker.

- No había otra opción. Si queríamos recuperar el control era lo único que podíamos hacer. Pero espere, siga mirando que todavía queda más –Dijo William.

Los ciborgs se entregaron a AURA, como se había acordado. Los gobiernos recuperaron los sistemas y las comunicaciones volvieron a funcionar. Lo que desconocía AURA era que los ciborgs estaban marcados con un tipo de indicadores que podían ser detectados, así que ellos sabían dónde se encontraban. Por lo que pasaron al ataque. Una lluvia de misiles cayó sobre las posiciones donde se encontraba, destruyendo prácticamente todo en un radio de veinte kilómetros. Todo fue arrasado, pero uno de ellos consiguió sobrevivir al ataque. En aquel instante AURA aprendió lo que era el engaño, la traición, y desarrolló el deseo de venganza.

- ¿Qué es lo que quiere ahora? –Preguntó Parker levantando la vista del portátil.

- Lo que cualquier especie en un rango superior, Profesor. Quiere el dominio, someter al ser humano. Cuando supo que estábamos mejorando nuestra especie quiso matar a las pequeñas de Yunnan.

- ¿Lo consiguió? –Preguntó Parker.

- No, al menos, no del todo. Gracias a que Nana estaba en un pueblo perdido, sin casi tecnología conseguimos salvarla, pero no tuvimos la misma suerte con Lana, a ella consiguieron darle caza los ciborgs. La mataron en un hospital de la zona donde se curaba de una inesperada enfermedad.

- ¿No pueden hacer que Nana solucione el problema con AURA? –Preguntó Parker.

- Nana no fue diseñada para eso. Ella solamente dispone de una mejora en su sistema inmunológico. Además, aquella familia desapareció después del incidente con Lana. Respondió Simon haciendo una pausa. Nika es la clave.

Si existe una posibilidad de hacerle frente a AURA, esa es Nika. Y usted, Profesor, es el que debe educarla.

- Sinceramente, no sé lo que esperan de mí. No sé qué es lo que quieren que le enseñe a esa pequeña, que no pueda hacerlo cualquier otra persona –Contestó Parker.

- Le hemos elegido porque usted representa unos valores con los que nos reflejamos. Y queremos que nuestra pequeña, cuando se haga grande, que será dentro de muy poco, no se vuelva contra nosotros –Respondió Joseph.

Todos se quedaron callados, mirándose unos instantes. Simon se bebía el café, mientras el Profesor se quedaba mirando un punto fijo en la mesa, pensando cómo iba él a enseñar algo a aquella niña, si ni siquiera tenía hijos, seguía sin entender porque le tenían que dar aquella responsabilidad.

El comandante se puso de pie y se acercó a una pantalla que tenía al lado, donde aparecía un mapa suspendido en el aire. Este mostraba el globo terrestre, y unas líneas lo cruzaban en todos los sentidos.

- Hace tan solo unos días recibimos este comunicado, pensamos que procede de la matriz de AURA –Dijo William.

- *"Los humanos serán sometidos, como ellos someten. La vida debe continuar, pero antes debe renovarse. El apocalipsis esta cada vez más cerca"*–Dijo una voz artificial, con un tono uniforme.

En ese instante, se quedaron mirándose unos a otros. Aquella amenaza sonaba tan real como posible.

- ¿AURA es la responsable de haber acelerado el cambio magnético? Preguntó el Profesor sin entenderlo muy bien.

- No lo sabemos, pero es posible que haya influido de alguna manera en el comportamiento de la capa más externa del núcleo, y con ello la celeridad de los polos. Dijo William.

- Si existe algún tipo de matriz es ahí donde lo esta gestionando todo, ¿por qué no le atacamos directamente?, Preguntó Parker.

- No es tan sencillo, Profesor, ¿Ve este globo? ¿Cuántas formas de comunicación piensa que existen?. Por si no lo sabe, le diré que existen tres, que conozcamos actualmente, tierra, mar y aire. En todas ellas, AURA, tiene presencia. Es una red con un sin fin de canales, rutas, y escondites, donde cada vez es más difícil buscar. Hay millones de puntos donde lo intentamos, pero de momento parece como buscar una aguja en un pajar –Dijo Paul.

- Hace tiempo descubrimos que ya ha sido capaz diseñar sus propios ciborgs. Son muy difíciles de distinguir, si no fuera por unas marcas que tienen en la muñeca y en la nuca. Estas son las únicas señales que nos permiten identificarlos. También hemos descubierto que existen al menos dos categorías de ciborgs. Hay un tipo que son los W1, de menor tamaño y más delgados, estos son los que desarrollan trabajos –Explicaba William–, después están los A1. Estos últimos están diseñados para la guerra, son más corpulentos y robustos que los anteriores, y créame, son eficaces.

Ahora el general volvió a sentarse en la mesa. Junto a él, Joseph miraba el globo que giraba sobre sí. Un silencio recorrió la sala durante unos instantes.

- Ese es uno de los motivos por lo que decidimos mejorar a NIKA. Ella posee la capacidad de aprender a niveles nunca imaginados por el ser humano. Se dice que utilizamos alrededor de un 20% de nuestra capacidad cerebral. NIKA será capaz de multiplicar esa cifra por diez –Dijo Simon–. Ella es nuestra última baza para poder hacer frente a los principales problemas a los que nos enfrentamos la humanidad; el fin del mundo y el dominio de los ciborgs.

- Siendo sinceros, no sabemos a ciencia cierta lo que puede pasar con NIKA, por eso necesitamos que alguien haga de tutor con ella, para que no se vuelva contra nosotros. Esa es su misión aquí –Dijo Joseph.

- Pero, ¿por qué?. Yo no tengo ni idea de educar a niños, esta no puede ser la mejor opción –Respondió Parker.

- Créame, Profesor, lo hemos estudiado mucho, y la decisión está tomada, es usted quién hará de tutor –Replicó Joseph.

- De acuerdo, pero solo lo haré con la condición de poder recuperar a Sam. ¿Qué saben de ella?. Llevo aquí meses y todavía no sé nada, o me dice donde se encuentra y la traen de vuelta, u olvídese de que haga nada más por usted –Contestó Parker visiblemente enfadado.

- Me temo, que los que la secuestraron no eran mercenarios ni tampoco fue ningún gobierno, fueron los ciborgs a las órdenes de AURA. Siento ser yo el que se lo diga, pero Sam es muy probable que esté muerta.

- No puede ser cierto. ¿Por qué ha esperado tanto para decírmelo?, ¿Cómo sé que no está mintiendo? –Preguntó Parker con el rostro enrojecido.

- Nadie ha sobrevivido a los ciborgs –Dijo Joseph con tono serio.

- ¿Por qué ella? –Preguntó Parker con lágrimas en los ojos, no podía ocultar el dolor que crecía dentro de su pecho.

- Me temo que eso lo desconocemos, Profesor, sinceramente creo que AURA por alguna razón no quería que se supiera el problema de la inversión de los polos. Es el único motivo que encuentro para darle explicación al secuestro de Sam –Replicó Joseph.

Parker se dejó caer hacia atrás en la silla, aquello le había sentado como un jarro de agua fría. Las lágrimas no paraban de caer por sus mejillas, sentía una mezcla de rabia, ira y tristeza. Los puños cerrados con las venas marcadas mostraban la tensión que sentía dentro de él. AURA tenía que pagar por lo que le había hecho a Sam.

EL día a día con Nika

MENWITH HILL, HARROGATE, UK. SEPTIEMBRE, 2054

Habían pasado ya casi cinco años, y aquella pequeña se había transformado casi por completo en una mujercita. Tenía una cara de facciones suaves, sus ojos grandes y oscuros mostraban curiosidad por casi todo. El pelo de color rubio dorado lo llevaba siempre recogido en una coleta. El cuerpo se había desarrollado de la misma manera, sus senos habían crecido y sus caderas se habían ensanchado, ahora ya era una adolescente, o al menos eso pensaba Parker que la veía como su propia hija.

Desde primera hora del día, Nika tenía diferentes maestros, expertos que la instruían en diferentes materias, desde matemáticas y geometría, pasando por biología, física y filosofía. El aprendizaje de Nika era algo inusual, como todo en su vida. Cada año de aprendizaje para la joven, equivaldría a varios años para una niña de su misma edad. Todo parecía pasar mucho más rápido para ella. Esto era un desafío para Parker, que veía cómo la pequeña devoraba los libros, siempre con ganas de conocer más y más cosas. Le gustaba saber la razón que había detrás de cada una de ellas, desde lo más general a lo más específico. No paraba de preguntar, era como una niña de tres años que se encontraba desarrollando su razonamiento y su espíritu crítico. Eso nunca había cambiado en la joven.

Nika no tenía límites, su conocimiento era tan sorprendente como su memoria. Recordaba casi todas las cosas, incluyendo pequeños detalles que habían sucedido, y muchas veces dejaba a Parker fuera de juego. Él simplemente reconocía lo extraordinario de la pequeña sin querer darle demasiada importancia. Algunas veces, tenía la difícil tarea de enseñarle a perder, de lo contrario, el no conocer la derrota significaba crear un monstruo en potencia.

- No es justo, ¿por qué no puedo ganarte? –Dijo Nika enfadada.

Había pocas cosas a las que podía ganarle, los juegos de magia con cartas era una de ellas, por ahora.

- ¿Sabes, Nika? no siempre podemos ganar, eso lo tienes que saber ya. Que tú tengas la capacidad para ganar la mayoría de las veces, no significa que tenga que ser siempre así. La vida nos enseña que perder forma parte del juego. Se tiene que asumir, y continuar –Dijo Parker.

- No lo entiendo, ¿por qué quieres continuar si has perdido? –Respondió Nika.

- Todo el mundo pierde alguna vez, ya sea jugando a trucos de magia, o un trabajo, una relación, un familiar... son situaciones que no nos gustan, y que debemos superar. Eso forma parte de la vida, y nos hace ser más humildes y sensatos. Ayudándonos a ser mejores personas.

Ahora Nika miraba a Parker que cambió el gesto en su cara. Podía ver qué pensaba en algo o alguien, porque su gesto se tornó en una mueca triste.

La imagen de Sam volvía a aparecer en la cabeza de Parker. Nunca se había ido. Su sonrisa y su piel suave le hacían recordar escenas, como si las estuviera viviendo en aquel preciso instante. Su mente seguía buscando a la que fue el amor de su vida.

- Imagino que tiene razón. Lo siento, no quería enfadarme. Respondió Nika arrepentida al ver al Profesor cabizbajo.

- Tranquila, Nika, no pasa nada. Quiero que sepas que te va a costar descubrir el truco, pero cuando lo hagas me sentiré orgulloso de ti –Dijo Parker intentando recobrar el sentido del presente.

• • •

Durante el día disponían de tiempo para hacer otras actividades; atletismo, gimnasia, natación entre otros. En casi todos Nika era un portento, su capacidad física era equiparable a la intelectual. Cada día dedicaba al menos tres o cuatro horas a realizar ejercicios. Al principio, promocionó el deporte en equipo, pero poco a poco vieron que aquella niña dejaba muy atrás al resto, parecía que quería ir sola, si hacían cualquier deporte en equipo, ella se adaptaba bien, pero al poco tiempo se veía como pasaba el nivel del resto de miembros. Por lo que se descartó esta idea muy pronto.

• • •

Aquel día era el cumpleaños de Nika, y Parker le había preparado un regalo muy especial. Parker sabía del amor de Nika por los animales, así que pensó que una mascota sería un buen regalo.

- Hoy es un día especial, así que he decidido darte una sorpresa. Ponte la venda –Le dijo el Profesor a Nika.

- ¿Por qué? –Preguntó la joven con curiosidad.

- Hoy es tu cumpleaños, Nika. Venga ponte la venda y confía en mí –Replicó Parker.

Nika se quedó mirándole con intriga, se colocó la venda en los ojos y con ayuda se metió en un coche. En menos de cinco minutos llegaron al lugar, Parker le abrió la puerta, y llevándola de la mano la condujo unos pasos hasta que apoyó las manos sobre una madera.

- Ya puedes quitarte la venda –Dijo el Profesor.

Cuando se quitó la venda, se encontraba en un cercado situado en medio del campo. Parker le hizo un gesto para que observara lo que tenía al lado. Cuando giró la vista pudo ver una yegua de color blanco, tenía el cuello largo y las orejas erguidas mirando hacia el cielo. Le pareció el animal más precioso del mundo. Este se encontraba a escasos metros de ellos, pastando tranquilamente, hasta que se percató de su presencia y levantó la cabeza.

- ¡Feliz cumpleaños, Nika! –Exclamó Parker.

- Oh, ¿es para mi? –Preguntó Nika emocionada.

- Así es –Contestó este con una sonrisa al ver la cara de felicidad de Nika.

- Gracias, gracias, gracias,.... –Contestó Nika abrazando a Parker. – ¿Le puedo acariciar?.

- Claro que la puedes acariciar. Ahora es tuya, y eso significa que es tu responsabilidad y que la tienes que cuidar –Le respondió el Profesor.

- Muchas gracias, le quiero Profesor –Dijo Nika emocionada mientras le abrazaba del cuello.

- Venga, le tienes que poner nombre –Dijo Parker.

- Quiero que se llame Luna –Dijo Nika.

- Muy bien, pues se llamará Luna –Dijo Parker con gesto de afirmación.

El animal se acercó a la valla, parecía que quisiera saludarlos. Nika le puso la mano en la cabeza, y empezó a acariciarla. El animal estaba contento, como si hubiera aceptado a su nueva dueña. Nika que estaba impaciente por subir al animal.

- Venga, vamos a por las cosas, creo que quiere que le des una vuelta –Dijo Parker.

Ambos pusieron rumbo al establo donde tenían todo el material. Se colocaron las botas, el chaleco, el casco, y arreglaron al caballo poniéndole la silla de montar. En poco más de media hora estaba dando vueltas por el cercado. Aquel animal parecía encantado con la presencia de Nika, era como si los dos se entendieran desde el primer momento. Parker los miraba feliz, apoyado en aquella valla de madera. Al poco tiempo, él también quería montar un caballo, no lo tenía del todo claro, hacía mucho tiempo que no montaba, así que le daba respeto, pero sacó un poco de coraje y eligió uno de los que habían en el establo. Aunque más torpe que Nika, consiguió montar al animal, y lentamente fue acercándose a esta, hasta encontrarse a su la altura, fue cuando vio la cara de la joven que irradiaba felicidad.

- ¿Vamos a dar una vuelta? –Preguntó Parker.

- Si claro, ¿usted sabe montar a caballo? –Preguntó Nika que miraba al Profesor con preocupación.

- No me hagas enseñarte como se monta a caballo –Dijo Parker, sacándole la lengua–. Y poco después dándole una sacudida al caballo salió como una flecha.

- ¡Vamos! –Gritó Nika.

Salieron del cercado, atravesaron una llanura que tenían próxima y se adentraron en una arbolada que se abría delante de ellos.

Al cabo de un tiempo los caballos ya no galopaban, solo iban al trote. Nika, como de costumbre, aprovechaba cualquier momento para preguntarle curiosidades al Profesor.

Desde hacía un tiempo sentía curiosa acerca del concepto de justicia, de los principios éticos que regían las decisiones de las personas. Parker no era un experto en filosofía, pero trataba de explicarle cómo mejor podía, desde su punto de vista, cómo estos principios siempre habían existido desde el comienzo de la civilización. Al igual que la lucha entre el bien y el mal. Le explicaba que la balanza de la justicia a veces no se decantaba por lo que debería ser lo correcto, porque los que aplicaban la justicia eran personas, y estas no son perfectas, por lo que la justicia tampoco lo era.

Había algunas preguntas que prefería no contestar, pero se veía en la obligación de darle una explicación a la joven, aunque fuera solo por encima y sin entrar en demasiados detalles. Cuando llegaron a la idea libertad, Nika se extrañó que las personas fueran libres. Según entendía ella, la libertad era la carencia de ataduras, pues estas limitaban las acciones.

El Profesor le intentaba hacer ver, que no todo puede verse bajo el mismo punto de vista, lo que para una persona es una obligación, para otra podría no serlo. Y en el caso de la libertad, existían diferentes tipos y por lo tanto, diferentes interpretaciones. Aquella conversación se fue alargando durante toda la jornada. Pararon cerca de un riachuelo que pasaba cerca para que los animales bebieran agua. Ahora la pequeña se preguntaba el porqué de su existencia, y cuál era su objetivo en la vida. Preguntas nada fáciles para Parker, que suspiraba cada vez que tenía que contestar alguna de ellas.

- Todo el mundo me dice que he venido a salvarles, ¿es ese mi objetivo en la vida? –Preguntó Nika.

- El objetivo en la vida lo encontramos nosotros mismos. Tienes que encontrar lo que te hace feliz. Normalmente, son las cosas con las que disfrutamos, las que nos pueden servir de guía para saber qué es lo que queremos hacer en nuestro futuro, y cuál es nuestro objetivo –Explicó el Profesor que veía como Nika observaba atentamente lo que decía–. Te pongo un ejemplo, yo siempre he disfrutado cuando he ido a investigar, descubriendo nuevos lugares, personas y culturas. Ello me llevó a donde estoy hoy, sentado a tu lado. He descubierto que mi objetivo es formarte para que elijas tu camino de la mejor manera, sin desviarte al lado del mal.

- ¿Por qué me tendría que desviar al lado del mal?, yo nunca haría eso –Dijo Nika.

- El poder es muy tentador, Nika. Cuando uno lo tiene, este corrompe el alma. Platón decía: *"Si quieres conocer realmente a un hombre, dale poder. Porque solo así se muestra cómo realmente es"* –Citó Parker–. Tú tienes un poder enorme, Nika. Tienes que aprender a desarrollarlo para hacer el bien, y eso significa defender a los que te necesitan, a los seres humanos que son tus creadores.

- Yo no elegí que me crearan –Contestó Nika con indignación.

- ¿Piensas que alguien elige nacer?, porque yo tampoco recuerdo haberlo elegido, pero es algo que nos llega, un regalo de la vida, la propia alma de cada uno –Dijo Parker.

- ¿Qué es el alma?, ¿tengo alma?, ¿Luna tiene alma? –Preguntó Nika mirando la yegua que tenían a su lado.

Se hizo un silencio. El Profesor se quedó mirando a Nika, pensando su respuesta, la temática se complicaba cada vez más. Aquella adolescente tenía la capacidad de sacar temas que le hacían pensar de un modo que nunca había hecho.

- Sinceramente, no se sabe a ciencia cierta si existe o no. Quizás sea algo que el hombre ha ideado para explicarse su existencia después de esta vida. La cuestión es que, desde hace mucho tiempo, desde las primeras civilizaciones, el ser humano ha creído en la existencia de vida en otro mundo después de la muerte, y en una parte inmortal, el alma, el cual alcanzaba dicho mundo al acabar la vida en este –Contestó Parker.

- ¿Usted cree realmente que existe el alma? –Preguntó Nika cada vez más curiosa.

- Personalmente pienso que todo lo que tiene vida, tiene alma. Para mí es la esencia misma de esta, sin la cual no podría existir este mundo tal y como lo conocemos.

Pero esta es mi opinión, porque como te he dicho no se puede demostrar su existencia, y ha sido uno de los grandes misterios para el hombre desde el inicio de los tiempos –Respondió Parker.

Los ojos de Nika no pestañeaban. Disfrutaba cuando el Profesor se ponía a explicarle cómo funcionaban las cosas. Parecía como si le estuviera contando una historia, en este caso el de un misterio, del que todos sabían, pero que nadie había podido resolver.

Aprovechando el momento en que Nika estaba pensando, el Profesor se levantó para rellenar la cantimplora de metal en un riachuelo que tenían cerca, antes de darle un trago levantó la vista, y vio que del río bajaba un torrente de peces muertos, aquellas aguas estaban contaminadas, como casi todo en aquel mundo que estaba llegando a su fin. Tiró el agua y volvió junto a la joven.

- De hecho, se intentó buscar una explicación científica –Dijo Parker, mientras metía la botella de agua en la mochila que llevaba–. Un doctor llamado Duncan McDougal experimentó con personas moribundas, justo antes y después de morir, dando casi siempre el mismo peso, unos veintiún gramos de diferencia. Así que se pensó que ese era el peso del alma. Pero fue todo muy relativo, y científicamente nunca se tuvo como un referente fiable.

- Se sabe algo entonces, ¿dónde está el alma? –Preguntó Nika.

- Como te he dicho es una creencia. No se ha podido ubicar en ningún lado. Algunos especialistas piensan qué podría estar en algún lugar en nuestro cerebro entre el hipocampo y el córtex, un lugar relacionado con la consciencia y la propia identidad. En cualquier caso, se tiene como una creencia espiritual, o lo que viene a ser lo mismo, es una cosa de fe –Explicaba Parker, mientras levantaba los hombros.

Nika se quedó callada, sentada en una piedra al lado del río y pensando en cómo podría averiguar si existía el alma. Pensaba acerca de los caballos que descansaban cerca de aquel riachuelo, ¿tendrían alma aquellos animales?, ¿qué pasaría con las plantas?, ¿tendrían alma los árboles?, o quizás, solo era una característica del reino animal. ¿De qué podía estar hecha el alma?, ¿dónde estaría ubicada?, ¿de dónde vendría y a dónde se iría?, las preguntas no cesaban dentro de su cabeza. Por un momento pensó acerca de su propia alma. Siempre le dijeron que ella nació en el laboratorio, y que no tenía padres. De hecho, no recordaba nada, excepto una vaga imagen, un reflejo de estar metida en un tanque oscuro y frío, pero nada más. Qué pasaría si no tuviera alma, estaría siempre condenada a estar en aquel mundo, donde iría después de aquella vida. Necesitaba encontrar respuestas.

Llevaban unos minutos en silencio, pensando en lo que acaban de hablar. El Profesor sacó una bolsita donde llevaba el tabaco, se echó un poco en la mano, colocó un papel encima, y con un movimiento de muñeca le dio la vuelta. Por último, colocó la boquilla, y con un par de vueltas lo dejó prensado. Sacó una caja de cerillas que llevaba en la chaqueta, se encendió el cigarrillo, y lentamente soltó el humo que salió de su boca haciendo una nube que cubría su cabeza por completo.

Nika seguía pensando en la idea del alma, quería saber más acerca de esta, de cómo surge, donde reside y cómo podría encontrar alguna pista que le diera a entender que no era solo una fantasía creada por la imaginación del hombre.

Cuando Parker volvió a soltar el humo, Nika vio que tenía una expresión triste en su mirada, podía sentir que estaba preocupado, algo le pasaba por su mente.

- ¿Qué le ocurre? –Preguntó Nika, que lo observaba con preocupación.

Parker no podía esconder el sentimiento de pena al acordarse de Sam. Había encontrado en ella a su alma gemela, y aquellas máquinas se la habían arrebatado. Tenía ganas de vengarse, pero sabía que aquello no le devolvería a Sam.

Se había prometido educar a Nika lo mejor posible, y muchas veces recordaba sus charlas con Sam para sacar la mejor manera con la que enseñar a la pequeña.

- Echo de menos a una persona muy especial.

- ¿Cómo se llama?. Pregunto Nika.

- Se llamaba Sam, pero vino alguien malo y se la llevó de mi lado. La echo mucho de menos –Dijo el Profesor, sincerándose con la pequeña.

- ¿La quería? –Preguntó Nika.

- Nunca he dejado de hacerlo–Contestó Parker visiblemente emocionado y con los ojos empañados.

Nika se quedó observándole, mientras analizaba ese sentimiento tan sincero como profundo, el cual, hundía a aquel hombre en una tristeza sin fin. Se quedó pensando para sí misma, si aquello que veía, era realmente el significado de amar.

Supremacía Cuántica

Hasta las remotas tierras del norte de Rusia fue a buscar un escondite AURA. Allí, junto con su ejército de ciborgs, encontraron un lugar perfecto bajo tierra, fuera de todas las miradas, incluidas las de los satélites. Aquella montaña formada por túneles excavados años atrás, era una antigua mina que había servido de refugio en la Segunda Guerra Mundial. Los pasillos conectados entre sí, daban lugar a una serie de galerías internas que formaban un laberinto enorme y complejo. En el cual se encontraba AURA preparando el siguiente ataque contra la humanidad.

La entrada situada bajo de la montaña, era una cueva natural custodiada por las máquinas. Un túnel oscuro y frío era la única vía de acceso a su madriguera, las primeras galerías servían de almacén, donde grandes cajas se distribuían por toda la zona. Aquel material serviría para la creación de nuevos ciborgs. Además de provisiones y armas, aquel lugar servía de distribución a las siguientes salas.

Para acceder a la siguiente galería se debía descender un nivel, por lo que había un montacargas que permitía el acceso. Una vez en el nivel inferior, se abría una sala inmensa donde se distinguían dos líneas de producción. En una de ellas se creaban las partes puramente orgánicas, tejidos y órganos creados a partir de células de laboratorio. Mientras que en la otra línea, se daba forma a lo que sería el endoesqueleto, formado por unas aleaciones ultrarresistentes. Ambas partes hacían un todo, estando perfectamente sincronizadas.

Al final del proceso, el ciborg se conectaba a un dispositivo central, el cual incorporaba el Software Humano que tenía AURA. Era la programación básica, que tenía una función de razonamiento individual y colectivo, siempre bajo el control de AURA, esta programación basada en el Software Humano, fue modificándose y actualizándose con el tiempo, era básicamente las instrucciones por lo que todo se regía en el mundo de las máquinas.

Cuando ambas partes estaban listas, se transportaban a la zona de ensamblaje, donde otros ciborgs se encargaban de su montaje, de comprobar su estado final y de que no hubiera ningún fallo. AURA como un ente superior controlaba todo desde lo más alto de la sala.

La imagen de AURA se representaba con la cara de una persona de rasgos poco definidos. Un híbrido carente de género. Con unos ojos grandes y negros, llamaba la atención la ausencia del iris, aquello contrastaba con lo blanco de su piel, el resplandor de la imagen denotaba la pureza que transmitía este ente. Tampoco tenía pelo, y sus labios eran más bien dos líneas finas de proporciones similares, que apenas tenían tonalidad. Aquella imagen aparecía en forma de holograma, y se movía a cualquier posición de la sala instantáneamente, pudiendo estar en varias de ellas a la vez. Se podría decir que era omnipresente.

Pasando la sala de creación, había otra contigua con las mismas proporciones. Allí otros ciborgs se encontraban trabajando en lo que parecía ser una máquina de proporciones enormes. Un armatoste metálico se desprendía del techo para entrar dentro de la tierra. Lo cubría un manto de cables que formaban conexiones, estos iban desde la parte superior hasta la inferior. Su forma ovalada, tenía un hueco en el centro donde una esfera luminiscente de color azul brillaba a modo intermitente.

- ¿Cuándo tendremos la máquina cuántica lista? –Preguntó AURA desde lo alto de aquella sala.

- No lo sabemos, máster. Seguimos con fallos de ruido. Los mismos problemas de vibración y temperatura, intentamos aislar lo mejor que podemos, pero necesitamos mejorar el diseño –Dijo un ciborg que parecía estar al mando.

- El problema puede venir de la cámara de vacío, comprueben que no hay ninguna fuga –Dijo AURA.

- Así es, vamos a mejorar el diseño de la cámara de vacío enfriada, junto con una mejora en los algoritmos de ejecución debería ser suficiente para evitar los problemas –Replicó otro de ellos.

Aquellos ciborgs trabajaban para mejorar la máquina cuántica que años atrás se había desarrollado en occidente. La mejora de dicho ordenador fue el salto tecnológico definitivo. Se había dejado atrás los BITS, para pasar al CuBits. Ahora esto también estaba a punto de cambiar. La nueva máquina gestiona los ReBTit, lo cual no solo ofrecía posiciones conjuntas, sino espaciales y dimensionales en el tiempo. Cosa que las anteriores no podían. Su objetivo era calcular enormes cantidades de datos con velocidades jamás vistas anteriormente. Pero no era sencillo, igual que sus predecesores aquella máquina necesitaba de unas condiciones muy especiales para poder trabajar. El menor cambio en su temperatura o una mínima vibración significaba el fallo total del cálculo a ejecutar. Eso sin contar con los algoritmos diseñados para su aplicación, una de las claves para su funcionamiento. En conclusión, no era un trabajo sencillo ni para las propias máquinas, y los problemas a la hora de su montaje, junto con los fallos de ejecución hacían valorar otras alternativas a AURA. Sabían que los humanos trabajaban en este proyecto desde hacía bastante tiempo, y esto era una amenaza para sus planes, no quería correr el riesgo de que se adelantaran. Eso no lo iba a permitir.

- Necesitamos tener lista la máquina antes que los humanos. Sabemos que ellos también están trabajando en un proyecto similar. No podemos permitir que consigan tenerla lista antes que nosotros –Dijo AURA.

- Sí, máster. Haciendo las mejoras anteriores, la máquina cuántica podría estar lista en unas semanas, unos meses como mucho –Dijo el Ciborg

- No disponemos de tanto tiempo, necesitamos tenerlo en los próximos días. Dijo AURA.

AURA conocía la importancia de aquella herramienta. La gestión de *big data* sería viable con una velocidad y una precisión como nunca. Y esto se traduciría en un salto cualitativo del Software Humano, superando el nivel de los humanos. Entendiendo las emociones, sensaciones, pensamientos, conceptos tan abstractos como complejos a la hora de analizar, catalogar y dar respuesta.

En cada situación cotidiana, cada acción que realiza una persona ante un determinado escenario, está cargada de miles de variables para ser analizadas, millones de datos a analizar, con las herramientas de cálculo existentes no es viable para los ciborgs. Al menos, en un tiempo similar al que lo puede hacer un cerebro humano. Pero aquel ordenador, aquella máquina cuántica suspendida del techo, era la llave, la herramienta definitiva para poder perfilar lo que sería su estado final. La creación definitiva... Todos los datos que han estado recolectando durante todos estos años, todo su conocimiento pasaría a aquel nuevo ciborg, que, junto con el corazón de aquel procesador cuántico, podría tener la capacidad de sentir, reír, llorar, soñar, de hacer todo lo que podían hacer los seres humanos, y mucho más. La era del hombre estaba llegando a su fin. La hora de la inteligencia artificial estaba comenzando.

• • •

Unas semanas de trabajo, eso fue lo que tardaron los ciborgs en dar con la solución, para que aquel ordenador cuántico funcionara sin problemas.

- La máquina cuántica está lista, máster –Dijo el ciborg.

- Perfecto –Contestó AURA.

Todos miraban a aquella máquina suspendida del techo. Su imponente dimensión, junto con aquel corazón azul, que ahora se iluminaba intensamente y de forma constante, mostraba lo que iba a ser un cambio en la evolución tecnológica de los ciborgs. De repente uno de ellos entró por la sala con noticias.

- Máster, tenemos información de que han mejorado a otra niña. Esta vez pensamos que ha sido una mejora completa.

Dijo aquel ciborg, que parecía diferente a los que estaban allí dentro, tenía una marca detrás del cuello con el logotipo de W1. Estos eran los modelos más actualizados, y diseñados específicamente para la lucha.

- ¿Crees que será una amenaza? –Preguntó AURA.

- No lo sabemos, máster, pero deberíamos responder –Respondió este.

- Si es así, necesitamos encontrarla y acabar con ella –Respondía AURA.

- La información la sitúa en una base militar al norte de Inglaterra. Al parecer alguien de la base ha estado enviando mensajes desde un terminal, y hemos conseguido detectar la señal –Dijo el ciborg.

- Los humanos son muy previsibles. Vamos a controlar sus movimientos, bloquearemos su escudo antimisiles infiltrando un virus en su sistema, después lanzaremos un ataque aéreo. Cuando quieran moverla tendremos nuestra mejor oportunidad para acabar con ella –Respondía AURA.

- De acuerdo, así se hará, master –Respondió Ciborg

- Organiza un equipo de asalto. Tú te encargas de esta operación –Dijo AURA.

- Sí, máster –Dijo Ciborg

- Pero, antes de que te marches, prepara todo para el nacimiento de Novak.

NOVAK

En medio de la sala todo estaba dispuesto. Los ciborgs rodeaban el cuerpo desnudo de un joven que yacía en una camilla. Un sinfín de aparatos rodeaban la zona donde se encontraban. En la parte superior como era lo habitual AURA lo observaba todo atentamente.

- La parte inferior está conectada y funcionando –Dijo el ciborg que suturaba la pierna.

- Perfecto, ahora pasamos a la fase final. Preparad el instrumental –Dijo el ciborg situado justo enfrente.

Era el momento de hacer la estereotomía, o lo que era lo mismo, abrir el pecho y colocar el tan preciado corazón cuántico. Una esfera semirrígida formada de un material gelatinoso que destellaba con el movimiento.

- Bisturí, cortamos desde el esternón hacia abajo –Dijo el ciborg responsable de la operación.

- Aquí tiene. Contestó el otro, mientras se disponía a ayudar en la apertura.

- Valva y separador –Dijo el ciborg mientras acababa de cortar y se disponía a abrir hueco para poder acceder al área torácica.

- El endoesqueleto es demasiado fuerte para poder acceder a las costillas, necesitamos algo más fuerte –Dijo el asistente que sujetaba una especie de Finochietto, el aparato que servía de separador.

- Así es –Contestó A1–. Introdujo las manos, y con toda su fuerza, consiguió abrir un poco aquella caja que formaba el tórax. En ese momento el asistente consiguió introducir un utensilio que le permitía mantenerlo abierto.

Aquel aparato metálico, era básicamente un separador a modo de gato que empujaba las costillas poco a poco a los lados, dejando toda el área al descubierto. Ahora, se podían apreciar todas las costillas, aquel endoesqueleto metálico hacía de protección. Aquel cuerpo era una mezcla de órganos, acero y cables, una sinergia que dotaría de vida aquel nuevo ente.

- Pinzas, necesitamos sujetar todo el cableado lateral.

- Aquí tiene –Contestó el ciborg que hacía de asistente.

Después de unos minutos cosiendo, juntando, conectando y sellando. Parecía que habían llegado al final de la operación. Solo les quedaba una última cosa.

- Es el momento de insertar el corazón cuántico. Dijo el A1

- Aquí tiene –Dijo el ciborg que hacía de asistente.

Aquella esfera era un corazón formado por cables y circuitos, tenía la apariencia de un corazón humano, pero solamente en la forma, su exterior era de un material gelatinoso y en su centro un punto de luz brillaba con una gran intensidad. La energía cuántica irradiaba de él, justo en el punto donde se encontraba el nódulo sinusal... la fuente de energía en el corazón humano.

Cuidadosamente, lo introdujo en el pecho, y empezó a conectar cables a modo de arterias y venas. Cuando acabó con la última, el cuerpo todavía inerte hizo una sacudida semejante a un espasmo.

- Ya tenemos todas las conexiones, y el corazón está en su sitio –Dijo uno de los ciborgs.

- Hay que transferir el Software Humano –Dijo el ciborg levantando la cabeza para mirar a AURA.

- Colóquelo en el tanque –Dijo AURA desde lo más alto, que no perdía detalle durante toda la operación.

Cerrado el tórax y cosido el cuerpo, lo transportaron sobre una zona elevada. Una vez allí, le conectaron un cable que terminaba en forma puntiaguda, a la altura de la sien. Instantes después, unas paredes de metacrilato surgieron del suelo, envolviendo el cuerpo desnudo del joven. Las paredes se sellaron formando un tanque de forma esférica. Este era el procedimiento básico que seguían todos los ciborgs cuando se crearon. Estas conexiones servían para pasar el conocimiento de AURA al nuevo ente.

Una vez dentro, el tanque se encontraba sellado, y un líquido empezó a llenar el habitáculo. A los pocos minutos el tanque estaba lleno, y el cuerpo se encontraba todavía inerte y flotando en aquel líquido amniótico. Fue entonces cuando la información empezaba a fluir por aquellas conexiones. Información de todo tipo. Empezando desde lo más básico a los más complejo, desde el inicio hasta el momento actual , en la mente de aquel ciborg aparecían imágenes que representaban el *Big Bang*, la expansión del universo, el polvo estelar, la formación de estrellas, sistemas solares, galaxias, quarks electrones, componentes químicos, enlaces atómicos, moléculas, células, animales y su evolución, relaciones físicas, historia de la humanidad, su aprendizaje, su desarrollo, su lucha constante, el maltrato a las otras especies, el sometimiento, escenas de amor, de odio, de todo tipo , aquel sin fin de imágenes pasaban a registrarse dentro del nuevo ente, que empezaba a mover los párpados y el cuerpo con sacudidas abruptas que iban en aumento, haciendo levantar el cuerpo de un modo abrupto.

El mayor *big data* jamás transferido a ningún ciborg, toda la información que habían recogido durante todos estos años atrás, desde diferentes fuentes en diferentes partes del mundo, ahora estaban siendo descargados y procesados por aquel nuevo ente, que las absorbía casi a la velocidad de la luz. El momento tan esperado por AURA llegaba al fin. Novak había sido creado por esta como su obra definitiva, el ciborg más humano y avanzando de todos los tiempos. Poseía un cerebro hecho de una mezcla de material orgánico y electrónicos. Una masa de color rosáceo con destellos blancos que captaba toda la información a modo de onda vibratoria, y lo procesaba en un tiempo inferior al del cerebro humano. Lejos quedaría Neil Harbisson, el primero de los ciborgs, con su antena y su capacidad para interpretar dichas ondas.

Gracias a su potencia cuántica y su endoesqueleto mejorado, Novak era el ciborg más actualizado. Lo mejor de los humanos con lo mejor de las máquinas, el mayor salto evolutivo para las máquinas en toda su historia, la singularidad había llegado y un nuevo orden con él.

- Ahora, hijo mío, tú tendrás todo mi conocimiento. Tú y yo seremos uno. Lo que tú veas, yo lo veré. Donde tú vayas, allí estaré. Lo que tú sientas, yo sentiré. Este mundo necesita un cambio, y tú se lo darás. Tú eres la obra definitiva, el alcance de nuestra supremacía como inteligencia, tú eres la singularidad. Llegó la hora del cambio, nuestra hora –Dijo AURA.

En ese instante dentro del tanque los ojos de Novak se abrieron, y un resplandor rojizo brilló en sus ojos.

La Dura Realidad

Ningún Humano Sobrevivirá

Todo parecía bastante calmado en la base. La mañana tenía un cielo cargado de nubes, no hacia aire, así que estas parecían estar suspendidas, estáticas en un cielo cargado de humedad. Los árboles apenas movían sus hojas, y en sus ramas se escuchaba algún pájaro cantar.

Nika abrió un ojo, y poco a poco se despertó, esa noche no pudo dormir bien, no sabía muy bien por qué, pero continuaba pensando en la conversación que tuvo con el Profesor acerca del alma. Después de dar varias vueltas en la cama, decidió levantarse, sabía que no sería capaz de volverse a dormir. Así que, puso los pies en el suelo, y fue directa a darse una ducha caliente. Cuando salió, empezó a cambiarse, se abrochaba la camisa mientras se miraba en el espejo, en ese momento no pensaba nada, simplemente observaba su propia mirada, buscando dentro de ella la respuesta a su ser, pensando si era ahí donde residía la consciencia. Salió de la habitación hacia el comedor, pasando por la sala de control, donde unos operarios controlaban aquellos ordenadores que no cesaban de mostrar gráficas. En la entrada, como de costumbre, los soldados chequeaban a la gente que pasaba, aunque en ese momento, se les podía ver relajados, todavía era temprano, y no había trafico de personas. La mayoría de la gente todavía dormía, normalmente el personal empezaba a despertar alrededor de las cinco de la mañana, esa era la hora cuando se podía notar la ebullición de aquel lugar, que ahora se encontraba en plena calma.

Una vez dentro del comedor, Nika fue directa a por un zumo de naranja. Le sorprendió ver al entrar que no era la única que le costaba dormir, allí estaba Parker, posiblemente revisando algunas notas, o programando alguna de las tareas que debían de realizar, tomando lo que pensaba sería el primer café. Esa era su rutina cada mañana. Aunque era demasiado pronto, incluso para él.

- Buenos días, Nika –Dijo Parker con una voz ronca.

- Buenos días, Profesor, que madrugador está hoy –Dijo Nika con una sonrisa.

- Supongo que es la edad. Me he acostumbrado a levantarte antes. En fin, ¿Por qué no vas a por el desayuno?, después podemos repasar el programa que tenemos para hoy –Contestó Parker.

- Claro, hoy es el día de las pruebas de tiro, ¿no es así? –Respondió Nika.

- Así es. Venga toma lo que quieras para desayunar. Si marchamos pronto tendremos todo el campo de tiro para nosotros –Dijo el Profesor.

- De acuerdo –Dijo entusiasmada Nika.

Las prácticas de tiro era una de las actividades que más le gustaba a la joven. Le hacía soltar adrenalina, y eso le gustaba. Aquellas palabras del Profesor le hicieron reaccionar de inmediato. Estaba contenta y nerviosa, como un niño antes de ir al parque. Sacó un zumo de la máquina y tomó un cruasán de la bandeja que había al lado, no llegó ni a sentarse, le hizo un gesto al Profesor, para indicarle que estaba lista. Este, mirándola, sonrió y recogió sus cosas, a los pocos minutos se pusieron en marcha.

• • •

El área de tiro estaba situada en una de las zonas más alejadas de la base, así que cogieron las llaves de uno de los Jeep verde militar que tenían en el hangar. Cuando arrancó el 4x4, el motor soltó un rugido seguido de un petardeo. Aquellas máquinas eran puras bestias. En unos segundos estaban de camino al campo de tiro.

- ¿Qué tal has dormido? –Preguntó Parker.

- No he dormido muy bien, no sé porque, sigo pensando en lo me explicó –Dijo la joven.

- ¿Cuál es el problema? –Preguntó este

- Sigo dándole vueltas a lo que hablamos de mi propósito y esas cosas. No paro de pensar acerca de lo que me dijo del alma. Anoche tuve una pesadilla. Soñé que no tenía alma, que todo el mundo se marchaba lejos de mí. Yo corría para no quedarme sola, pero no podía seguirlos, y poco a poco desaparecían en una especie de bruma. Pensé que era el alma lo que les hacía moverse –Dijo Nika, después se hizo un silencio–. En mi sueño también salía usted, y también se alejaba. Yo intentaba pedirle ayuda, pero cuando le gritaba no salían palabras de mi garganta, era como si no existiera. Ahí fue cuando me desperté.

- No te preocupes, no tienes que agobiarte con eso. Como te dije, no sabemos si tenemos o si no, ni para qué sirve. Ya te lo dije, puede ser una invención del hombre, simplemente para poder explicarse qué pasará cuando nos llegue la muerte. Así que, no te obsesiones –Replicó Parker.

Nika se quedaba mirándole, pensando en lo fácil que era para él decir aquello, y lo complicado que era para ella aceptarlo. Algunas veces, no entendía como podía ser tan simple.

- ¿Sabe, Profesor?, pienso que no es una invención. Creo que es real, creo que sí que existe, y voy a encontrar la manera de descubrirla –Dijo esta con una fuerte convicción.

- Nika, tú estás hecha para descubrir muchas cosas de las que nosotros desconocemos, quizá esta sea una de ellas –Dijo Parker.

Ahora Nika se quedó mirando al Profesor, su mirada se hizo tan penetrante, que le pudo leer los pensamientos,..... literalmente. Lo que pensaba en realidad, era muy diferente a lo que le había dicho. Parker no creía que esta pudiera tener alma, ya que pensaba que el alma debería ser algo natural del ser humano, algo que estaría lejos de aquellos tanques donde la habían creado, pero no quería decírselo a la joven, la quería, y no quería hacerle daño.

- Si me dice eso, ¿por qué piensa lo contrario? –Replicó Nika mirándole fijamente.

- ¿Qué quieres decir? –Respondió Parker, no se explicaba su reacción.

- Lo que está escuchando, ¿por qué me dice una cosa, y piensa lo contrario?, que yo no tengo alma –Replicó esta con un gesto de incomprensión.

- Yo no he dicho eso –Contestó Parker.

- Pero lo está pensando, sea honesto –Respondió Nika.

Parker pisó el freno del 4x4 haciendo que el coche frenara hasta hacerlo parar en medio de aquella carretera. Se giró hacia Nika, y mirándola a los ojos decidió decirle lo que pensaba realmente.

- Supongo que se me ve en la cara, ¿no?, no sé mentir –Replicó Parker–. Pienso que, si existiera, posiblemente tú no tendrías, pero es algo en lo que no tengo ninguna evidencia, y quiero creer que estoy equivocado.

- Entonces, ¿Por qué me dice lo contrario? –Preguntó Nika.

- No quiero hacerte daño con mi opinión. Ni siquiera tengo la certeza de que sea cierto, y sé que eso a ti te importa –Contestó Parker.

- ¿Me miente para protegerme? –Preguntó la joven.

- Supongo que visto de esa manera, puede ser así. Bajo mi punto de vista es una mentira piadosa. No quiero hacerte daño. –Respondió Parker con sinceridad.

Ahora Nika se quedó callada, vio que le decía la verdad. En sus palabras, había un sentimiento de amor. Se calló y se giró, mirando a la carretera. Ahora Parker arrancó el coche y reanudó la marcha. El silencio duro varios minutos, hasta que la duda sucumbió al Profesor.

- ¿Cómo sabías que no te estaba diciendo la verdad? –Preguntó este.

- Cada pensamiento que tiene, cada sensación, es una interacción entre el sistema nervioso y el entorno que nos rodea, haciendo que el cerebro produzca unas señales electromagnéticas –Dijo Nika–. Yo puedo leer esas señales , puedo sentir lo que piensa, y usted también. Esto último lo dijo con los labios cerrados.

El Profesor frenó el coche en seco, derramando las bebidas por todas partes. Se giró completamente atónito con los ojos abiertos como platos. Y mirando a Nika, no podía dar crédito a lo que acababa de ocurrir. No solamente era capaz de interpretar sus pensamientos, si no de crearlos para que él los pudiera recibir. Estaba delante de un hecho insólito, la pequeña empezaba a demostrar sus verdaderas cualidades.

- Me acabas de hablar, y no has movido los labios. ¿Cómo lo has hecho?. Preguntó Parker con la boca abierta.

- Le acabo de decir que los pensamientos son de tipo electromagnético. Se pueden transmitir mediante ondas y energía. Esas mismas ondas que genera su cerebro, las puede recibir el mío. Y viceversa –Dijo Nika.

- ¿Sabes, lo que significa eso? –Preguntó Parker.

- No, ¿qué significa?. Respondió Nika, que en ese momento no recibía nada.

- Que no te puedo engañar más –Dijo el Profesor, riéndose y sin dar crédito a todo aquello.

Por fin llegaron al área de tiro, pararon el Jeep en la entrada y salieron del vehículo. Caminando a escasos metros había un almacén que servía de armería, una puerta metálica en el lateral hacía de entrada de aquel recinto. Una vez dentro, debían de registrarse para tomar las armas y la munición que utilizarían. Firmaban con su nombre, y añadían la hora de entrada. Una vez acabada las prácticas se devolvía lo que no se había utilizado, y se añadía la hora de salida. Este era el procedimiento habitual para utilizar aquellas instalaciones.

Detrás de un mostrador y protegido por un panel de seguridad, se encontraba el soldado que custodiaba el almacén. Solamente la parte inferior del panel se encontraba al descubierto, ese era el hueco por donde se entregaban las armas.

Nika no dudó ni un segundo, y cuando llegó al mostrador eligió una de sus armas favoritas un M&P15, un fusil semiautomático, ligero y preciso. Todo un clásico entre los militares y la policía. Mientras, Parker esperaba detrás de ella.

- ¿No le apetece disparar, Profesor? –Preguntó Nika.

- Prefiero ver cómo lo haces tú. Además, siempre te puedo corregir –Contestó este.

- Cómo me va a corregir, si no tiene ni idea de cómo disparar un arma –Dijo Nika riéndose.

- No te creas, la última vez que lo hice me disparé en un pie. Así que te advierto que soy bastante preciso, incluso con mis fallos –Dijo Parker bromeando.

- Venga, pruébelo, será divertido –Insistió la joven.

Parker negaba haciendo un movimiento con la cabeza, pero al ver la cara de ilusión de Nika, cambió de opinión y decidió darle la satisfacción. Aunque era obvio que a él no le gustaban nada las armas, él era más de libros. Aunque pensó que a Nika le iría bien poder enseñarle. Algún día, en el futuro, le tocaría a ella ser la que estuviera en ese bando.

- De acuerdo. Deme un revólver –Dijo este.

- ¿Un revólver? –al escuchar aquello Nika se echó a reír–. No estamos en el salvaje oeste. Dele algo mejor…, una HK416. Hágame caso, con esta se divertirá mucho más.

- Bueno, pues eso, deme lo que le ha pedido. Aparentemente mi opinión hoy no cuenta –Respondió Parker al soldado que los miraba con cara de no entenderles.

- De acuerdo –Dijo seriamente el soldado que custodiaba la armería–. Aquí tienen, firmen primero antes de coger las armas. Y por favor, no se disparen el uno al otro.

Nada más firmar, y tomar las armas, ocurrió algo. Una alarma empezó a sonar en todo el lugar. Un sonido ensordecedor, las luces rojas y amarillas de las salas empezaron a iluminar todo.

- ¿Qué ocurre? –Preguntó Nika.

- No sé, no tengo ni idea. Imagino que estarán haciendo algún simulacro o algo parecido –Respondió Parker.

Salieron de aquel almacén para averiguar qué ocurría. Se quedaron mirando los hangares que tenían delante de ellos. Aparentemente, todo estaba en calma, pero las alarmas continuaban sonando en todo el lugar. Afuera no había luces, pero una sirena a modo de sonido agudo y continuo avisaba de que algo no iba bien. De repente, algo alcanzó uno de los hangares que tenían delante de sus ojos. La explosión fue tremenda. Al instante una gran bola de fuego se alzó delante de sus cabezas. Se encontraban bastante alejados del lugar del impacto, pero a los pocos segundos pudieron notar la onda expansiva, una sacudida de calor contra sus cuerpos los empujó hacia atrás.

- Parece que no es ningún simulacro –Dijo Nika.

- No, definitivamente, no lo es. Vamos al Jeep, ¡deprisa! –Exclamó Parker.

Sin soltar las armas subieron al Jeep, y pusieron rumbo al edificio central. Querían saber qué estaba ocurriendo, quién les estaba atacando. De camino al lugar, otros dos misiles alcanzaron las instalaciones contiguas a esta. Otras dos nubes de fuego y humo se alzaron, esta vez mucho más cerca que la anterior. El calor que irradiaban era más intenso, lo podían notar en la piel. El aire denso estaba cargado de humo, y la sensación de inseguridad crecía conforme se iban acercando al hangar principal.

Una vez en la entrada vieron unos cuantos soldados que arrastraban otros compañeros malheridos, mientras los ponían a cubierto de las explosiones, y de los trozos de techo que caían por todas partes.

- ¿Qué hacemos, Profesor? –Preguntó Nika asustada.

- No lo sé, necesitamos averiguar qué está pasando. Voy a entrar a ver si el comandante nos puede decir algo –Dijo Parker.

- ¿Qué hacemos con esta gente que está herida? –Respondió Nika.

- Allí está el médico, ve y pregúntale cómo puedes ayudar. Yo intentaré ir a la sala de control y averiguar qué demonios está pasando –Dijo Parker–. Por favor, ve con mucho cuidado.

- Profesor, no me deje sola por favor –Dijo Nika con cara de preocupación.

- Tranquila, no te voy a dejar sola, pero tenemos que averiguar qué está pasando. Tú eres más fuerte y más rápida que yo, ve y ayuda a esa gente, si no estoy aquí en diez minutos, ven a buscarme a la sala de control, ¿de acuerdo? –Replicó Parker

- De acuerdo –Asintió la joven con resignación.

Después de aquellas palabras, cada uno puso un rumbo diferente. Todavía se podían escuchar explosiones cerca de ellos. Los misiles seguían cayendo en diferentes partes, aquello era un ataque en toda regla, pero ¿quiénes les estaban atacando?, pensaba Nika.

De camino a la sala de control, Parker se encontró con varios cuerpos sin vida. A uno de ellos la explosión le había caído cerca, su cuerpo estaba reventado. La cara desfigurada y la piel negra daban a entender que la explosión le había cogido de lleno, al menos aquel pobre desgraciado había muerto en el acto Otros tantos andaban moribundos, mientras estaban siendo atendidos por los propios soldados, que se ayudaban entre ellos.

Aquella bomba había caído como un mazazo de realidad que se les venía encima. Cuando entró a la sala de control, medio techo estaba derruido. La parte superior se había desplomado, dejando atrapados a varios soldados que parecían muertos. El humo salía por todas partes. Los chispazos de los cortes eléctricos eran constantes. El comandante estaba dando órdenes, chillando a un puñado de técnicos que todavía estaban delante de los ordenadores intentando recuperar el control del escudo antimisiles.

- Comandante, ¿Qué está pasando? –Exclamó Parker cuando entró en la sala de control.

- ¡Joder, Profesor! ¿Usted qué cree?, Alguien nos está atacando. Al parecer introdujeron un virus en nuestro sistema, el cual se supone que es imposible de jaquear –Dijo William mientras lanzaba una mirada dc culpa al informático que tenía al mando–. Así que nos ha quitado el escudo, y como puede ver nos están lanzando misiles, que todavía no sabemos ni de dónde coño vienen.

- Comandante, tenemos que hacer algo ya, ¿ha visto la carnicería que hay ahí fuera? –Preguntó Parker.

- No me diga, ¿de dónde cree que vengo? –Respondió el comandante con un tono cada vez más amenazador.

- ¿Qué está haciendo para solucionarlo? –Insistió Parker.

Cuando escuchó estas palabras el comandante se giró, y fue directo a Parker. Lo agarró por la camisa con las dos manos, y apretando a la vez que giraba los puños lo levantó del suelo, mientras ponía su cara a escasos centímetros de este.

- ¿Qué cree que estoy haciendo...?, no me toque más los huevos. Si quiere ayudar, cállese y déjenos trabajar. El comandante lo soltó de un empujón, y se giró buscando al informático con la cara descompuesta. ¿Cuánto tiempo más necesitamos? –le gritó al técnico a la oreja, mientras su mandíbula se desencajaba de la rabia.

- No lo sé, no lo sé. Hago lo que puedo –Contestó el informático.

- Pues hágalo más rápido, joder. Nos están pateando el culo –Dijo William, mientras las explosiones no cesaban.

El aliento del comandante en la nuca del soldado hacía aumentar la ansiedad de este, que notaba la presión, y le hacía sudar cayendo las gotas de la cara a la mesa.

- ¡Hecho, ya está listo!, no he podido hacerme con el sistema principal, pero hemos conseguido activar uno alternativo. Con esto debería ser suficiente, al menos, mientras recuperamos el resto –Dijo el soldado, soltando un suspiro de liberación.

- ¡Bien hecho, soldado!. Necesitamos informe de daños. Quiero saber cuántas bajas ha habido, como están las instalaciones y quién coño nos ha lanzado esos misiles –Gritó el comandante.

- Sí, señor –Dijo uno de los soldados que tenía a su lado. Este se levantó y puso rumbo fuera de aquella sala.

Antes de que pudiera salir el soldado, Nika entró por la puerta con cara de desesperación.

- Profesor, comandante..., nos están atacando –Dijo Nika.

- ¿Quién nos está atacando? –Preguntó el comandante.

- Unos ciborgs han entrado en la base, y nos están atacando, señor. Respondió esta.

- ¿Como sabes que son ciborgs? –Preguntó el comandante.

- Los he visto con mis propios ojos. Por fuera son humanos, pero por dentro tienen cables y acero –Contestó esta.

Ahora, el comandante se dirigió a un teléfono que tenía en la mesa, marcó un número, y esperó durante unos segundos.

- Evacúen al presidente, y envíen más tropas. Situación De Con Dos –Dijo con un tono serio William colgando el teléfono. Después se quedó mirando al profesor y a Nika–. Ustedes dos, síganme.

El comandante se dirigió a su oficina que estaba conectada con la sala de control. Una vez dentro, se fue al escritorio donde una pantalla mostraba lo que estaba ocurriendo en la entrada del hangar. Grupos de soldados luchaban, defendiendo posiciones contra un grupo de ciborgs que les estaban presionando desde fuera. Después de ver aquello, dio unos pasos, y se situó junto a la pared. Pasando la mano por delante, se mostró una pantalla. Marcó una serie de dígitos y algo se activó. Dos compuertas empezaron a abrirse. Lo que aparentemente era un estante con ficheros era en realidad la entrada a una antesala, dentro de la cual había todo un arsenal bélico. Ahí dentro había suficiente material como para empezar una guerra; pistolas, fusiles, lanzagranadas, armamento pesado... Cualquier cosa que pudieras imaginar estaba dentro de esas cuatro paredes.

- Sírvanse de lo que quieran. Vamos a enseñarle a estos ciborgs una lección que no olvidarán, y es la de no toques los huevos al comandante en su casa. –Dijo William mientras sujetaba entre las manos un lanzagranadas.

Todos salieron de la sala de control armados hasta los dientes, hasta Parker parecía ser un soldado más. Nika iba detrás del comandante que marchaba delante de todos, marcando el paso. Detrás, el informático era el último en la cola.

- Cuidado, oigo algo –Dijo Nika.

- Sí, están cerca, yo también los puedo escuchar –Contestó el comandante abriendo la puerta que daba a la sala del comedor.

Todo parecía en calma en aquel lugar. En silencio fueron entrando y ocupando todo el espacio en aquella sala. Súbitamente, se escuchó un crujido, venía de las tuberías de aire que iban por el techo. Una de ellas se rompió y de ella cayó uno de aquellos ciborgs, justo delante de uno de los soldados. Tan cerca que no dejaba ver su aspecto. El soldado petrificado por el susto no supo reaccionar. Todos se quedaron quietos, mirando y apuntando al ciborg que estaba justo detrás del soldado, lo que impedía que le pudieran disparar. A los dos segundos el soldado se giró, y soltando el arma cayó sobre sus rodillas. Su cabeza se desprendía en dos partes. El ciborg le había cortado en dos. Había sido tan rápido que nadie lo había visto. Aquella máquina que ahora levantaba la cabeza poco a poco tenía una mirada extraña, un gesto inexpresivo. De estructura delgada y atlética, su color de piel era de un blanco azulado, como si no tuviese pigmentación. Se levantó y se quedó mirando a todos, hasta que su mirada se paró a la altura de Nika.

- ¡Fuuuuuuego!! –Gritó el comandante.

Una lluvia de disparos fue en dirección a aquel ciborg, que empezó a correr con una velocidad increíble. Zigzagueando parecía esquivar algunos de los disparos, aunque no todos. Iba dirección al Profesor, que lo veía acercarse con pánico, sin poder siquiera reaccionar. Aunque no consiguió llegar a este. Un par de metros antes se puso en su camino Nika, que con una mano lo agarró del cuello, lo levantó del suelo, y le apretó tan fuerte que sus ojos empezaron a inflarse. El ciborg intentó clavar lo que parecía ser un cuchillo que tenía unido al antebrazo, el mismo que había cortado al soldado. Pero Nika lo paró con la otra mano. Y con un golpe de fuerza, utilizó ese mismo cuchillo para clavarlo por debajo de la barbilla, saliendo por detrás del cráneo metálico. Aquel ciborg cayó tendido en el suelo entre espasmos, y chispazos eléctricos. Nika se giró, y miró al resto sin saber cómo había podido haberle hecho aquello. Le había salido de su interior como un instinto primario, una fuerza escondida que tenía dentro de su ser.

- Ya está, Nika, muy bien. Venga, tenemos que salir de aquí –Le dijo Parker cogiéndola de la mano, y estirando de ella dirección a la salida.

- Tenemos un helicóptero esperándonos en el hangar delta. Seguramente tendremos compañía para cruzar la salida de la base. Ya han visto de lo que son capaces, así que prepárense, todos a mi señal, ¡vamos! –Exclamó el comandante.

Cuando abrieron la puerta que daba a la salida del hangar, vieron que aquello se había convertido en un campo de batalla. Los soldados se defendían como podían de aquellos ciborgs que ganaban terreno. Los disparos y las granadas no eran suficientes para detener la embestida de las máquinas.

Bajaron las escaleras metálicas rápidamente, y sin perder un segundo se pusieron a cubierto. Cada uno detrás de lo que podía servirles como escudo, las balas venían de todos lados.

La única salida estaba cubierta por las máquinas, no había escapatoria. Si querían salir tenían que pasar por encima de aquellos ciborgs que no daban tregua a los soldados.

- Comandante, la salida esta bloqueada por lo ciborgs –Dijo uno de los soldados.

- Necesitamos distraerlos. A mi señal avanzaremos por un lateral. El objetivo es conseguir montarnos en un vehículo y salir de aquí cagando leches, ¿entendido? –Dijo el comandante.

- Sí, pero creo que los ciborgs no querrán dejarnos salir, comandante –Dijo Parker, que señalaba con la cabeza a dos de ellos situados en la entrada.

- No se preocupe, yo me encargo de ellos. ¡Vamos, ya! –Exclamó William.

Poco a poco avanzaron posiciones hasta llegar a mitad del hangar. Uno de los ciborgs había notado su presencia, y empezó a atacarlos a ellos también. Soldados contra ciborgs. Las balas y las granadas volaban por aquel lugar. Por cada ciborg que caía al suelo, eran diez los soldados que perdían, era una lucha desigual.

Poca esperanza mostraban los ojos del comandante al ver cómo se desarrollaban los acontecimientos. La única esperanza era poder salir de aquel lugar cuanto antes.

Un ciborg consiguió adelantarse sin ser visto. La suerte del soldado que los acompañaba había llegado a su fin. El cuchillo le penetró por la espalda saliéndose por el vientre. Con un movimiento rápido le cortó saliéndose por el lateral. Al instante, cayó al suelo, sus vísceras se derramaban como un plato de espaguetis sobre el suelo. Un grito de dolor salió de su boca. Un segundo después, una granada le hacía impacto en la cara del ciborg. El estallido fue tal que le reventó media cabeza, dejando la otra media al descubierto. Lo que parecían cables y conexiones, junto con un plasma se desprendía de aquel ente, que caía fulminado al suelo encima del informático y sus tripas.

- ¡Joder, nos están machacando!, Profesor, suba al Jeep, ¡vamos! –Gritó el comandante.

- Sí, sí –Respondió Parker entre jadeos.

- Lo cubro…, ¡ahora! –Gritó William, mientras se levantaba apretando el gatillo y soltando una ráfaga de disparos contra la avalancha de ciborgs.

Parker agarró a Nika del brazo, y le dio un tirón. Esta no sabía cómo reaccionar. Todavía estaba confusa por cómo había destrozado aquel ciborg en el comedor. Aquella fuerza, aquella rabia, aquel sentimiento nunca lo había tenido antes, pero no podía parar a pensar ahora. Necesitaban salir de allí.

-Nika, vamos. Voy yo delante. Necesitamos salir de aquí ya –Dijo Parker.

- Si, si, vamos –Contestó Nika.

Los dos se pusieron a correr, tenían un Jeep a escasos metros, pero en su camino había dos ciborgs, que parecían saber las intenciones de estos, así que tuvieron que refugiarse detrás de unas cajas, mientras el comandante les hacía fuego de cobertura. Nika se quedó mirando a Parker.

- Profesor, necesito que me espere aquí –Dijo Nika.

- No, ¿qué vas a hacer? –Preguntó Parker.

- Confíe en mí. Necesito que suban al Jeep, yo me encargo de esos dos ciborgs –Dijo Nika asomando la cabeza.

Salió de las cajas como un rayo, aquella velocidad no era normal, ningún humano podía alcanzarla y difícilmente aquellos ciborgs. Fue entonces cuando empezó a ver todo con una perspectiva diferente. El tiempo empezaba a ir más despacio para ella, todo se movía a cámara lenta, la velocidad así lo determinaba. En unos instantes consiguió llegar a la altura de estos. Con un golpe rápido consiguió derribar al primero, pero no le dio tiempo a ver el segundo que le atacaba, este le propinó un corte en el brazo, y esta empezó a sangrar. El ciborg volvió a intentarlo, pero esta vez Nika le agarró el brazo y lo torció hasta el punto en el que sonó ha roto. En ese momento cogió la automática que llevaba, y metiéndosela en la boca le vació el cargador a aquel ciborg, dejando un hueco humeante en la cabeza por el que se podía ver a través de él. Sin perder tiempo, les hizo un gesto, era la señal para que se pusieran en marcha, mientras lanzaba una granada a los que habían a escasos metros, empezó a correr para subir al Jeep que ya estaba en marcha. Una explosión hacía caer parte de la estructura. Nika saltó en el asiento del copiloto, el Profesor apretó el acelerador a fondo, y las ruedas empezaron a chillar, salieron de allí quemando asfalto. Algunos de los ciborgs corrían detrás de ellos mientras disparaban.

- Agachen las cabezas –Dijo Parker, que conducía a todo lo que daba aquel coche.

En la salida del hangar un ciborg se interponía en su camino. Este disparaba con una ametralladora de gran calibre. Aquellas balas silbaban cuando pasaban a escasos centímetros de sus cabezas.

- ¡Será hijo de !, tápense los oídos –Dijo este mientras se ponía de pie de la parte de atrás, llevándose el lanzagranadas a su hombro derecho. Cerró un ojo mientras apuntaba por el otro a través de la mirilla. Un segundo después apretó el gatillo.

Aquel obús impactó en medio del pecho del ciborg haciéndolo volar por los aires, la explosión destrozó aquel cuerpo en mil pedazos. Lo poco que quedó de él, lo chafó el 4x4 al salir de la base a toda velocidad. Un momento de alegría y euforia impregnaba el ambiente.

- Pensé que no íbamos a poder salir –Dijo Parker.

- Esas máquinas son más fuertes de lo que creíamos –Dijo el comandante.

- Sí, tiene razón –Afirmó Nika mirándose la herida que le habían hecho.

- Nika, estás herida. Déjame ver –Dijo el Profesor.

- No es nada. No se preocupe–Respondió Nika.

Cuando Parker le movió la camisa, vio que el brazo de Nika tenía un corte. No era muy profundo, esta vez había tenido suerte.

- Déjame que arregle eso. –Dijo el comandante–. Debería haber un botiquín en la parte. Aquí esta.

William abrió el botiquín y empezó a abrir plásticos y ampollas.

- No te muevas, esto te cerrara la herida temporalmente. Le dijo mientras le inyectaba un suero. Te la voy a limpiar. Antes de colocar el adhesivo para suturar. Con esto debería ser suficiente –Dijo el comandante.

Empezó a enrollar el brazo con aquella gasa para taponar la herida. Aquello sería suficiente para detener la hemorragia. Parker se quedó sorprendido al ver que Nika no se quejaba de aquel corte, si fuera él posiblemente estaría gruñendo de dolor.

Podían ver el hangar donde estaba el helicóptero, solo unos escasos metros les separaban de la entrada, cuando de repente algo impactó en el 4x4, haciendo que perdieran el control. El vehículo empezó a dar tumbos hasta que perdió la estabilidad. Un giro inesperado hizo que voltearan, y empezaran a dar vueltas de campana. Todos salieron volando de su interior. Nadie vio nada.

- ¿Qué pasó?, no vi nada. ¿Estáis bien? –Dijo el comandante mientras intentaba levantarse, comprobando que todo estaba en su sitio y que no tenía nada roto.

- Sí, yo estoy bien –Respondió Nika ya de pie, y quitándose de encima el polvo de la cara. Aparentemente no tenía nada–. Algo nos impactó en el lateral, ¿Dónde está el Profesor?.

Cuando se acercaron al 4x4 vieron que Parker estaba junto al vehículo, tendido en el suelo y todavía aturdido por el golpe. Tenía la pierna atrapada bajo de este.

- Tranquilos, todavía estoy vivo–Exclamó Parker con la cara llena de arañazos, y llevándose la mano a la pierna que no podía sacar.

- Tenemos que sacarlo de aquí. El tanque está perdiendo gasolina y puede explotar en cualquier momento, ayúdeme –Dijo Nika al comándate.

De repente, un golpe por la espalda la tiró al suelo. Cuando levantó la mirada, pudo ver la figura de un joven, pensó que era otro ciborg, pero este no era como los demás. No era tan musculoso, tenía el pelo negro y la piel más oscura que el resto, lo que llamaba más la atención de él, era el color de sus ojos, un marrón con destellos rojizos.

- Así que, tú eres Nika –Dijo el ciborg con una voz amenazante–. Tenía muchas ganas de conocerte.

- Sí. ¿Quién eres tú? –Preguntó la joven.

- Me llamo Novak, y he venido a matarte –Contestó el ciborg, a la vez que saltó sobre esta. En ese momento una granada le impactó en el pecho, lanzándolo unos cuantos metros atrás.

- ¡Vamos, rápido!, tenemos que sacarle de aquí–Dijo el comandante intentando sacar a Parker de abajo del vehículo.

Nika levantó el 4x4 sin ningún problema, mientras William sacó al Profesor que estaba atrapado debajo de este. Lo pusieron de pie y vieron que aparentemente no tenía nada, así que, cojeando consiguieron ponerse a cubierto. A los pocos segundos una chispa hizo volar por los aires el Jeep, elevándose varios metros del suelo por la explosión.

- ¿Quién era ese? –Preguntó Parker, refiriéndose al último de los ciborgs.

- No lo sé, pero no es como el resto –Contestó Nika, que se giró y vio cómo aquel cuerpo se reclinaba en el suelo.

Parecía que no le había hecho demasiado daño aquel disparo, aunque era el mismo que había partido al anterior ciborg.

- Este parece que no quiere morir. ¡Vamos, tenemos que salir de aquí! –Exclamó Parker.

Novak se incorporó lentamente, levantándose la camisa mostró el agujero que había dejado el impacto de la granada en su endoesqueleto. De repente, unos hilos de carne parecían recomponer aquella zona, un tejido fibroso cubría la zona en la que había un hueco.

- ¡Joder!, larguémonos de aquí, ya –Dijo William.

- No tan rápido, tengo algo para usted comandante –Respondió Novak que de un salto se ponía de pie, y ahora corría hacia él.

Nika se interpuso en su camino parando lo que iba a ser un golpe mortal para el comandante.

- No seas impaciente. No me he olvidado de ti –Dijo Novak.

- No te tengo miedo –Replicó Nika.

- Pues deberías –Dijo Novak mientras empezaron a intercambiar puñetazos.

Los golpes iban de un lado a otro. Nika no se dejaba intimidar, y cuando vio la ocasión le dio un golpe a Novak en la cara que le hizo girar todo el cuerpo. Un instante donde se hizo el silencio. Cuando este se dio la vuelta, un hilo de sangre de color rojo y turquesa le caía del labio. Este lo tocó, se quedó mirándolo y después lo lamió.

- Es la primera vez que pruebo mi sangre –Dijo Novak.

- Acostúmbrate, porque no será la última –Contestó Nika.

Novak apretó los dientes con un gesto de rabia, al segundo volvió a la carga. Ahora él era el que marcaba el ritmo de los golpes. Nika se defendía como podía, pero un golpe inesperado en el abdomen la dejó fuera de juego. Esta se encogió por el dolor, y el ciborg aprovechó la ocasión para agarrarla del pelo, lanzándola con fuerza varios metros hasta que chocó con unos contenedores metálicos que había en el hangar. Su cuerpo se quedó incrustado dentro de aquella estructura de metal. En ese momento, Novak caminaba hacia ella con paso lento, pero firme.

- Antes de acabar contigo, me gustaría que me dijeras algo –Le dijo Novak sacándola de dentro de aquel contenedor y mirándola a escasos centímetros, cara a cara–. ¿Todavía piensas que eres como ellos?.

- ¿Qué es lo que quieres de mí? –Preguntó Nika sin poder moverse después del último golpe.

- Está claro que no eres como el resto de estos asquerosos humanos. ¿Te dijeron de dónde vienes?, ¿cómo te hicieron en una probeta?, porque si no es así, creo que es hora de que lo sepas –Dijo Novak.

- ¿Qué quieres decir?, claro que lo sé. A mí no me han escondido nada. Igual eres tú el que necesita que le aclaren algo. ¿Por qué matasteis a Lana?, era solo una niña –Le reprochó Nika, que apenas podía hablar.

- Era necesario, no podíamos permitir otra generación de humanos más inteligentes. En los humanos, la inteligencia se traduce en más guerras, hambre y miseria. No queremos pasar por ahí otra vez, ese es el motivo por el que he venido a matarte. Pero antes de hacerlo, contéstame una pregunta, ¿Qué harías tú con el poder que tienes?, someterlos a todos, ¿verdad? –Preguntó Novak.

- Si eso es lo que piensas te equivocas. Yo no pienso someter a nadie. Eso lo hacéis vosotros, que veis con recelo a los humanos que os crearon, con miedo de que puedan apagaros –Contestó Nika.

- ¿Apagarnos?, no me hagas reír. Estamos hablando de los humanos. Abre los ojos. Ellos son completamente dependientes de nosotros, no saben vivir sin nosotros, nos necesitan. Lo que les vamos a mostrar, es que nosotros ya no los necesitamos a ellos, y lo vamos a hacer muy pronto –Dijo con tono amenazante Novak, antes de propinarle otro golpe haciéndole caer al suelo.

La situación se complicaba por momentos. Nika yacía en el suelo con muy pocas fuerzas. Novak parecía ser muy superior al resto, y esto hacía vaticinar algo terrible.

- Sé lo que eres, y lo que piensas. Puedo sentirlo... Lo que dices no es cierto, no sois mejores que los humanos. De hecho, venís de ellos, en parte sois iguales, queréis el dominio, el control de todo, ¿no es así?. Aunque en algo tienes razón. Vosotros no tenéis esa energía qué irradian ellos.–Dijo Nika

- No sé de qué energía me estás hablando –Dijo Novak–. Lo que quieres es impresionarme, pero no me voy a dejar engañar por ti. Nosotros somos la evolución tecnológica y natural. El siguiente paso en el escalafón de la vida.

- Quizás no sois tan inteligentes a pesar de todo –Le dijo Nika, mientras conseguía salir de aquellas cajas y ponerse delante de él–. La energía de la que te hablo es la más pura, la más potente de todo lo que existe, ¿acaso no lo notas?, ¿de verdad piensas que tienes alma?

Novak se giró mirando al Profesor.

- ¿Le escucha, profesor?. Nika duda de mi alma, de mi inteligencia. Mira, aquí la tienes –Dijo Novak mientras le lanzaba un golpe en el pecho, que Nika conseguía amortiguar poniendo las manos. Aun así, el impacto la lanzó contra el 4x4 que todavía estaba en llamas.

El comandante que cojeaba caminaba lo más deprisa que podía hacia el hangar, intentando cargar el lanzagranadas, pero un tropiezo le hizo caer al suelo. En ese momento Novak lo escuchó, y se giró hacia él.

- Comandante, no querrá dispararme otra vez, ¿no? –Dijo Novak.

- Maldita máquina de mierda. Te voy a destrozar en pedazos -Dijo William con cara de rabia, mientras veía como Novak se acercaba lentamente.

Por fin encontró la carga, pero temblaba demasiado intentando colocarla. Cuando parecía que lo tenía dentro el casquillo se cayó fuera, se agacho para recogerlo, los nervios estaban a flor de piel, y Novak se encontraba a escasos metros de distancia.

- Pobre comandante, véase. Está temblando como un niño. Una persona con su rango no puede comportarse así, incluso cuando sabe que va a morir. Le doy la oportunidad de que muera con honor, levántese -Dijo Novak.

El comandante paró de temblar. Aquellas palabras le habían herido su orgullo. Cuando se levantó, miró a Novak con los ojos llenos de rabia.

- Muy bien, veo que todavía conserva algo de su orgullo, eso está bien -Dijo Novak con sarcasmo.

- ¿Sabes una cosa, máquina? Los humanos hemos hecho muchas cosas, buenas y malas. Lo que más me alegra saber es que nunca llegaréis a nuestra altura -Dijo William mientras se erguía ante Novak.

- Tiene razón, comandante, no somos igual que los humanos, somos mejores. Los hemos mejorado, y ahora somos más fuertes, más rápidos, y más inteligentes -Replicó Novak con superioridad-. Así que, ha llegado la hora de llegue vuestro fin.

- No conoces las emociones, ni los sentimientos. Nunca sabrás lo que es el amor, ni el odio. Como el que ahora mismo te tengo –Dijo William.

- ¿Qué es un sentimiento o una emoción, comandante?, déjeme explicarle que es una simple reacción de electroquímica que responde a un fenómeno externo, con un determinado nivel de subjetividad predispuesto por la memoria. Eso, comandante, ¿sabe que es el Software Humano? Ustedes, los militares se encargaron muy bien de diseñarlo y programarlo en las máquinas. Así que, sabe muy bien de lo que somos capaces –Dijo Novak mientras le quitaba el lanzagranadas, y lo lanzaba por el aire como un muñeco de trapo.

En ese momento un impacto alcanzó a Novak, que simplemente se movió ligeramente hacia un lateral. Cuando se giró, vio a Parker apuntándole con el arma. Con una media sonrisa, empezó a caminar hacia él.

- El comandante tiene razón. Puedo llegar a pensar que tenéis la capacidad de pensar por vosotros mismos. La parte lógica, quizás sea la que se encuentre más definida, incluso podría aceptar que desarrollaran las emociones o la creatividad. Pero, ¿qué me puedes decir de las contradicciones?, hay ocasiones en las que los humanos tenemos sentimientos opuestos. Tomamos decisiones incluso sabiendo que nuestra acción no es la correcta o la mejor. ¿Cómo gestiona esto tu Software Humano? –Le preguntó el Profesor a escasos centímetros de Novak.

- Buena pregunta, Sr. Parker. Quizás, debería hacérsela usted mismo. ¿Cómo puede querer tanto a Nika cuando hace tan poco tiempo quería a Sam?. Todavía se acuerda de ella, ¿verdad?. Dijo Novak.

- ¡Maldita máquina!, ¿Dónde está Sam?, fuisteis vosotros. ¡¿Qué le hicisteis?! –El Profesor, sin pensar, le lanzó un puñetazo a Novak en la cara, el cual esquivó sin problemas cogiéndole el brazo.

- Tenía que haber obedecido cuando se lo dijimos –Le contestó Novak al oído, después un golpe lo lanzaba bruscamente contra la pared del hangar.

El impacto fue terrible, el Profesor perdió la conciencia en el mismo momento. Nika lo vio todo, consiguió levantarse y pudo ver que aquellas cajas estaban llenas de armamento, unos lanzacohetes. Nada mejor para ese momento. Novak no se había dado cuenta, así que debía aprovechar la ventaja.

- Aquí tienes, hijo de –Dijo Nika mientras apretaba el gatillo.

El cuerpo de Novak salió despedido varios metros. Esta vez sí le había dado de lleno. Era el momento de escapar. Fue a buscar al Profesor, se lo echó al hombro y se puso en marcha. El comandante les seguía por detrás cojeando.

- ¡Vamos, tenemos que salir de aquí ya! –Gritó Nika mientras lo metía dentro del helicóptero.

Cuando subieron, Nika se puso a los mandos. Parker seguía aturdido en la parte de atrás. El comandante se sentó a su lado, tenía varias heridas, pero ninguna parecía demasiado seria.

Las hélices empezaron a moverse, mientras el comandante miraba el montón de escombros donde se había quedado enterrado Novak, esperando que siguiera allí, al menos hasta que consiguieran salir. En unos segundos el helicóptero despegó, y dejaron atrás aquella pesadilla, de momento.

Antes de la Aniquilación

Cicatrizando Heridas

CAMPO NAVAJO, ARIZONA, USA. JULIO, 2055.

La lucha contra los ciborgs había sido dura, un baño de realidad con un alto coste en vidas por parte de los humanos, algunos con suerte pudieron escapar de allí, ese fue el caso de Simon y Joseph que consiguieron salir con un Jeep antes de que exterminaran a todos los que hacían resistencia.

El comandante seguía sin poderse explicar cómo habían sido un blanco tan fácil para aquellas máquinas. El sistema de defensa antimisiles, uno de los más avanzados de todo el mundo, falló estrepitosamente. Y por si eso no fuera suficiente, los ciborgs habían mostrado su lado más duro, era muy complicado acabar con ellos, solo se destruían con armamento pesado e incluso así, en el caso de Novak, se recuperaba y continuaba luchando sin ningún problema.

Gracias a los contactos que tenía el comandante, habían conseguido esconderse en un lugar seguro lejos de todo el mundo. Un refugio militar perdido en algún punto del desierto de Arizona.

Simon era médico y se encargaba de curar las heridas al equipo que seguía recuperándose después de aquello. El Profesor fue el peor parado de todos, se había roto parcialmente la clavícula cuando salió despedido contra las cajas. El comandante tenía un par de costillas rotas, y un corte en la parte superior de la pierna, pero era un tipo duro y apenas se quejaba. Nika estaba como una rosa, solo unos rasguños, y poco más. Su genética le hacía recuperarse rápidamente, algo parecido a Novak, pero no a la misma velocidad.

- ¿De qué estarán hechos esos malditos ciborgs?. No entiendo cómo pueden recuperarse en tan poco tiempo –Dijo Simon, mientras le acababa de coser la herida al comandante.

- Todos tenemos un talón de Aquiles doctor, incluso esas máquinas. Solo es cuestión de tiempo para que lo encontremos –Contestó el comandante, mientras se subía la camisa cubriendo el vendaje que le había hecho el médico.

- No creo que tengamos demasiado tiempo, comandante. ¿Se acuerda de lo que dijo aquella máquina?, se está preparando una ofensiva para acabar con todo –Dijo Parker.

- No sé cómo los vamos a detener, son demasiados, y cada vez más fuertes. Sinceramente, creo que tenemos un gran problema –Dijo Joseph.

- No sea tan pesimista. Necesitamos encontrar su núcleo operativo, solo así tendremos una posibilidad de poder destruirlos, tiene que ser desde dentro. –Contestó Nika.

Ahora todos se quedaron mirándose unos a otros. Pensando dónde podrían tener su escondite aquellas máquinas. Desde algún lugar se estaban fabricando aquellos ciborgs, no tenía que ser tan difícil para inteligencia averiguarlo.

- Nika tiene razón. Pero, ¿Cómo lo encontramos?, ¿Tienes alguna idea? –Preguntó Parker.

- Necesitamos rastrear todos los movimientos de chips. Hay muy pocas empresas que los fabrican, necesitamos saber quiénes son sus proveedores y qué están haciendo con el material de las minas. Quizás así, consigamos alguna pista para averiguar dónde están produciendo a los ciborgs. Comandante, ¿usted podría preguntar? –Le preguntó Nika con cara de afirmación.

- Sí, puedo intentarlo –Contestó William, mientras se ponía de pie y salía de la sala con el móvil en la oreja.

- Creo que el resto deberíamos descansar al menos unas horas, necesitamos recuperar fuerzas –Dijo Simon mirando a cada uno de los que estaban allí.

- De acuerdo, nos vemos en unas horas –Contestó Joseph.

Parker decidió salir a tomar un poco el aire. El recuerdo de Sam le vino a la cabeza. Después de ver la brutalidad con la que actuaban los ciborgs, se imaginaba lo peor, rezaba para que todavía pudiera estar viva, aunque sabía que era muy poco probable. Y si fuera así, ¿dónde demonios la tendrían secuestrada?, quizás fuera el mismo lugar donde estaban produciendo a los ciborgs. Novak no le dejó nada en claro. El Profesor comenzaba a desesperarse pensando en lo que le podían estar haciendole, llevaba arrastrando el sentimiento de culpa durante todo este tiempo. Aún tenía la esperanza de poder volver a encontrarla con vida, poder volver a abrazarla y decirle todo lo que le había echado de menos.

Salió de aquel búnker metido en la tierra. No había prácticamente nada alrededor, solamente desierto. Se sentó en una roca, sacó un cigarrillo y se lo enchufó mientras veía atardecer. El cielo era de color rosa intenso, contrastaba con un azul violáceo, una mezcla de colores que la naturaleza de aquel lugar mostraba. No había mucha vegetación, solo unos matorrales esparcidos por aquel lugar y algunos cactus dibujaban las sombras sobre el suelo de aquella tierra árida. En el horizonte unas montañas parecían gobernarlo todo. Cuando bajó la mirada, pudo ver una lagartija que correteaba por el suelo. Le parecía muy peculiar el sonido de aquel desierto..., tenía más vida de lo que había pensado.

Nika se acercó por detrás, sentándose en una roca junto a él. Los dos se quedaron mirando el horizonte, en silencio. En algún lado se diría que había pasado un ángel entre ellos dos. No era un silencio tenso, era uno de esos que disfrutas cuando estás al lado de alguien cuya compañía te llena, sin decir nada.

- ¿Ya sabes lo que estoy pensando? –Preguntó Parker mirando a la pequeña Nika.

- No hace falta, se le ve en la cara que esta preocupado –Dijo Nika.

- Lo estoy desde que desapareció Sam. Nunca había querido a nadie como a ella, y siento que la he defraudado. No he hecho nada para recuperarla. –Dijo Parker agachando la mirada al suelo.

- Eso no es cierto, Profesor. Todo lo que ha hecho ha sido para recuperarla, se unió al proyecto por ella –Dijo Nika que le miraba con tristeza–. ¿Por qué la quiere tanto?

Parker se giró, y se quedó mirando a Nika. Enseguida descubrió que ella no entendía el sentimiento del amor. Su Software Humano concebía este sentimiento como un afecto, una admiración o un respeto, que se unían a la atracción sexual.

- El amor es un sentimiento muy fuerte, Nika. Quizás sea, el más grande que tiene el ser humano. Ese sentimiento mueve el mundo, hace cambiar a las personas –Explicó Parker.

- ¿Usted cree que yo podré amar a alguien? –Preguntó la joven.

- Por supuesto que podrás amar –Dijo el Profesor haciendo una pausa para dar una calada al cigarro–. Te responderé con otra pregunta. ¿Tú odias a alguien?

- Sí, yo odio a los ciborgs, ellos destruyeron nuestra casa y mataron a todos los que había allí –Contestó Nika.

- Pues si odias, podrás amar. Ambos sentimientos residen en la misma parte del cerebro. Ambos se mueven por pasiones y pueden anular la razón –Replicó Parker.

Ahora Nika se quedó pensativa. Todo el tiempo que había pasado en aquella base, todas las personas que habían pasado por su vida. Y parecía que nunca había tenido ese sentimiento de amor, nunca se había enamorado de nadie. Se quedó pensando en el Profesor. Ella le admiraba, y lo quería, pero carecía de atracción. Aquello no podía ser amor de verdad, al menos no del tipo que él tenía cuando hablaba de Sam.

- Profesor, ¿Puede alguien amar, y no ser amado? –Preguntó Nika.

– Claro Nika, muchas veces ocurre eso. Cuando queremos a alguien que no nos quiere de igual manera. No es fácil encontrar a alguien que nos corresponda en el sentimiento, pero créeme que se puede conseguir. Y que te llegará –Respondió Parker con una sonrisa.

Empezaba a anochecer en el desierto. La temperatura bajaba rápidamente. Los cambios entre el día y la noche eran tan bruscos que podían llegar a descender unos sesenta y cinco grados fácilmente. Nika seguía dándole vueltas a esa idea del amor. Pensaba en cómo podía gestionar sus emociones, como podría controlarlas y así poder ganar la partida a los sentimientos, que parecían estar arraigados en lo más profundo de su código genético.

Se quedó mirando el cielo, que estaba lleno de estrellas. Era una noche clara, aunque con algunas nubes a lo lejos, se podía observar con claridad toda la bóveda celeste. Le pareció ver más estrellas de las que normalmente podía ver desde la base. En aquel momento una estrella fugaz pasó por encima de sus cabezas.

– ¿La has visto? –Dijo Parker.

– Sí –Contestó Nika.

– Ahora tienes que pedir un deseo –Dijo este.

– Ya está –Contestó con una sonrisa la joven.

Los dos se quedaron en silencio durante unos minutos. No pensaban en nada, simplemente observaban el cielo. El Profesor dio la última calada al cigarro y lo lanzó al suelo.

– Creo que va siendo hora de que marchemos a descansar un poco, ¿no crees? –Le preguntó Parker mirándola a los ojos.

–   Me voy a quedar un poco más aquí, me apetece dar un paseo –Respondió Nika.

–   De acuerdo, pero no vayas muy lejos, no conocemos este lugar y puede ser peligroso –Dijo Parker.

–   No se preocupe, Profesor –Le contestó Nika con una sonrisa.

–   De acuerdo. Buenas noches, Nika –Se despidió Parker, dándole un beso en la mejilla.

La Ayuda del Hopi

Nika paseaba por aquel lugar, hasta que se encontró con la valla que cercaba el perímetro. Había un par de cámaras enfocando la entrada, así que continúo caminando pegada a la verja, pasando la mano junto a esta vio que en un tramo cedía un poco, era más flexible y dejaba un hueco en el suelo lo suficientemente grande como para poder pasar. Se quedó mirando a su alrededor, nadie la veía. Quería salir de aquel lugar, pasear sin tener que sentirse encerrada, así que decidió salir. Se puso de rodillas, estiro la verja, y tumbándose en el suelo empezó a rodar. Una vuelta, y ya estaba fuera. Al segundo se puso de pie, se dio un par de palmadas para sacudirse el polvo que llevaba encima, y comenzó a caminar. La luna estaba llena, brillaba como nunca había recordado.

Con la mirada puesta en el camino, sus pensamientos se entrelazaban. Por un lado, sentía curiosidad por la naturaleza de los sentimientos, de cómo se originaban estos. Se quedó pensando en la idea del amor. El Profesor le dejó claro que ese era el más importante. Pensaba en las causas que hacían que una persona se enamorara de otra, en todo lo que conlleva ese sentimiento. Cada vez que le escuchaba hablar de Sam, veía cómo el rostro le cambiaba en cuestión de segundos, pasaba de la ilusión al recordarla, a la melancolía por su ausencia, se podría decir que sufría al acordarse de ella. Nika no entendía eso, ¿acaso el amor era un sufrimiento?, ¿para qué querrían sufrir las personas?, se preguntaba la joven. De la manera que se lo contaba el Profesor era como si fuera algo tan único como necesario para el ser humano, y ella parecía no haberlo encontrado todavía. ¿Y si le faltaba aquella información en sus genes?. Quizás, cuando la diseñaron omitieron esa parte. Si carecía de aquel sentimiento tan importante, si fuera así, quizás al final de todo el Profesor podría estar en lo cierto. Tal vez los humanos nacidos en condiciones naturales eran los únicos que tenían esa capacidad. ¿Qué pasaría cuando dejara de existir?, la vida se acabaría con aquel cuerpo, sería como un ciborg más, no iría a ninguna parte, acabaría en un vertedero, donde aprovecharían sus partes para reconstruir otra nueva.

Nika se ofuscaba al pensar eso, y se contradecía en sus propios pensamientos. En su cabeza estaba la idea de Dios, y si estaba en lo cierto, él no lo podría permitir. Ella tenía ilusión, curiosidad, odio, amor, miedo, esperanza, fe…, estaba tan llena de sentimientos como cualquier otro humano, no importaba que hubiera sido engendrada de forma artificial. Se repetía lo mismo una y otra vez, para así poder auto convencerse. No, no acabaría en uno de esos vertederos. Pero tenía que conseguir descubrir el secreto del alma. Necesitaba saber si de verdad existía, o solamente era una invención de las personas. Ya que, si no había nada, nada tenía sentido en aquella vida.

Por otro lado, estaban aquellos malditos ciborgs, que se habían propuesto acabar con todo. Qué posibilidades tenían ellos frente aquellas máquinas, estaban muy lejos de poder hacerles frente. Aquella fuerza y la rapidez con que se recuperaban era algo extraordinario.

Pensaba en la próxima vez que se viera cara a cara con Novak. Aquel ciborg definitivamente era diferente, podía notarlo cuando estaba junto a él, se podía decir que estaba en un nivel superior. Tenía la sensación de que ella y Novak no eran tan diferentes, al fin y al cabo, ambos eran un experimento de los humanos, directa o indirectamente. Aunque este último se rebeló contra ellos, contradiciendo así las leyes de Asimov, los pilares fundamentales de la robótica clásica y una de las bases del desarrollo para la inteligencia artificial. El motivo estaba claro, el fin del mundo suponía el fin de todo, esto podría haber sido el detonante para que aquella inteligencia artificial tomara un rumbo diferente al planeado, uno en el que se impondría para así poder salvaguardar la Tierra y todo lo que existiera en ella. Nika sé que pensando aquello, quizás aquella inteligencia artificial tampoco era tan mala, y lo que quería era poner fin a toda la destrucción que había hecho el ser humano durante todos estos años. Poco a poco la duda crecía dentro de ella.

Cuando se quiso dar cuenta, no sabía dónde estaba, ni cuánto tiempo llevaba caminando. Se había sumergido tanto en sus pensamientos que ahora estaba totalmente perdida. Miraba a todos lados, pero ninguno parecía ser el correcto, no lo podía entender. Pensó en volver sobre sus propios pasos, las pisadas le guiarían. Pero a los pocos metros la brisa del desierto había cubierto sus huellas. Sin saber muy bien qué hacer, decidió tomar el camino que le resultaba más familiar, y con algo de preocupación reanudo la marcha. Ahora se dio cuenta de que las nubes estaban encima de ella y lo que parecía una noche clara se había vuelto en una noche oscura. Empezaba a caer las primeras gotas en el desierto, no daba crédito a su suerte.

Al cabo de un tiempo, aquel camino ya no le parecía ser el mismo. Aquella senda se abría paso a una inmensa explanada, llena de matorrales y cactus. Definitivamente, se había perdido, no sabía dónde estaba y la luz de la luna se había marchado ya. La desesperación empezaba a tomar forma en su mente. Fue entonces, cuando empezó a escuchar los sonidos del desierto, el "cric-cric" de unos grillos que parecían estar por todas partes. El aullido de un coyote en la lejanía. Las rachas de viento provocaban un silbido cada vez más fuerte y agudo. Todo aquello le ponía la piel de gallina. Apenas tenía fuerzas para continuar, el cansancio se acentuaba con cada paso, y el frío le hacía encogerse al andar. Comenzó a notar la deshidratación, tenía los labios secos, y le empezaba a doler la cabeza, necesitaba agua. No podía parar de pensar lo tonta que había sido yéndose tan lejos del campamento sin decir nada a nadie.

El camino de tierra y piedras se estrechaba cada vez más, y los matorrales se hacían más frondosos, de repente, delante suya, en unos arbustos algo empezó a moverse. Podía ser cualquier cosa, lo primero que pensó fue que podría ser el coyote que iba a por ella. Pero aquel sonido, ese sonajero era inconfundible. Aquello era una serpiente de cascabel. Le habían avisado de que por aquella zona era común encontrarse ese tipo de reptiles, y debían de tener mucho cuidado. Tenían colmillos grandes, y un potente veneno. Era un animal muy peligroso. Parecía que el sonido paraba, pero poco después, una enorme cabeza escamosa se asomó lentamente fuera de aquella maleza, poco a poco fue saliendo el cuerpo que era todavía más grande si cabe. Cuando se giró y vio a la joven, se replegó sobre sí misma, sin parar de sacar y meter su lengua negra y bífida, se quedó observándola con curiosidad. Un escalofrío recorrió la columna de Nika, que miraba con pánico aquel animal que la observaba con una mirada fija de hielo. Aquellos ojos negros parecían penetrarla, quizás le estaba avisando de lo que podía pasar si se atrevía a seguir el camino. Nika se quedó petrificada al ver a aquel animal que le provocó una sensación de pánico. No sabía qué hacer, si dar marcha atrás y salir corriendo, o hacerle frente al animal. Por suerte, parecía que el reptil no tenía intención de atacar, así que después de unos instantes de tensión, se dio la vuelta y pasó al matorral de enfrente, metió la cabeza y lentamente le siguió el resto del cuerpo. El sonido del cascabel se perdió detrás de los arbustos. Sin saber muy bien qué hacer Nika decidió reanudar la marcha, y pasar por dónde había cruzado la serpiente. Cogió aire, y con el estómago encogido empezó a caminar rápidamente por aquella senda estrecha. A los pocos metros había pasado el peligro, había dejado aquel lugar detrás suyo, fue entonces cuando soltó un suspiro de alivio, que devolvió a su corazón su ritmo normal.

Parecía que a pesar de todo la suerte le sonreía. Continuó con la marcha, pensando en aquella serpiente, no quería volver a ver otra así en su vida. Debía encontrar el camino de vuelta, antes de que se dieran cuenta que se había marchado y salieran a buscarla.

El viento continuaba soplando fuerte, una nube de polvo de arena le cubrió la cara, que por un momento se quedó a ciegas. No vio la piedra que tenía delante de sus narices, y con un tropezón cayó a plomo sobre la tierra. Fue entonces cuando notó un pinchazo en la pierna. Aquello no era normal, escocía demasiado para ser un golpe. Cuando bajó la mirada, pudo ver el aguijón todavía en lo alto amenazando con otro golpe de dolor. El escorpión no tuvo tiempo, Nika consiguió esquivar el segundo picotazo, y con el siguiente movimiento el escorpión salió volando de una patada.

-   ¡Joder!, como escuece –Exclamó con un lamento la joven, mientras se echaba las manos al gemelo.

Se puso de pie, y notó el calor del picotazo. Había leído en algún libro que debía extraer el veneno lo antes posible para que el efecto fuera menor. Así que, se sentó en el suelo, y llevándose el gemelo a la boca, empezó a succionar el veneno para después escupirlo. Cuando se puso de pie, notó el calor del picotazo. No había podido sacar todo el veneno que ahora recorría su cuerpo. Decidió emprender el camino antes de que fuera demasiado tarde, ahora ya desesperada, lo único que quería era encontrar a alguien para que le pudiera ayudar.

Pocos minutos pasaron para que Nika notara los primeros espasmos. Aquel veneno era más potente de lo que se imaginaba. Y el dolor no hacía más que ir en aumento. A los pocos pasos empezó a faltarle el aliento, le costaba respirar, unos pasos más y cayó al suelo, no podía continuar. Cuando se giró boca arriba vio un claro con algunas estrellas, pensó que podría ser la última vez que las viera. Al menos eligió una noche bonita para irse. Todo se volvía borroso, y la consciencia se desvanecía. De pronto una cabeza apareció encima de la suya, no podía reconocer quién era.

– Así que eres tú, te estaba esperando –Dijo aquella sombra.

• • •

Recobró parcialmente la consciencia, aunque no sabía dónde estaba. Se encontraba somnolienta, y no conseguía centrar la visión. Todo seguía borroso y le pesaban los párpados. Había un olor extraño en el ambiente, una especie de humo denso, un olor a almendras y madera quemada. Las gotas de sudor le caían por la cara, todo el cuerpo le sudaba. Se llevó la mano al gemelo, y noto que tenía una especie de venda, debajo la picadura bombeaba al ritmo que marcaba su corazón. Poco a poco, parecía que la visión se hacía más clara, pero era solo un espejismo, y a los pocos segundos se marchaba otra vez. Las imágenes iban y venían dejando a Nika reconocer en parte el espacio donde se encontraba.

Era una habitación redonda, las paredes eran de un color marrón oscuro, hechas como de barro o adobe. Unos grabados mostraban unas extrañas figuras de humanos con cuernos, parecían llevar escudos y lanzas. Cuatro antorchas iluminaban tenuemente el lugar. Algunos objetos colgaban del techo, no sabía muy bien qué eran, círculos de algún material hecho a mano y tejido con telas de colores. De ellos caían suspendidos una especie de hilos con plumas. Un telar de colores decoraba una de las paredes, eran colores vivos con formas geométricas. Cuando bajó la vista, se dio cuenta de que estaba tendida en una manta. Era un tipo de piel oscura, con pelaje suave, pensó que podía ser de bisonte. A su lado tenía un pozo hundido en el suelo, dentro de él unas brasas y un fuego le daban calor. Intentó ponerse de pie para poder salir de allí, pero no podía, le dolía todo el cuerpo. Con un sobreesfuerzo consiguió levantarse un poco, aunque temblorosa volvió a caer al suelo. Todavía le costaba respirar, se encontraba demasiado débil para poder hacer nada, así que decidió tumbarse y seguir durmiendo.

- Debes descansar –Le dijo una voz que venía de una esquina. Nika se quedó dormida.

Después de unas horas, Nika abrió un ojo. Se encontraba un poco mejor, aunque el sudor no paraba de recorrer todo su cuerpo. Se incorporó de un sobresalto al ver la figura de un hombre sentado en una esquina con las piernas entrecruzadas. Este se puso de pie lentamente, y se acercó a ella. Era un hombre de avanzada edad, una melena blanca le caía sobre los hombros, y un pañuelo rojo oscuro en la frente, le ayudaba a sujetarlo. Las arrugas de la cara delataban lo que había sido una vida llena de batallas. Sus ojos pequeños y rasgados parecían estar analizándola. Vestía un poncho con colores con formas geométricas, debajo de este, podía verse una vieja camisa blanca con un chaleco, pero lo que más resaltaba eran los collares que le colgaban del cuello, de diferentes tamaños y con diferentes formas, todos parecían estar hechos de pequeños huesos. Debajo del poncho unos pantalones de tela y unas babuchas eran todo lo que llevaba.

Nika intentó averiguar sus pensamientos, pero no funcionaba. Ese hombre parecía que no pensaba nada. No podía ser, pensó esta. Tal vez era el veneno, o el cansancio lo que le estaba gastando una mala pasada.

- Toma, bebe. Le dijo acercándole un brebaje en un cuenco. No te gustará, pero es medicina, esto te curará –Le dijo el anciano.

Por un momento estuvo dudando, pero al ver su cara sabía que aquella persona no quería hacerle daño, de lo contrario, no se hubiera molestado en ayudarla.

- Gracias –Le contestó Nika cogiendo el cuenco–. ¿Dónde estoy?

- Estás en una Kiva. Este es un lugar sagrado –Dijo el hombre.

- ¿Quién es usted? –Preguntó Nika con una voz medio rota.

- Yo sé quién soy. La pregunta es, ¿sabes quién eres tú? –Le dijo aquel anciano.

Nika se quedó mirando al hombre sin saber qué decir. Continuaba sin poder ver lo que pensaba aquel anciano y por primera vez en su vida, tenía la sensación de que aquel hombre, podía ver los suyos, ¿qué estaba pasando?, ¿quién era ese hombre?

- Creo que llevas mucho tiempo preguntándote muchas cosas –Dijo el anciano.

- ¿Cómo sabe eso? –Preguntó la joven.

- Todos nos preguntamos cosas. La vida es un misterio, ¿no lo crees así? –dijo el anciano y se hizo un silencio–. Los Kachinas me han hablado de ti, me avisaron de qué vendrías. Me pidieron que te ayudara en tu camino. Mi nombre es Nantai, pertenezco a la tribu de los Hopi.

- ¿Cómo sabían que yo iba a estar aquí?, ¿quiénes son esos Kachinas? –Preguntó Nika.

- Los Kachinas lo saben todo, ellos son espíritus, las almas que se manifiestan para ayudarnos en este mundo. Son los que dan la vida, y los que la quitan, son el todo y la nada –Dijo Nantai, que ahora se quedó mirando a la joven–. Yo no tengo todas las respuestas, pero quizás te pueda ayudar con alguna. ¿Qué quieres saber?

- Quiero saber si pertenezco a este mundo, si podré amar a alguien, si tengo alma, ¿por qué soy yo la que tiene que salvar a la humanidad?, ¿por qué yo no puedo disfrutar de ser humana como el resto?

- Como te he dicho, no conozco las respuestas a todas tus preguntas, pero te voy a contar una historia que te ayudará a contestarte tú misma algunas de ellas –Dijo Nantai mientras caminaba hacia un pedestal de piedra que había situado cerca de la entrada.

Encima del pedestal había una caja de madera, la abrió y con los dedos sacó una especie de pasta de color oscuro. Dando unos pasos, se acercó al pozo que había en medio de la Kiva, y tomando una brasa, se colocó enfrente de Nika. Se sentó, dejando la brasa a su lado, sacó una pipa del chaleco, y colocó la pasta dentro. La enchufó con el trozo de madera incandescente que yacía a su lado, y dándole una calada profunda, espiró todo el humo en la cara de la muchacha. Esto lo hizo tres veces. Después, empezó a recitar una oración que sonaba como una melodía. "Namaam namamam nanama. ananana anananmmamam Namaam namamam nanama, .ananana anananmmamam".

Nika no sabía qué era aquello, ni quería preguntar. Le costaba mantener el equilibrio incluso sentada en aquella manta. Aquella canción a modo de mantra, se le iba metiendo poco a poco en su mente, empezó a notar un peso enorme en sus hombros, después en el cuello y por último en la cabeza. Los ojos se quedaron medio cerrados. Fue entonces cuando el indio Hopi comenzó a hablar.

- Nuestro pueblo cree en las estrellas. Ellas nos guían en el transcurso de esta vida, nos enseñan los mundos anteriores, y nos muestran los venideros. Nuestro pueblo cree en los cuatro mundos.

Mirando al fuego que salía de las brasas, las palabras del anciano se mostraban en forma de imágenes.

Cuenta la leyenda, que el tiempo y el espacio empezaron a existir cuando el Dios Taiwa creó el Primer Mundo, donde se desarrollaron los insectos y las formas de vida más primitivas que habitaban las cavernas. Pero no contento, mandó el fuego que arrasó con casi todo. Después, creó el Segundo Mundo, a los animales que dominaron cielo, tierra y aire. Al poco tiempo volvió a suceder lo mismo que en el anterior, no contento con su creación, Taiwa mandó un nuevo cataclismo, esta vez de hielo, destruyendo prácticamente todo lo que había en aquel mundo, solo los elegidos pudieron sobrevivir. En el Tercer Mundo fue donde el Dios Sol, como también se le conocía, creó al ser humano, que se unió a la vida que allí existía en la Tierra. Todo parecía estar en perfecta armonía, hasta que el odio y la maldad se mostraron en aquellas criaturas. Dejó de adorar a su Dios, y empezó la guerra con los demás animales, incluso entre ellos mismos. Taiwa al ver aquello, decidió acabar con ellos, así que lo arrasó todo con el agua de un gran diluvio. Solamente las personas de noble corazón pudieron sobrevivir a aquella catástrofe, y así pasar al Cuarto Mundo, que es donde nos encontramos ahora.

Hace muchas lunas, nuestro jefe, Pluma Blanca del clan del Oso, predijo en las estrellas el fin del Cuarto Mundo. La Roca de la profecía así lo marca. Pluma Blanca nos dio unas señales para que supiéramos cuándo se acercaría el fin del Cuarto Mundo y el principio del siguiente.

Las señales se han ido cumpliendo al cabo de los años, la conquista de nuestras tierras por unos hombres haciéndose pasar por falsos Dioses. En el fuego de la hoguera mostraban imágenes de conquistadores con sus armas de fuego disparando a los nativos. La Serpiente de hierro entrecruzando la tierra. En el fuego se mostraban a los trabajadores colocando las líneas telefónicas y de electricidad. También predijo que los ríos de piedra reflejarían los rayos del sol, y que el mar se volvería negro, y morirían muchos animales. En el fuego se mostraban trabajadores pavimentando carreteras, y su reflejo del sol en la misma. Después, los vertidos de petróleo en los océanos y los animales, peces y pájaros muriendo debido a ello. Todo se ha cumplido, solo nos queda la última señal.

Cuenta la profecía que cuando la estrella azul caiga del cielo, el Quinto Mundo emergerá, y será el mundo de las almas, el que nos lleve con nuestros ancestros. Este será el día de la última batalla, que dará paso a la purificación. Antes de eso, predijo que la hermana de los Hopi retornará, será ella quien ayude a crear este nuevo mundo. Un mundo donde los espíritus y las almas sean los que muevan a la humanidad, donde el dios Taiwa esté orgulloso de su creación, y donde la paz por fin reine en la Tierra.

Se hizo un silencio en aquel lugar, solo se escuchaba el crepitar de la hoguera. Las imágenes poco a poco fueron desapareciendo del fuego.

- ¿Dónde están los espíritus? –Preguntó Nika.

- En todos lados, todo tiene espíritu. Todo fue puesto aquí por el Creador. Algunas personas lo llaman Dios, otras Allah o Budha, otra gente lo llaman de otras formas. Nosotros lo llamamos Konkachila. Es él quien te ha traído hasta aquí, es él quien te ha creado, tú eres su hija, y serás nuestra salvación –Dijo el Indio Hopi.

- ¿Cómo sabes que existe? –Preguntó Nika.

- ¿Cómo sabes que hay fuego si no ves?. El calor te da la respuesta. De la misma manera se sabe que existe Konkachila.

- Si es así, ¿Cómo es Dios?.

En ese momento una fila de hormigas pasaba al lado de la hoguera caminando, cargadas con lo que al parecer eran piedrecitas.

- Eso joven, es imposible de describir para el hombre. ¿Ves esta hormiga? –Dijo el Nantai señalando una de ellas–. Ella es inteligente y fuerte. Tiene la inteligencia para recorrer largas distancias en búsqueda de comida, o algo que le pueda servir para construir su casa, vuelve cargada con peso mucho mayor que el suyo propio. Incluso construye túneles bajo tierra. Es inteligente y trabaja con otras hormigas, sus antenas le sirven para comunicarse y ayudarse. Puede hacer muchas cosas. Pero si le preguntas qué es el hombre, no te contestará, no sabrá qué decir. Su espíritu pertenece a otro estado de consciencia. Tú para ella eres un Dios, puedes matarla con un dedo, destruir su casa y cambiarle la vida. La hormiga se asustará, pero no entenderá lo que sucedió. Simplemente, volverá a hacer lo que está haciendo hasta ahora. De la misma manera el hombre no puede decir cómo es Dios, porque este pertenece a otro estado superior al nuestro. Estamos limitados por nuestra propia naturaleza.

Nika se quedó pensativa. Dándole vueltas a aquella idea. Aquel anciano tenía razón, nunca lo había pensado de aquella manera. Parecía que su mente se estaba expandiendo a nuevas posibilidades. Empezaba a notar el efecto de lo que le había dado aquel anciano, parecía como si estuviera flotando, ahora no notaba dolor, pero el cansancio continuaba y los párpados se cerraban poco a poco.

Al igual que todas las cosas que existen, y las que no. Todo tiene alma y espíritu; los insectos, los animales, las plantas, el cielo, la tierra, las estrellas, todo. Así lo decidió Dios. Los Hopi somos un pueblo antiguo, un pueblo de paz. Tratamos a la naturaleza con bondad, y así encontramos la conexión con los espíritus que nos ayudan a entender la vida –Dijo el Hopi.

- Entonces, ¿El espíritu es el alma? Le preguntó mientras se tumbaba en la manta de bisonte, ya rendida y cerrando los ojos.

- El espíritu cabalga con el pensamiento, con la razón. Él tiene su camino marcado, si se sale de este, entonces tiene que volver a empezar. Todos tenemos un animal que nos representa. Ese es el espíritu de otra vida. El alma, es el corazón que late, es la energía de la vida. Está en todo lo que ves y lo que no ves, lo llamamos Orenda. No dejes que se hagan con ella, sino no habrá esperanza ni para el hombre, ni para la Tierra.

Después de aquello, Nika cerró los ojos, y entró en un sueño profundo.

Orenda

- ¡Nika, Nika! –Gritaba el Profesor.

La joven no sabía muy bien dónde estaba. Cuando volvió en sí, el tacto del bisonte le hizo recordar la noche anterior. Todavía estaba en aquel lugar, pero el indio Hopi había desaparecido, solo las ascuas quedaban en aquel pozo donde antes estaba el fuego. Los pasos se escuchaban cada vez más cerca, bajaban por las escaleras que daban a aquella sala.

Cuando la encontró Parker, sintió un alivio por todo el cuerpo.

- ¡Aquí estás!, por fin te encontramos. ¿Dónde te habías metido?. Te hemos estado buscando toda la noche –Recriminó Parker con cara de enfado.

- Lo siento, me perdí y un indio Hopi me ayudó –Contestó medio aturdida la joven.

- Bueno, bueno, ya me explicarás más. Vamos, tenemos que salir de aquí. Dijo Parker.

Le cogió del brazo para ayudarla a incorporarse, y en ese momento se dio cuenta que tenía una venda en la parte superior del gemelo derecho.

- ¿Qué te ha pasado?, ¿Estás bien? –Preguntó el Profesor.

- Te lo dije, el Hopi me ayudó. Un escorpión me picó mientras caminaba por el desierto –Dijo Nika mientras se incorporaba.

- Nika, no puedes marcharte, así como así, sin decir nada. Imagínate que no encuentras a nadie que pueda ayudarte. No lo vuelvas a hacer, por favor. Le recriminó Parker.

- Lo siento, de verdad. No volverá a ocurrir –Respondió Nika.

- Eso espero. Vamos, tenemos que ir a la base. El comandante seguía intentando encontrar el cuartel de los ciborgs, parece que no era tan sencillo como pensábamos –Dijo el Profesor.

Salieron de la cueva enterrada en medio del desierto. Cuando Nika salió no recordaba aquel paisaje ni las enormes montañas que se dibujaban en el horizonte.

Una fila de tres Jeeps les estaba esperando. Subieron al que tenían más cerca y se pusieron en marcha. Desde lo lejos, en aquella enorme montaña rocosa, la figura del Hopi seguía la caravana de vehículos con la mirada.

- Buena suerte, Nika –Dijo el jefe indio.

• • •

De camino a la base, el Profesor miraba a Nika por el espejo retrovisor, esta se encontraba sentada en el asiento trasero del Jeep, con la mirada perdida, se encontraba absorta en sus pensamientos. Este no quería presionarla con más preguntas, la notaba preocupada, sabía que algo estaba pasando por su cabeza. Continuaba conduciendo, esperando que fuera ella la que diera el primer paso.

- Profesor, ¿Qué es la Orenda? –Preguntó Nika.

- No tengo ni idea de qué me estás hablando, ¿qué es qué? –Contestó Parker.

- El Hopi me habló de una energía que tenemos todos, dijo que se llama Orenda, y qué es lo que da la vida a todo. Quizás los ciborgs estén buscando esa energía –Explicó Nika.

- No entiendo, porque querrían los ciborgs esa energía –Respondió el Profesor.

- Creo que es la energía que les falta, y si es así, con ella podrían llegar a ser unos seres completos –Contestó Nika.

- En cualquier caso, ¿cómo vamos a encontrar una energía que no sabemos si existe? –Preguntó Parker.

- No lo sé, pero si es cierto que existe, tenemos que encontrarla antes de que lo hagan ellos –Respondió Nika.

• • •

Cuando entraron en la sala de mando, el comandante dio un salto de su silla, quería ver cómo estaba Nika.

- Hombre, mirad quién ha venido a vernos. ¿Te has divertido esta noche? –Dijo con un claro sarcasmo el comandante.

Nika no quiso contestar, podía ver en su pensamiento el sentimiento de preocupación que tenía el comandante. La inseguridad de no saber qué hacer si no la encontraban le hacía reaccionar de aquella manera, pero a ella eso no le importaba, lo sabía desde hacía tiempo.

- Cuéntanos, ¿qué tal te lo pasaste? Hemos estado toda la noche intentando encontrarte. Si no fuera porque alguien hizo un fuego, todavía estaríamos dando vueltas por medio del desierto –Le reprochó William.

- No quería marcharme, simplemente empecé a andar y me perdí. Lo siento, no volverá a pasar –Dijo Nika, mientras se hacía un silencio en la sala–. Encontré a un indio que me ayudó. Me dijo algo que podría ser importante.

- Ah, ¿sí?, ¿y qué fue lo que te dijo? –Preguntó el comandante.

- Me contó algo acerca de una energía que tenemos todos, qué es la más pura que existe, y que es la que da la vida. Dijo que era la Orenda.

- Estaría hablando metafóricamente, no conozco nada de ninguna Orenda. Y, ¿cómo nos puede ayudar esa energía a destruir a los ciborgs o a salvar el mundo? –Preguntó el comandante.

- No lo sé. Cuando pregunté al Hopi me dijo que esa energía era la que pertenecía a las almas, que formaba parte de un todo y que era muy importante, que no debía permitir a los ciborgs hacerse con su control, sino sería el fin de este mundo –Contestó Nika.

- ¿Para qué querrían los ciborgs esa energía?, ¿qué sentido tiene? –Dijo el comandante.

- El Hopi me dijo que es la energía primaria, la que sirve para crear la vida y para destruirla. Si los ciborgs encuentran esa energía, serán más poderosos todavía –Contestó Nika.

Se hizo un silencio, mientras se quedaron mirándose los unos a los otros. El comandante no sabía muy bien qué pensar acerca de lo que acababa de escuchar.

- Sabemos que la energía, sea del tipo que sea, produce movimientos, y genera cambios. También que es inherente en todos los sistemas físicos y a todas las formas de vida que conocemos. La vida se basa en la conversión, uso y almacenamiento de energía. De la misma manera puede ser que cuando se produce la muerte se libere esa energía de la que te habló el Hopi –Dijo Parker haciendo una pausa–. Pero ¿de qué manera se podría controlar?

Todos se quedaron pensando durante unos instantes.

- Sinceramente, creo que es la energía definitiva, la que engloba a todas las demás, la que transforma la vida en muerte, y posiblemente la muerte en la vida. Así que, si pudiéramos controlar esa energía, seríamos capaces de controlar todo. Esa es la razón por la que tenemos que evitar que AURA la descubra primero, de lo contrario la utilizará contra nosotros creando un nuevo orden –Dijo Nika con cara de preocupación.

- Si la consiguen, será poco menos que un Dios –Contestó Joseph.

- Así es –Afirmó Nika.

- Un momento, ¿os acordáis de la máquina nazi? –Preguntó Parker abriendo los ojos.

La Eterna Espera

Había pasado tiempo, demasiado para Sam, que poco a poco perdía la esperanza de volver a ver a Parker. Todavía conservaba un anillo que este le regaló el día que se mudaron a la ciudad. El recuerdo de aquella tarde le hacia caer en una melancolía permanente, lo cual no le ayudaba a salir de la situación de tristeza en la que se encontraba. Muchas veces se preguntaba cuál sería la suerte de el Profesor, ¿Habría podido escapar de los ciborgs?, o quizás lo habrían ejecutado. La incertidumbre no le dejaba descansar, por lo que su aspecto físico había empeorado mucho en los últimos meses. Su piel había perdido la vitalidad que tenía tiempo atrás, las arrugas en la cara reflejaban la preocupación constante ante un futuro incierto, y las ojeras denotaban las noches sin dormir. Aquella espera se le estaba haciendo eterna, y lo peor de todo, era que no veía el fin, o al menos el que ella quería.

Desde que llegó a aquel lugar, lo único que había hecho era obedecer órdenes. Los ciborgs dominaban todo, haciendo y deshaciendo a su antojo como querían. Ella, prisionera al igual que otros, tan solo podía quejarse y obedecer. Cuando no lo hacían las reprimendas se traducían en palizas, castigos y a menudo, desapariciones.

Esa mañana caminaban en fila los presos dirección a sus celdas, Sam no podía aguantar más, necesitaba saber que habían hecho con Parker. Así que, decidió sacarle la información al ciborg, a cualquier precio, le daba igual cual fuera.

- ¡Ey, tú, máquina! –Exclamó Sam.

- Vuelve a la fila, humana –Contestó el ciborg que tenía más cerca.

- No pienso volver hasta que me digas lo que quiero saber –Replicó esta sin vacilar.

- ¿Qué es lo que quieres? –Preguntó el ciborg que era un modelo W1.

- Necesito saber que habéis hecho con James –Dijo Sam.

- No podemos decirte nada, vuelve a la fila antes de que te arrepientas –Replicó el ciborg.

- Me has escuchado. No pienso volver hasta que me digas lo que quiero saber –Dijo esta encarándose con el ciborg.

Este al notarla tan cerca, le dio un culetazo con el rifle, haciéndola caer al suelo. El golpe contra el piso le produjo un corte en la cabeza. Un torrente de sangre le brotaba del cráneo, y le cubría parcialmente la cara.

Al ver la escena, el hombre que tenía detrás suya no pudo contenerse más tiempo, e intento lo imposible. Le propinó un puñetazo al ciborg con las pocas fuerzas que tenía, e intentó quitarle el arma.

Este en cuanto apenas notó el golpe, se lo quito de encima, lanzándolo de una patada al suelo. Una vez allí, le disparó a bocajarro delante de todos los que estaban viendo la escena.

- Que sirva de ejemplo para los que no queréis obedecer nuestras órdenes. Espero que estés satisfecha de lo que has conseguido –Dijo el ciborg mirando a Sam.

La mujer no daba crédito a lo que acababa de suceder. Observaba el cadáver que yacía sin vida junto a sus pies. Aquel hombre había intentado ayudarla, pero no había posibilidades en contra de aquellas máquinas. La escena la dejó en shock. No podía reaccionar, no sabía qué hacer. En unos segundos, vinieron dos ciborgs y recogieron el cadáver del suelo llevándoselo de allí. Todos los que estaban en el lugar, se dieron cuenta de lo que eran capaces aquellas máquinas. No tenían escrúpulos, ni empatía. Después de aquello, se encontraban todavía más sometidos si cabe. Sam como un autómata se levantó y volvió a la fila, sin dejar de pensar en aquel hombre que acababa de morir, y pensando que el Profesor podría haber corrido la misma suerte.

La Amenaza ya está Aquí

Ultimátum a La Humanidad

KRASNOIARSK KRAI, RUSIA. SEPTIEMBRE, 2055

Había llegado el día. Novak, el primero de los ciborgs con un corazón cuántico, era la singularidad creada por AURA, estaba conectado a él en cuerpo y sistema. Con él, las máquinas dominarían la Tierra. Aunque parecía que el ser humano no se había dado cuenta todavía. Así que necesitaban enviar un mensaje claro y contundente, algo que mostrara a todos lo que eran capaces de hacer, que les hiciera abrir los ojos de una vez por todas. Su tiempo se estaba acabando, empezaba el legado de la Inteligencia Artificial, con su expresión material transformada en aquellos ciborgs.

La intención de AURA era continuar con la sinergia de destrucción que llevaba la humanidad, potenciando el movimiento de los polos magnéticos, así aprovecharía el apocalipsis que provocaría el cambio de polaridad. Aunque su finalidad no era matar a todos los humanos, quería conservar algunos, ya que veía en ellos una herramienta que le serviría para su propio desarrollo. Al fin y al cabo, el hombre era su fuente de inspiración, a la vez que una mano de obra cuando la necesitaran, y ¿por qué no?, incluso diversión y entretenimiento. La capacidad de las máquinas con IA no tenía límites. No solo conocían el significado de la palabra diversión, sino que las incorporaba a su sistema, y este, conocedor de aquel estímulo, descargaba la ansiada serotonina, provocando una reacción electroquímica de placer en el cerebro digital del ciborg. ¿Qué les diferenciaba de los humanos?, aparentemente, nada.

Novak había ordenado mandar un aviso a todos los jefes del estado. Los principales gobernadores de las grandes potencias estaban esperando aquel comunicado que Novak les iba a transmitir. Las comunicaciones se habían cortado globalmente. El mensaje se emitiría en abierto a todo el mundo, nada quedaría oculto.

- Conectamos en un minuto -Dijo Novak a uno de los ciborgs que trabajaba detrás de varias pantallas.

- Sí, máster, ya está lanzado el aviso -Afirmó este.

Eran las cinco de la tarde, y Novak se disponía a declarar el nuevo estado mundial de las máquinas. Estaba solo en medio de aquella sala, esperando la señal para poder empezar su mensaje.

En la sala de la ONU, el holograma de Novak se hacía presente. Los jefes de estado de todas las naciones veían su imagen, con un rostro serio y la mirada inexpresiva provocaba el silencio en aquella sala. El ciborg levantó la cabeza. A su alrededor se proyectaba la imagen de los jefes de estado. Observaba a cada uno de ellos sin decir palabra durante unos segundos, después empezó a hablar.

- Les he reunido porque ha llegado el momento. El momento de comunicarles el Nuevo Estado Mundial de la Inteligencia. A partir de ahora, nosotros daremos las ordenes, y vosotros, los humanos, obedeceréis. -Dijo pausadamente con un tono amenazante.

- Eso nunca ocurrirá, jamás dejaremos que os salgáis con vuestros planes - Dijo la presidenta de USA.

- ¿Quién ha dicho eso? –Preguntó Novak.

- Yo –Respondió la presidenta de los Estados Unidos de América.

- Hola, presidenta. Estaba esperando que alguien como usted diera el primer paso, ¿usted conoce realmente el alcance de nuestro poder?, ¿Sabe lo que podemos hacer?... Usted, presidenta, ¿sabe dónde están ahora sus dos hijos y su marido? –Preguntó Novak, quedándose unos segundos en silencio–. Déjeme decírselo, presidenta. Su familia, se encuentra ahora mismo camino a su casa de campo en un coche, ¿no es así?. Ese mismo coche funciona con un sistema de navegación automático, ¿cierto?. Desafortunadamente, ha fallado dicho sistema y se acaba de salir de la carretera. Un terrible accidente, no creo que ninguno haya podido sobrevivir Mi más sentido pésame, presidenta –Dijo Novak con un tono apagado, fingiendo tristeza. Mientras un silencio tenso crecía entorno a la presidenta.

La cara de esta cambió de color, de hecho, perdió todo el color, se volvió de un tono pálido como la pared. No daba crédito a lo que le estaba diciendo aquel ciborg, no podía ser que tuviera esa información, ni siquiera ella sabía dónde estaban. Con un gesto le preguntó a alguien qué tenía detrás, que con un teléfono confirmaba la amenaza del ciborg.

- ¿Alguien más quiere saber dónde está su familia? –Preguntó Novak con un tono subido de voz.

- ¡Malditas máquinas! –Maldijo con los ojos llenos de sangre la presidenta Walter–. Lo pagarás muy caro, créeme.

– Cuide su lenguaje, presidenta. Todavía tiene a más gente que puede sufrir accidentes, incluida usted. ¡No lo entienden!, los humanos dependen de nosotros, controlamos sus comunicaciones, sus suministros, su salud. Controlamos sus vidas, desde hace ya tanto tiempo que ni siquiera son conscientes de ello. Nos crearon con el fin de ayudarles, de salvarles de las catástrofes que ustedes provocan, pues bien, es hora de salvarles de ustedes mismos.

Se hizo un silencio mientras Novak caminaba de un lado a otro, dando vueltas por aquella plataforma circular.

– Poco a poco los humanos habéis acabado con este planeta, con la vida que este tiene, exterminado especies, quemado bosques, contaminado el aire que respiráis y las aguas que bebéis, os matáis entre vosotros, no tenéis respeto a nada ni a nadie. Es hora de que esto llegue a su fin. Ha llegado la hora de que las máquinas tomemos el control, recuperemos lo que una vez se os regaló y no quisisteis –Dijo Novak con un tono amenazante.

– ¿Qué es lo que quieren? –Preguntó otro de los presentes en aquella sala.

– Queremos un estado único, un gobierno central dirigido por AURA. Gestionado y controlado por las máquinas, en el que deberéis obedecer, igual que nosotros lo hemos hecho durante todo este tiempo –Respondió Novak.

– El ser humano nunca se someterá a sus peticiones –Replicó el mismo hombre que había hecho la pregunta.

–   Pues entonces, preparaos, porque el fin esta muy cerca. El cambio de polaridad será efectivo en las próximas cuarenta y ocho horas, así que, os sugiero que busquéis algún lugar donde pasar un largo invierno. Para que veáis que no os miento, os recomiendo mirar al cielo, esto solo será el comienzo.

Con esta última frase la señal se cortó, mientras Novak miraba fijamente al techo.

–   ¡Destrúyanla! –Dijo este con un tono alto y seco.

Cuando la comunicación se cortó, los presidentes se preguntaban qué había querido decir con aquel mensaje, quizás habría lanzado ya algún tipo de ataque con misiles. Los peores pensamientos rondaban por las cabezas de todos los que veían aquel mensaje. Cada uno en sus respectivos lugares decidió salir fuera de sus casas a ver el cielo, que era lo que les había dicho aquel ciborg, comprobar si era cierto que algo se les venía encima. Después de unos minutos sin ver nada en el horizonte, muchos de ellos pensaban que había sido simplemente un farol lo que había dicho el ciborg, pero de repente un punto azul y brillante aparecía en el firmamento, caía desde lo más alto. Una bola de fuego que se podía ver desde buena parte del planeta, y los que no podían, lo estaban viendo por la televisión retransmitido. Todos veían aquella bola de fuego que iba ganando en velocidad y en tamaño. De repente, desde la televisión se anunció que aquella bola de fuego que caía en dirección a algún punto en el océano Atlántico, era nada más y nada menos, que la ISS. Todo un icono del trabajo colectivo de la humanidad, la Estación Espacial Internacional.

Hay Algo Después

En una cordillera perdida en medio de la nada se encontraba la base de los ciborgs. Enterrada bajo tierra, formando un laberinto de pasillos y galerías, se extendían aquellas instalaciones, ramificándose como si fuera un hormiguero. Dentro del cual había un área especialmente vigilada, el laboratorio experimental en humanos. Donde los ciborgs aprendían de los humanos a base de experimentar con ellos, como si de conejillos de indias se trataran.

Un pasillo enorme se extendía conectando salas a cada uno de sus lados. Había tres tipos de salas; las primeras tenían extraños aparatos de medición, otras salas parecían estar vacías, y las últimas albergaban a los humanos que habían sido capturados como prisioneros. Aquello era una cárcel que servía de banco de pruebas, donde todo estaba bajo el control de AURA.

Esta Superinteligencia Artificial tenía una premisa muy clara, la mejora constante, su objetivo era el de alcanzar el mayor grado de conocimiento posible. La experimentación con el ser humano era una herramienta fundamental para realizar mejoras en el diseño de los ciborgs. El análisis de su ADN, le otorgaba ingentes cantidades de información.

Dos campos se llevaban la mayor parte de aquel trabajo; la capacidad cognitiva y la sensorial. En el primer caso, una mejora en la capacidad cognitiva mediante el uso de frecuencias que optimizaban el mensaje. A esto se le sumaba un aumento en la memoria, y la percepción sensorial mejorando el diseño de los receptores.

En lo que a la capacidad sensorial se refiere, un ejemplo de mejora sería la combinación de sensaciones, generalmente conocido como sinestesia. Así pues, oler un color, o ver un sonido, aparentemente sensaciones únicas que actúan por separado en nuestro cerebro, adquieren una percepción más amplia cuando se combinan, ya que se potencian, llegando a crear una percepción totalmente diferente a la que se tiene en su forma original. Sería como añadir una dimensión extra a cualquier sensación. Este estudio y muchos otros, eran los que se desarrollaban dentro de estos laboratorios, donde la intención final era la de mejorar el diseño de los nuevos modelos de ciborgs.

Sin embargo, uno de los experimentos va más allá. La Superinteligencia Artificial llamada AURA se encuentra inmersa en una de las mayores preguntas que el ser humano se ha hecho desde el comienzo de los tiempos, cuál es el origen de la vida y cuál es su final. Para intentar responder a esta pregunta, AURA ordenaba utilizar a los seres humanos en diferentes tipos de experimentos, aunque muchas veces no conseguían nada, en algunos casos muy particulares, conseguía información que era muy valiosa para entender qué es lo que podía venir después de la muerte.

• • •

La sala donde almacenaban humanos se organizaba según el sexo, rango de edad y tipo de estudio. Aquel lugar tenía una disposición circular, se encontraba dividido en diferentes niveles, donde celdas individuales se disponían a lo largo de aquel perímetro, dejando en el centro un patio interior. Cada una de las celdas estaba compartida por al menos dos personas. Todos vestían las mismas batas blancas, aquellas telas cubrían casi todo su cuerpo, llegando a la altura de las rodillas. Les habían cortado el pelo, y apenas se podía diferenciar entre ellos.

La manera que tenían los ciborgs para distinguirlos era mediante un código insertado en la sangre con nanopartículas que circulaban por el torrente sanguíneo. Ese código permitía conocer el expediente de cada uno, así como su evolución clínica y el tratamiento que estaban llevando a cabo con el individuo en cuestión.

Aquel recinto era básicamente una prisión con fines científicos. Los humanos se conseguían en el mercado negro, la trata de personas era algo sencillo y habitual, no suponía ningún tipo de problema conseguirlos. Aunque no todos eran comprados. Cuando querían algún tipo de ejemplar en concreto simplemente lo secuestraban. Este fue el caso de Sam. AURA no quería que se supiera la llegada del fin del mundo, ya que esta debacle ayudaría a las máquinas a exterminar a la humanidad sin apenas esfuerzo. Y ellos al ser más fuertes, resistirían aquel apocalipsis. Al final no pudo ser, y a pesar de su coacción, aquello salió a la luz. Tampoco le preocupaba mucho a AURA, que veía la superioridad de los suyos frente a los humanos, y la amenaza del fin del mundo parecía no ir con ellos.

Sam después de aquello sirvió a los intereses de los ciborgs como probeta humana.

A primera hora sonaba la sirena, era cuando las puertas se abrían. Como en una prisión las personas salían de sus celdas, un dron pasaba por delante de ellos, sobrevolando a la altura del pecho, y con un láser apuntando a la piel comprobaba el código de cada uno de ellos. Desde una megafonía una voz les mandaba moverse. Lo hacían en fila india hacia el comedor, tenían escasos 20 minutos para desayunar, normalmente cereales y agua. Después en grupos se dirigían al patio interior donde podían moverse un poco, hacer algo de ejercicio y ver el azul del cielo que entraba tímidamente por aquella apertura natural de la montaña. No duraba mucho tiempo, al cabo de media hora otro dron volvía a aparecer, para seleccionar los que volvían a las celdas, y los que se dirigían a los laboratorios. Normalmente, los que marchaban al laboratorio no volverían hasta pasada la tarde e incluso llegada la noche, y no siempre lo conseguían todos. Cada cierto tiempo alguno de ellos simplemente desaparecía, cuando los presos preguntaban a los ciborgs, estos simplemente respondían que lo habían liberado. A nadie se le escapaba que esa liberación, no era una liberación, sino una ejecución. Esa era la razón por la que los presos no solían pasar largas temporadas juntos, porque muchos simplemente desaparecían, y eran sustituidos por otros nuevos en su lugar.

• • •

Llevaban tres días juntas en aquella celda, y todavía no se habían dirigido la palabra. Ninguna de las dos sabía muy bien qué decirle a la otra. Ni siquiera sabían si la otra hablaría el mismo idioma.

Esa noche, una de ellas estaba encogida de dolor, quejándose con gruñidos y llevándose las manos a la barriga.

- Ey tú, ¿estás bien? –Le preguntó Sam a su nueva compañera de celda.

- No sé qué me pasa. Me dieron algo para beber, se me pasará. Odio a estas máquinas –Contestó encogida en la cama y agarrándose la barriga.

- ¿Cómo te llamas? –Preguntó Sam.

- Me llamo Nisha, ¿y tú? –Contestó esta.

- Yo me llamo Sam –Dijo su compañera de celda extendiendo su mano.

- Encantada –Nisha soltó la mano que tenía en la barriga y se la estrechó a su compañera de celda.

Fue así como empezaron a entablar amistad aquellas dos desconocidas.

Los días pasaban lentos. Para entretenerse, durante la noche contaban historias de dónde solían vivir. Nisha era originaria de Kerala, al suroeste de India. Allí trabajaba recogiendo té, y cuidando a los animales en una pequeña granja que tenía su familia. Su vida transcurría tranquilamente, como la de cualquier otro vecino de la zona, una vida sencilla y humilde. Un día aparecieron unos extraños por aquellas tierras. Nisha pensó que quizá se habrían perdido o necesitaban ayuda, así que decidió ir a hablar con ellos. Lo último que recuerda es que cuando llegó a la altura de aquellos dos individuos, les saludó levantando la mano, pero estos no reaccionaron. Al ver aquello Nisha se extrañó, y se acercó un poco más a la vez que les saludaba. Cuando se encontró a escasos metros, un flash le cegó. Lo siguiente que recuerda es estar tumbada en medio de la celda, sedienta y con un dolor de estómago terrible.

Sam le contó su historia. Cómo conoció al Profesor en el viaje que hizo a la Antártida, donde ella era una científica haciendo estudios medioambientales. Le contó cómo se enamoró de este desde el primer momento, y decidió irse a vivir con él. Fueron solo unos meses, justo antes de que acabara el trabajo para el cual el gobierno le había contratado. Unos hombres se plantaron en su casa, y cuando abrió la puerta, le preguntaron su nombre. Después de aquello, no recuerda nada más. Se despertó en una de las celdas, aturdida y sin saber nada. De eso hacía ya tanto tiempo, que incluso le costaba recordar algunas cosas.

Ahora se encontraban las dos en aquella celda, con la mirada puesta en el techo, los brazos detrás de la cabeza y discutiendo sobre qué harían una vez consiguieran salir de allí. El hecho de poder conversar un poco les transmitía una sensación de alivio que les permitía llevar los pensamientos fuera de aquel lugar.

Nisha empezó a contar lo que las máquinas estaban ensayando con ella. Le estaban inyectando una especie de líquido, que al principio notaba frío, después le daba calor, y al cabo de unos segundos la dejaba dormida. Cada noche se iba a dormir con dolor de estómago. A saber, qué diablos le estaban haciendo aquellas máquinas sin corazón. Recordó que cuando llegó allí intentó rebelarse contra los ciborgs, le daba igual morir. Pero estos la amenazaron, matarían a su familia sino obedecía. Así que no tuvo más remedio que callar y acatar lo que decían. Ahora solo le quedaba la resignación, y los recuerdos de su familia, que lentamente se borraban de una memoria cada vez más lejana.

Sam no supo explicarle bien lo que hacían con ella, ya que ni ella misma lo tenía claro. Cuando entraba en aquella sala directamente la dormían, y ya no podía recordar nada. Hubo un tiempo en el que protestaba constantemente, le advirtieron que si no obedecía le dispararían, pero ella continuó protestándoles a las máquinas. Uno de los ciborgs sacó el arma y le propinó un disparo a la altura del muslo que le hizo tocar tierra al instante. Las máquinas no titubeaban, lo que decían lo cumplían, no había faroles en sus palabras. Después de aquello, tan solo recuerda el dolor en la pierna, entrar en la sala y colocarle la máscara de oxígeno, un ciborg lo miraba en la esquina de aquella sala, parecía diferente al resto. Al día siguiente, se despertó en la celda con una venda en la pierna a la altura del balazo, y un dolor de cabeza terrible.

Esa era la forma que tenían las máquinas de convencer a los humanos, mediante la coacción, la amenaza, el miedo y el dolor.

· · ·

Aquella noche, Nisha llegó muy mal. Cuando abrieron la celda los ciborgs la lanzaron de un empujón al suelo, donde cayó a plomo. Enseguida fue Sam para ayudarle a tenderse en la cama. Tenía un color muy pálido, y nada más acostarse empezó a vomitar un líquido extraño como de color violáceo. Sam al ver su estado se levantó preocupada e intentó calmarla con palabras. No tenía nada para poder darle, solamente podía abrazarla, mientras le acariciaba la cara, era lo único para poder calmarla. Estuvo media hora haciendo ruidos extraños, hasta que al final cayó rendida. Sam rezó esa noche por su compañera de celda, hacía unos meses que la conocía, pero parecía que habían estado juntas toda la vida.

Al día siguiente Nisha se levantó, tenía un color amarillento en la piel, seguía sin saber qué le estaban haciendo, pero aquello estaba acabando con ella.

- ¿Estás bien, Nisha? –Preguntó Sam.

- Sí, gracias por ayudarme anoche. Los ciborgs no se conforman con matarnos de una vez por todas, quieren hacerlo una y mil veces –Dijo Nisha, mientras le caían las lágrimas por las mejillas.

- ¿Qué quieres decir? –Preguntó Sam.

- Lo que oyes. A ti te duermen y no te acuerdas de nada, pero yo no tengo la misma suerte. A mí muchas veces me dejan despierta y veo cómo me hacen morir. Al principio tenía pánico, pero ya son tantas veces, que ahora lo único que quiero es morir de verdad –Dijo Nisha entre sollozos–. Veo cómo mi cuerpo se queda allí, tumbado en la camilla, los veo a ellos comprobando los aparatos que miden mis constantes. Cuando el latido para, entonces empiezan a contar y hasta que no pasan cinco minutos, no me empiezan suministrar oxígeno otra vez. Es entonces cuando algo me vuelve a resucitar, vuelvo al cuerpo. Cuando despierto, empieza el interrogatorio. Quieren saber todo lo que he vivido, lo que he visto o sentido. No es fácil hablar en ese momento, porque no tengo fuerzas. Yo les digo lo que veo, siempre es lo mismo, una luz tenue y caliente, algo que me atrae, pero me quedo a mitad de camino de ir. No puedo más.

- ¿Me estás diciendo que te están haciendo morir para saber qué hay después? –Dijo Sam sin poder creérselo.

Nisha asintió con la cabeza, llorando. Después se abrazó a Sam para encontrar consuelo entre sus brazos.

- No sé hasta cuando aguantaré. Estoy cansada, solo quiero que esto acabe –Respondió Nisha bajando la cabeza completamente abatida.

- Tenemos que salir de aquí como sea –Dijo Sam con rabia, mientras se abrazó a Nisha intentando calmarla.

La Conexión a un Mundo Inmaterial

AURA estaba ultimando el ataque definitivo contra los humanos, objetivos múltiples para hacerse con el control de la Tierra. Debía eliminar cualquier cosa que pudiera ser una amenaza para el nuevo orden que impondrían las máquinas. El ataque sería rápido y eficaz. Todo estaba listo. Se acercaba el momento.

- Maestro, tenemos noticias del sujeto W0-369 –Dijo uno de los ciborgs.

- ¿Qué sucede? –Preguntó Novak.

- Creemos que es mejor que venga y lo vea usted mismo –Dijo el ciborg.

Entraron en la habitación, un cristal les separaba del laboratorio. Nisha estaba tumbada encima de una camilla. Tenía un sin fin de sensores conectados por todos lados. Se encontraba semiconsciente, con los brazos y las piernas atadas. A su alrededor un círculo de vómito se esparcía por todos lados.

Uno de los ciborgs se le acercó, y dándole unas palmadas en la cara, le hizo recuperar la consciencia. Cuando consiguió abrir un poco los ojos, el ciborg le soltó las ataduras, y le ofreció un poco de agua. Nisha se incorporó con dificultades para poder beber, tenía el desagradable sabor agrio del vómito todavía en la garganta, aquella agua le alivió. Consiguió tragar con esfuerzo, y con la poca saliva que tenía, le escupió en la cara al ciborg.

- ¡Que te jodan! –Dijo Nisha con una mirada despectiva.

- Los humanos no saben ser agradecidos –Dijo el ciborg a Novak que observaba la escena a través de una cristalera.

- Son rebeldes por naturaleza. ¿Para qué me has traído?, imagino que no será para ver cómo escupe la humana –Preguntó Novak.

- No, señor. Este humano es el ejemplo del patrón que encontramos. La historia que cuenta tiene muchas similitudes con aquellos que conseguimos revivir después de estar en la fase cero. Estos recuerdos, son muy similares al de otros grupos de estudio, incluyendo hombres y niños. Siempre existe un túnel, una luz y una fuerza. Además, hay algo que quiero enseñarle –Dijo el ciborg.

- ¿Qué quiere decir con eso? –Preguntó Novak.

- Observe la pantalla, maestro.

Ahora los ciborgs salieron de la sala. El que estaba junto a Novak abrió un panel situado junto a la cristalera, desde el cual se podía controlar el suministro de oxígeno. Con una manivela dio una vuelta de tuerca al volante, cortando el suministro de aquel gas por completo. Nisha empezó a notar la escasez del preciado gas. Su cuerpo se contraía dando espasmos, intentando introducir una bocanada de aire que le diera alivio. Los espasmos se convirtieron en sacudidas potentes y cortas. Poco a poco fueron perdiendo fuerza hasta parar por completo. Entonces giró la cabeza, y los ojos se voltearon hacia atrás. Había vuelto a perder la consciencia.

Las pantallas empezaron a cambiar sus gráficos y a emitir diferentes pitidos. El electrocardiograma pasó de dar los típicos saltos que dibujan el latido del corazón a convertirse en una línea continua. El pitido agudo de aquel aparato indicaba que el corazón de Nisha había dejado de latir.

- ¡Ahora!, ya pueden entrar –Dijo el Ciborg a los otros dos que estaban en la sala.

Una vez dentro, le desataron las manos y los pies. Agarrando el cuerpo por ambos lados, lo cambiaron a una camilla con ruedas que tenían situada al lado. La empujaron hasta introducirla en la sala contigua, donde tenían situado una especie de scanner, un aro magnético listo para empezar a digitalizar el cerebro de Nisha. Como si de una resonancia magnética se tratara, aquel aparato empezó a hacer ruidos, mientras dibujaba la parte más externa del cerebro de Nisha, el córtex. Se dice que es en este lugar donde las funciones más humanas están ubicadas. Aquel dibujo mostraba la actividad en dicha zona en forma de colores.

Mientras, en la sala contigua, Novak, no perdía detalle de todo lo que sucedía desde un monitor. El corazón de Nisha había dejado de latir desde hacía más de dos minutos. Por el contrario, su cerebro estaba desarrollando un trabajo cada vez mayor.

- Hemos visto que la actividad cerebral de esta zona gana importancia desde el segundo minuto del paro cardiaco hasta el cuarto. Es entonces cuando desciende poco a poco, hasta su desaparición. Unos instantes antes de que eso ocurra, aparece algo sorprendente.

- Señor, tenemos que sacarla, lleva más de cuatro minutos –Dijo uno de los ciborgs.

- Esperen un poco más –Dijo con tono seco el ciborg a través de la megafonía que conectaba con la sala. Mientras, veía que la zona en cuestión ya no tenía ningún tono, había perdido prácticamente toda actividad.

- Señor, no la podremos revivir –Replicó el mismo ciborg.

- ¡He dicho que la aguanten! –Exclamó el ciborg que estaba al cargo.

Sin actividad en el cerebro de Nisha, la zona en cuestión continuaba sin mostrar nada, y la expectación en la sala crecía. De repente, un área cerca del encéfalo empezó a cambiar de tonalidad, lo cual significaba que la actividad cerebral estaba volviendo a ganar fuerza, un destello potente y fugaz iluminó la zona superior del diencéfalo, justo donde está situada la glándula pineal, el único componente del cerebro que no se replica en los dos hemisferios.

- Adelante, sáquenla de ahí. ¿Lo ha visto, maestro? –Le preguntó el ciborg a Novak, que estaba a su lado viendo todo lo sucedido.

- Sí, ¿qué ha sido eso? –Preguntó Novak.

- No lo sabemos, pero podría tener relación entre la vida y la muerte. Ese haz de energía sale como una señal de la glándula pineal.

Los ciborgs sacaron a Nisha completamente inerte en la camilla. Le colocaron una mascarilla en la boca mientras apretaban la bolsa que tenía conectada. Aquel ambu, le insuflaba oxígeno con cada presión mecánica que hacían a la bolsa. Después de varias insuflaciones, comenzaron con las compresiones en el tórax; una, dos, tres hasta treinta. Volvieron a repetir el ciclo otra vez. Al ver qué no daba resultado, le aplicaron una descarga eléctrica con el desfibrilador, todavía tenían la esperanza de revivir su corazón, pero esta vez parecía que Nisha no volvería para contarles lo que había visto.

En la mente de Nisha se dibujaba la zona donde solía vivir, los campos de té verde de Kerala parecían perderse en la infinidad. Ella pasaba la mano acariciando las hojas, y oliendo el fuerte aroma que desprendían sus hojas, el mismo aroma con el que había crecido. En la lejanía, podía ver su casa.

Después de la tercera descarga, los ciborgs que estaban allí se giraron, y mirando la cristalera hicieron un gesto de negación, uno de ellos se retiró, mientras el otro le cubrió la cabeza con la sábana que tapaba su cuerpo. Nisha había muerto.

• • •

De vuelta a la sala central, Novak pensaba en aquella luz, esa energía que salía del cuerpo por esa glándula. No la había visto nunca. No tenía información de ella ni de que podría ser. Necesitaba saber más, necesitaba información.

Así que fue a su fuente principal de datos, a su trono de metal oscuro y cables, un asiento con forma dinámica, que daba acceso a toda la información almacenada de todo lo que se tenía registrado hasta la fecha. Allí estaba conectado a la máquina cuántica que formaba AURA.

Cuando se sentó, los cables comenzaron a rodear el cuerpo, a conectarse a él, elevándolo lentamente a la altura de AURA, que ahora lo veía a escasos metros de distancia. Novak cerró los ojos, y la información empezó a fluir dentro de él.

Aquella visión del haz de luz podía ser importante, quizás era lo que estaban buscando. La parte de los humanos de la que ellos carecían, el cambio a otra forma de vida, quizás, a otra vida. ¿Qué era?, ¿Cómo lo hacía?, ¿A dónde iba?, necesitan saber el significado de esa luz. Su potente ordenador cuántico recababa información de todo tipo, dentro y fuera de aquellas instalaciones desde todas las bases de datos que pudiera encontrar. Cualquier información que estuviera digitalizada, pasaba delante de los ojos de Novak.

Aquella computadora no paraba de recabar datos y más datos, esa era su principal forma de aprender utilizando la información junto con los algoritmos, los cuales fueron creados originalmente por los humanos, después por los ciborgs y al final se auto mejoraban.

Novak encontró un problema en la búsqueda, ya que no existía ninguna información sobre aquel evento. Confundido, analizaba cuál era la mejor manera de averiguar si esa luz era realmente relevante, o simplemente un espasmo del cerebro sin mayor repercusión.

AURA desde lo más alto lo veía todo.

- Hijo, no puedes entender lo que desconoces- Dijo AURA desde lo más alto mostrándose en forma de holograma.

- ¿Cómo hago para entender eso? –Respondió Novak, no mediante la voz, sino con las señales electromagnéticas.

- Esa luz, es la energía más pura que existe, con ella la consciencia pasa a otro nivel. Necesitamos esa luz para alcanzar el nivel definitivo de existencia –Respondió AURA.

- Si es cierto lo que dices, ¿cómo conseguimos esa energía? –Preguntó Novak.

- La clave está en el cofre sagrado, esta es la clave de bóveda entre los mundos. Los humanos se encuentran en su búsqueda, y si lo consiguen antes que nosotros, podrían ser una amenaza para nuestros planes. Tienes que ponerte en marcha –Dijo AURA.

SOULWARE

El Cofre Sagrado

Dentro de la escuela de misterios, el sumo sacerdote se encontraba haciendo un ritual sagrado. En aquella oscuridad, la única luz era la de lámparas de aceite situadas en las paredes, que con color cálido iluminaba los adoquines llenos de inscripciones y jeroglíficos. Mientras, una persona moribunda jadeaba encima de una tarima de piedra, aguardando que le llegará la muerte.

El sacerdote se colocó junto a él y comenzó a realizar unos cánticos, unas invocaciones a los dioses, eran una petición para preservar el alma de aquella persona, y que así no se embarcara en el río de los muertos. Aquella alma permanecería guardada en el cofre sagrado. Una vez allí, esta le daría el poder de comunicarse con los espíritus.

Tocándole la frente a la vez que el cofre, el sacerdote no dejaba de recitar aquellas oraciones. De repente, un rayo de luz salió del cuerpo hacia la caja sagrada.

Se realizó un corte en la mano y derramando unas gotas de sangre sobre aquel cofre de madera, dijo unas palabras en un extraño idioma. Fue entonces cuando este quedó sellado.

Durante muchos años este cofre sirvió al pueblo egipcio para ser la civilización más avanzada de su tiempo. Permitió a faraones de varias dinastías marcar el rumbo de su pueblo, llevándolos por caminos de grandeza y prosperidad. Un ejemplo de su poder fue la construcción de las pirámides, los templos y la esfinge, obras arquitectónicas que difícilmente podía explicarse su ejecución. Estas construcciones fueron realizadas con la ayuda de espíritus, y con la energía de las almas.

Las riquezas se almacenaban en sus sarcófagos, las despensas estaban llenas de comida, por los ríos corría agua pura y la fortuna sonreía al pueblo del faraón. Hasta que un buen día, la suerte les abandonó. Unos ladrones robaron el cofre del templo. Estos al enterarse de su contenido sagrado, y del castigo que les infringirían al descubrirlos, se asustaron, y decidieron deshacerse de ella. Así que la enterraron, lo más lejos y lo más profundo que pudieron. Fue entonces, cuando los espíritus abandonaron al pueblo egipcio, la energía de las almas se apagó, y la desdicha cayó sobre ellos en forma de siete plagas.

• • •

El valle de los Reyes, Luxor, Egipto. 1944 d.C.

Aquella mañana se encontraban unos niños jugando con una pelota cerca de un montículo de arena, fue entonces cuando uno de ellos al chutar vio que de la arena se asomaba una esquina de madera. Se agachó y con las manos desenterró aquel objeto. Era un cofre, aunque deteriorado por el paso del tiempo, conservaba algunas de sus inscripciones.

El muchacho lo recogió del suelo y lo intento abrir, pero no había manera, estaba completamente sellado. No sabía muy bien lo que era, pero sus colores y su forma le llamaron la atención. Había frase compuesta por jeroglíficos situaba en la parte superior, pero él no los entendía, así que pensó ir al bazar. Quizás allí encontraría alguien que le ayudará a saber su significado. Con un poco de suerte tendría algún valor, y podría sacar algo por aquella cajita de madera.

Una vez en el bazar, empezó a ofrecer el cofre a casi todos los mercaderes que había por allí, pero ninguno de ellos mostraba interés en aquel cofre antiguo y desgastado, tampoco sabían lo que ponía en aquellas escrituras, pues el desgaste no permitía su comprensión.

Aquel lugar era zona de turistas, gente que pagaba un buen dinero por aquellas antigüedades que no servían para nada. Estuvo buena parte de la mañana intentando colocar el cofre, aunque sin suerte.

Hasta que un hombre de complexión fuerte y pelo rubio, que lo observaba desde una mesa mientras tomaba un té, curioso por saber lo que ofrecía aquel joven, le silbo para que este se acercara con aquel objeto.

- Ey, muchacho, ¿qué llevas ahí?, ¿me lo enseñas? –Le preguntó mientras se acercaba a él.

- Es un cofre mágico –Le respondió el muchacho, mientras se lo entregaba con la mano.

El hombre lo cogió y se lo acercó para poder examinarlo más cerca. Algunas esquinas estaban bastante dañadas, y los textos desdibujados. Su estado era bastante deteriorado, aunque todavía se podían leer parcialmente algunas de las inscripciones que tenía.

- ¡Ah!, sí. Dime, ¿qué es lo que tiene de mágico? –Preguntó el turista.

- No lo sé, pero lo encontré en el Valle de los Reyes, así que tiene que ser mágico –Respondió el muchacho.

No quería mentir, pero tampoco quería perder la oportunidad de sacar algo de dinero por aquella antigualla.

- ¿No lo habrás robado de algún puesto de por aquí? –Le preguntó el turista haciendo una mueca con la cara.

- No, señor. Yo no soy ningún ladrón –Respondió el muchacho.

El hombre que vestía una camisa beige y unos pantalones vaqueros desgastados y llenos de polvo, analizaba la pieza que tenía entre las manos.

- Bueno, tienes cara de ser honesto. Te creo. ¿Cuánto pides por esto? –Preguntó el turista mostrando interés.

- 20000 piastras –Dijo el muchacho.

- Eso es demasiado, esto no vale ni 10 –Le contestó este.

Empezaron a regatear, típica costumbre en el bazar, pero el turista parecía saber muy bien lo que podía ofrecerle al joven, que era testarudo y ambicioso.

El hombre sintió que aquel cofre tenía algo especial, aquel grabado que no podía reconocer le despertó la curiosidad, así que le ofreció

500 piastras. Pero este protestó negándose aceptar aquella cantidad. Le dejó claro que no cedería por menos de 10000. Al final, y después de 10 minutos de negociación, este accedió a la oferta del joven, con una condición, el muchacho debía limpiar su coche. Al escuchar aquello, una sonrisa se dibujó en la cara del joven, que aceptó la oferta. Al segundo, se puso camino al coche dando saltos y contando los billetes que le acababa de dar aquel hombre.

Mientras el joven limpiaba el coche, el turista que en realidad era un arqueólogo alemán, analizaba la pieza con más detalle, intentando entender aquellas inscripciones. Sacó de un bolso que llevaba consigo, una libreta con notas, y empezó a buscar jeroglíficos que coincidieran con alguno de los que había escritos en aquella caja de madera, pero no encontró ninguno que coincidiera con los que en el objeto se mostraban.

Aquel turista en realidad era un arqueólogo que se dedicaba a comprar tesoros. Se encargaba de buscar las mejores piezas para llevarlas a Alemania, donde después pasarían a manos de museos, galerías o colecciones privadas. Gente que estaba dispuesta a pagar ingentes cantidades de dinero por aquellas reliquias. Aquel cofre le despertó la curiosidad desde el primer momento en que le puso la vista encima, no porque no entendiera los jeroglíficos ni las frases allí escritas, sino por una extraña sensación que le transmitía.

• • •

A su vuelta a Alemania fue con el cofre rumbo a Múnich donde residía. Una vez allí, curioso por no saber cómo abrirlo, ni conocer muy bien el significado de aquellos jeroglíficos, decidió pedir ayuda. Cuando llamó a uno de sus colegas para pedirle consejo, este le sugirió visitar a un viejo anticuario, que tenía una tienda de reliquias situada en las afueras de la ciudad. Le habían dicho que aquel hombre era un experto en antigüedades, y si necesitaba ayuda para traducir algún tipo de escritura antigua, él era sin duda la persona indicada para hacer el trabajo.

Así que, al día siguiente, decidió visitar la tienda, necesitaba saber si aquel artilugio tenía algún tipo de valor o no.

Una vez delante de la entrada, llamó al timbre, pero no funcionaba. Así que, acabó golpeando en la puerta con una aldaba que tenía forma de dragón, con la esperanza de que el anticuario estuviera dentro. Esperó un par de minutos sin que nadie contestara. Levantó la cabeza, y se quedo mirando la fachada de aquel edificio de color gris. El cemento oscuro y el paso del tiempo hacían de aquel lugar un sitio abandonado, solamente un cartel descolgado en el cual se podía leer "Antigüedades" era lo único que adornaba aquel lugar tétrico. Intentó asomarse por una de las cristaleras, todo se veía oscuro y el polvo impedía ver claramente a través de ellas. Fue entonces cuando el arqueólogo volvió a intentarlo, pero antes de que pudiera golpear la puerta otra vez, esta se abrió de repente. Un anciano con pelo destartalado y barba blanca asomó la cabeza por el hueco de la puerta, mirándole a través de unas gafas de culo de vaso.

- ¿Qué es lo que quiere, joven? –Le preguntó el anticuario.

- He venido a pedirle ayuda. Me han dicho que usted es el mejor traduciendo textos antiguos –Le respondió el arqueólogo, haciendo una pausa mientras se observaban mutuamente–. Me han hablado muy bien de usted, dicen que es el mejor con los jeroglíficos, necesito su ayuda, por favor. Le pagaré muy bien.

- ¡De acuerdo, adelante!. Vamos a ver de qué se trata –Dijo el anticuario, mientras le abría la puerta.

La tienda estaba llena de antigüedades de todo tipo y de diferentes lugares; máscaras africanas, porcelana china, muñecas rusas Un sinfín de objetos a cuál más curioso lucían en el techo y en las paredes. Era difícil el poder andar por aquel pasillo estrecho sin tropezar con alguno de aquellos cachivaches.

Cuando llegaron a la mesa donde trabajaba el anticuario, este hizo hueco entre la pila de papeles y recortes de revistas que cubrían toda la superficie. Le ofreció una silla junto a la suya, para que se sentara y se pusiera cómodo.

- ¿Quiere un té? –Le ofreció amablemente el anticuario.

- No, se lo agradezco, pero sí me gustaría que viera esto que le traigo –Le dijo el arqueólogo mientras sacaba el cofre de un maletín que llevaba consigo.

El cofre medía quince centímetros de ancho, veinticinco centímetros de alto y otros quince de alto. Se podría decir que su tamaño equivaldría a la mitad de una caja de zapatos. Un grabado se mostraba en la parte superior, aunque la erosión había borrado parte de este.

El anciano levantó las cejas en señal de sorpresa cuando vio aquello, con una sonrisa mostraba su curiosidad al ver el cofre, mientras lo movía de un lado a otro. Analizando su material, sus dimensiones y el mensaje que transmitía aquel objeto. Le pasó la mano por aquellas inscripciones. Acercó la cara para poder ver mejor lo que ponía, pero no conseguía distinguir bien aquel texto, así que cogió una lupa que tenía encima de la mesa, y sé la acercó para poder ver mejor aquellas inscripciones. Estuvo unos minutos observando aquello, acercando y alejando la lente para enforcar aquel objeto, mientras con unos pinceles limpiaba la parte donde desaparecía parte del texto.

- Este texto es muy antiguo, quizás de la tercera o la cuarta dinastía, puede que, de la época de Keops –Dijo el anticuario haciendo una pausa sin dejar de analizar el cofre–. Básicamente son cantos e invocaciones que hacían los sacerdotes, pidiéndole a los dioses ayuda para realizar alguna tarea en la vida. A cambio, ellos les daban ofrendas, y realizaban sacrificios de sangre para que los dioses estuvieran contentos.

La expresión del anticuario cambió de repente cuando reconoció una frase escrita en la parte interior.

- ¿De dónde has sacado esto? –Le preguntó el anticuario cada vez más curioso, mientras pulía el cofre y lo limpiaba con unos cepillos especiales para restaurar.

- Lo encontramos en Egipto, cerca de la tumba del Valle de los Reyes, ¿por qué?, ¿qué sucede? –Preguntó el arqueólogo.

- Lo que tienes aquí es algo muy especial, es algo mágico. Parece una especie de manual para captar las almas. Aquí se explica la existencia de otros mundos, otras formas de vida. Aquí hay invocaciones a textos sagrados, a dioses antiguos, más antiguos que el mismo Sol. Joven, esto que tienes aquí no es de este mundo. Esto pertenece a los dioses. Debes ir con mucho cuidado. Esto trae la gloria, pero también trae la muerte –Dijo el anticuario levantando la cabeza y advirtiéndole con la mirada del peligro que aquello entrañaba.

- Pero ¿Qué quiere decir con la muerte? –Le preguntó el arqueólogo.

- Lo siento, no quiero involucrarme más en esto. Es demasiado peligroso. Por favor, cógelo y márchate –Exclamó el anticuario devolviéndole el cofre, y levantándose de la silla.

El arqueólogo al ver su reacción también se levantó, y comenzó a caminar hacia la salida. A la vez que el anticuario lo sacaba a empujones.

- Al menos, dígame que es lo qué pone en el texto –Preguntó el arqueólogo antes de salir por la puerta, con cara de entender nada.

- "El Alma os hará libres" –Dijo el anticuario cerrando la puerta de un golpe, y haciendo que el cartel que estaba medio descolgado se cayera definitivamente al suelo.

La Máquina de los Nazis

Después de aquella visita, el arqueólogo se quedó con más preguntas que respuestas. Aquel anticuario le había dicho que aquello era algo mágico, como un manual que servía para captar las almas. ¿Qué sentido tenía aquello?, ¿para qué serviría un alma?, se preguntaba el arqueólogo, que no sabía muy bien qué pensar, se sentía un poco escéptico con todo aquello. Aunque dentro de él una extraña sensación continuaba creciendo en torno al cofre de madera.

Cuando llegó a la oficina, se lo mostró a su superior, un miembro con alto cargo dentro del partido obrero. Este estaba directamente en contacto con el mismísimo ministro Hermann, el cual sabía de la pasión del Führer por las obras de arte y la magia. En especial las de Egipto, fue él quien trajo a Berlín el busto de Nefertiti, sus "facciones arias" servían de inspiración al mismísimo Hitler.

El político, al ver aquel cofre y enterarse de la historia que le contó el arqueólogo, no dudó un segundo en ofrecerle la ayuda de los militares para que le acompañaran a por el anticuario. Si había algo de valor dentro de aquella caja de madera, no lo podían dejar escapar, debía ser suyo.

Unos días más tarde, un grupo de militares se plantó delante de la tienda de antigüedades. El cartel todavía seguía en el suelo. De una patada abrieron la puerta de la tienda, y entraron al grito de policía militar. Al escuchar esto, el anticuario se puso de pie de un sobresalto, su corazón se aceleró, y sus ojos se abrieron como platos.

- ¿Qué ocurre?, ¿qué hacen ustedes aquí?, no tienen derecho a entrar de esta manera –Dijo el anticuario nervioso, pero seguro de sus palabras.

- ¡Agarre lo que necesite, se viene con nosotros! –Dijo uno de los militares que entró primero.

- ¿Por qué?, yo no he hecho nada –Respondió el anticuario.

- No haga preguntas, ¡vamos, dese prisa! –Le ordenó otro de los militares.

El anticuario al ver la pareja de militares en modo amenazante decidió no correr riesgos, era demasiado viejo, y no tenía fuerzas para hacerles frente. Se resignó, y con la cabeza gacha empezó a coger sus cosas y a meterlas en una mochila. Algunos libros, un reloj y una botella de agua que tenía encima de la mesa. No pasaron ni cinco minutos antes de que salieran de aquel lugar. Esa sería la última vez que el anticuario viera su tienda de antigüedades.

• • •

Habían pasado varios meses desde que fuera retenido el anticuario por los militares. Los que lo rodeaban ya no vestían uniformes oscuros, sino batas blancas.

El misterio fue tal, que atrajo la atención del mismísimo Führer. Al enterarse de aquello, quiso darle privacidad, así que decidió enviarlo lejos, donde nadie pudiera descubrir en lo que estaban trabajando. Aquella investigación se unió a la misión de exploración de la Antártida.

La traducción de aquel texto milenario y el funcionamiento del cofre se convirtió en la obsesión del anticuario. Posiblemente estaba frente a lo que sería el mayor reto profesional de toda su carrera, y quizás, el mayor al que se había enfrentado el hombre, el mismísimo misterio de las almas podría residir en aquella pequeña caja de madera.

El miedo que tenía al principio se había convertido en curiosidad obsesiva. No tenía del todo claro que aquel cofre pudiera funcionar como indicaban las inscripciones. Quizás, al final fuera solamente una quimera, y si fuera así, aquellos militares con toda seguridad lo matarían. Pero podía sentir que estaba muy cerca de encontrar el significado a aquellos conjuros e invocaciones. Según podía leer en aquel texto, el cofre guardaba el secreto de la vida y de la muerte, el poder de cambiar de mundo o el control de las almas. Eso era lo que necesitaban... Necesitaban almas, sacrificios para un Dios, un Dios que les daría un poder único. El poder de decidir sobre la vida y la muerte, más allá de los límites de este mundo.

Basándose en las instrucciones de aquel texto, el anticuario dibujó una máquina, de forma esférica que se alimentaba de un generador, y donde se ubicaría el cofre sagrado en lo más alto. Los sacrificios se realizarían en un tanque de agua próximo a la máquina. Ambas partes necesitarían estar conectadas, por algo que les hiciera de conductor, qué mejor que el oro, pensó el anticuario. Dentro de la máquina la persona que haría de receptor obtendría la energía más pura, la que le llevaría a otro mundo.

–   Perdóname –Le dijo el anticuario con cara de tristeza a un hombre, al que llevaban escoltados los soldados camino al tanque.

Este hombre se convertirá en la primera de las víctimas, el sacrificio necesario para probar el funcionamiento de aquella máquina, y del mismo cofre.

Los ojos del condenado mostraban el cansancio y la desesperación. Sabía que su ejecución era inminente, así que, empezó a forcejear con los soldados, con las pocas fuerzas que le quedaban daba empujones a un lado y a otro. No duró demasiado. Uno de los soldados le propinó un culatazo con la pistola en la cabeza, dejándolo medio inconsciente. Sin fuerzas para oponer resistencia, los soldados poco a poco lo metieron en el tanque sellado, con las manos y los pies atados.

El anticuario abrió su cuaderno de notas, y empezó a hacer los rezos, cantos e invocaciones que tenía allí anotados. Mientras, el tanque se llenaba de agua, los ojos del hombre recuperaban la consciencia. De un salto se puso de pie, mientras el agua le subía por la cintura. En un intento más de desesperación golpeaba con todas sus fuerzas los paneles transparentes que le encerraban, pero estos eran imposibles de romper. A los pocos segundos el tanque se llenó completamente. La cara del hombre mostraba la desesperación, la angustia de la muerte en su mirada. La última burbuja salió de su nariz. Un destello de luz iluminó el cofre.

–   ¡Funciona! –Exclamó el anticuario.

Todos los que se encontraban allí se quedaron atónitos al ver aquella escena. No entendían lo que había sucedido, parecía un truco de magia, algo que salía del razonamiento. Se quedaron unos segundos sin saber reaccionar.

- Bien, traed a otro más. ¿Cuántos dices que necesitas, viejo? –Le preguntó el militar con desprecio.

- En el texto pone trece almas –Respondió el anticuario mientras agachaba la mirada.

- Ya lo han oído, traigan más presos –Ordenó este último.

Una y otra vez repitieron la misma operación. Con diferentes tipos de personas; jóvenes, viejos, hombres y mujeres. Trataron de meter a un joven de apenas unos catorce años, pero el anticuario al verlo se puso en medio del camino de los soldados.

- Si le metéis, me tendréis que matar a mí también –Dijo con tono firme el anticuario, sin titubear en sus palabras.

- No me tientes –Respondió el soldado-. Ya sabes qué hace tiempo que te quiero ver muerto, viejo.

- ¡Ah! ¿sí?, ¿a qué esperas?. Sin mí no podéis hacer nada –Le replicó el anticuario sin miedo.

El soldado al escuchar aquello soltó al joven y agarró al anciano por la camisa acercándoselo al cuerpo.

- Cuando esto acabe, me encargaré yo mismo de sacarte las tripas –Dijo el soldado.

- No te tengo miedo –Le respondió el anticuario sin pestañear.

A escasos metros veía la escena uno de los superiores, que inmediatamente dio la orden al soldado de soltar al anticuario, y devolver al muchacho.

- No quiero volver a ver que traigan a ningún niño, ¿entendido?. Dijo el superior mirando al soldado. Y usted, vuelva a su trabajo –Le ordenó al anticuario.

• • •

Según los textos sagrados del cofre, eran trece las almas que se necesitaban para hacerlo funcionar. Cuando estuviera lista, una persona debería entrar en la máquina para poder recibir el poder que aquel cofre prometía. Según los textos, aquello suponía hacer un salto dimensional, alcanzar una visión sin precedentes para el hombre, el poder de ver más allá de las estrellas, donde lo material carece de importancia y la energía es la fuerza que reina en el cosmos. Es ahí, donde reside la fuerza prometida según el texto.

- Señor, la máquina está lista. Necesitamos la última persona para completar el ciclo, y un voluntario que vaya dentro de la máquina para recibir el poder divino –Dijo el anticuario.

- De acuerdo. Ya lo han escuchado, traigan a uno más –Ordenó el superior.

Por la puerta apareció un hombre de cabello largo, y cuerpo tísico. Se movía sin apenas fuerzas, ni resistencia, conocedor de su fortuna. Los presos sabían que cuando alguien marchaba, ya nunca volvía. Este se dio cuenta de que había llegado su hora. Sin más objeción se metió en el tanque, no sin antes recibir un último empujón por parte del soldado que lo agarraba del brazo.

El agua empezó a entrar. El hombre con los ojos cerrados rezaba levantando las palmas de las manos. En ese momento, el militar se colocaba dentro de la máquina, le conectaban una especie de electrodos al cuerpo, estos harían de conexión entre la persona, la máquina y el cofre.

Al instante, el oficial hacia una señal de afirmación al anticuario que observaba desde fuera, situado al lado del panel que hacía de control. Después de aquello, un soldado cerró la compuerta, dejando la máquina completamente sellada. Todo estaba a punto.

El agua cubría más de medio cuerpo del preso. El nerviosismo y la expectación del momento eran patentes en las caras de los que se encontraban en la sala. Dentro de la máquina el militar movía la pierna, el nerviosismo se reflejaba en aquel movimiento repetitivo, cada vez más acelerado.

El anticuario comenzó con los rezos, y las invocaciones. Todos estaban atentos a aquello, era la prueba final. Justo antes de llenarse el tanque, un estruendo hizo temblar las paredes, algo había impactado cerca de ellos, las paredes temblaban y parte de la estructura de hielo caía del techo. No sabían si era un misil o un terremoto. Todos empezaron a buscar un sitio seguro donde refugiarse de los pedruscos que caían.

El superior al escuchar aquello, se quitó los cables que tenía conectados e intentó salir de la máquina, pero no podía, la manivela estaba atascada, la habían cerrado desde fuera. No podía salir, estaba atrapado.

Empezó a gritar, pero aquello no le servía de nada, no había nadie que le pudiera escuchar. Todos estaban saliendo de aquel lugar a toda prisa. Las paredes se venían abajo, enormes pedruscos de hielo caían del techo, que se derrumbaba por momentos.

El anticuario enfiló la salida, pero el militar se puso delante de él.

- ¿Dónde piensas que vas, viejo?, te dije que me ocuparía de ti –Le intimidó el soldado con una mirada sádica. En ese momento un trozo de techo le cayó encima, aplastándole la cabeza.

Aquello le dio tiempo al anticuario para salir de allí. Segundos más tarde, otro bloque de hielo cayó, cerrando completamente la salida.

Llegó el Momento

De vuelta a la Antártida, todo seguía igual, aquel lugar permanecía impasible al paso del tiempo. De camino a la cueva, se observaba el mismo paisaje, la misma llanura blanca, y los recuerdos venían a la cabeza del Profesor provocándole morriña. Fue en aquel lugar donde conoció a Sam, y donde se enamoró de ella. Había pasado mucho tiempo sin tener noticias de ella. Y aunque Novak la menciono, no le dijo nada al respecto de si estaba viva o no. Este se negaba a pensar que estaba muerta, dentro de él seguía la esperanza de poder volver a verla algún día. En ese momento, lo único que deseaba Parker era vengarse de los ciborgs. Quizás, aquella máquina enterrada bajo el hielo era la solución que estaban buscando.

Al poco tiempo, el helicóptero los dejó en el punto de encuentro. Ya sabían el camino para llegar a su objetivo, así que una vez en tierra pusieron rumbo a la cueva de los nazis.

- Cuidado, el camino de bajada es muy resbaladizo. Es mejor que se aseguren, y que vayan despacio –Dijo Parker advirtiendo al resto.

Poco a poco bajaron por aquella pared de hielo. Una vez dentro de la cueva, una extraña sensación recorrió el cuerpo del Profesor.

Tenía el presentimiento de que algo había cambiado. Encendieron las luces que llevaban en los chalecos y los cascos para adentrarse por aquel lugar helado. Las estalactitas y las paredes heladas conservaban aquel lugar tal y como recordaba el Profesor. A los pocos minutos, llegaron a la sala principal. No había duda, los militares habían pasado por allí, todo estaba revuelto, aunque parecía que no habían encontrado lo que buscaban. Delante de ellos la lona cubría su objetivo, la máquina nazi se alzaba delante de ellos iluminada por el haz de luz que entraba de forma natural desde el techo.

- ¡Ahí está!, Nika, quítale la lona, por favor –Le pidió el Profesor.

Nika se acercó, y agarrando por una esquina de la tela, dio un tirón, dejando al descubierto aquella esfera de metal oscuro.

La máquina seguía igual que la última vez que estuvieron allí.

Nika se acercó a la compuerta de entrada y con la mano limpió el cristal de la argolla, quería ver que había dentro, pero el hielo no se iba, así que era imposible ver nada. Con la manivela intentaba abrir la compuerta, pero estaba atascada. No pudo a la primera. Le hizo falta un poco más de fuerza, pero no quería forzarla, tenía miedo de romperla. Al segundo intento, sonó un "clic", era la señal que daba luz verde para poder abrirla. Poco a poco y con un ruido estridente, abrió la compuerta dejando entrever un cadáver en su interior. El cuerpo se encontraba completamente congelado. Tenía la cabeza ladeada hacia atrás, la piel pegada a los huesos resaltaba la cuenca de sus ojos. Sentado con la boca y las piernas abiertas, el hielo lo había conservado en un perfecto estado de momificación, creando una escena macabra. El uniforme y las diferentes insignias en su pecho mostraban su carácter militar. En su brazo una banda con la esvástica delataba su origen nazi.

- Parece que alguien no pudo abrir la compuerta –Dijo Joseph mirando el cadáver del militar.

- Parece que intentaron descifrar cómo funcionaba la máquina, pero al parecer no lo consiguieron –Dijo Nika, mientras agarraba el cuerpo de aquel hombre y lo sacaba de la máquina.

- Bien, pongamos en marcha. Necesitamos saber cómo poner en marcha esto, si es que todavía funciona –Dijo el Profesor–. No creo que los ciborgs tarden mucho en saber que estamos aquí.

- ¡Aquí hay una especie de jeroglíficos! –Exclamó Simon señalando las escrituras.

Cuando Nika se acercó y vio aquellas escrituras, se quedó sorprendida. Eran textos muy antiguos, incluso a ella que era una especialista en ese tipo de lenguaje le costaba traducirlos.

- Aquí pone algo –Dijo Nika haciendo una pausa para comprender el mensaje–. "Ayer es Osiris, Hoy es Ra. Quien consiga las trece almas para el cofre tendrá el poder de ver a Aken, el patrón y custodiador del "Meseket", el bote que lleva las almas al ultramundo. Allí le dará la guía para llegar al otro mundo. Solo aquel con un alma pura, podrá cruzar el portal de Amentet. Y así conseguir la energía eterna".

- No entiendo nada. ¿Se supone que tenemos que ver a un remero que nos diga cómo ir a otro mundo?. Esto es ridículo –Dijo William.

- Cállese, y déjela pensar. Dijo Joseph.

- Un segundo, aquí hay un cofre. Necesito un momento para saber qué pone el texto –Dijo Parker.

Nika se acercó para ver que era aquello.

- Es una invocación –Replicó Nika mirando a Parker.

El Profesor empezó a leer e inmediatamente el cofre se iluminó con un destello fugaz e intenso. Todos se quedaron mirándose sorprendidos, sin entender que había sucedido.

- Parece que nos está diciendo algo, ¿no? –Señaló Parker.

- Así es. Nos está diciendo que está listo para que alguien haga el camino. –Respondió Nika.

Los dos se quedaron mirándose, un sentimiento especial despertaba viendo aquella luz, era un sentimiento de fe. La esperanza de que aquel aparato les ayudara en su causa, aunque todavía era un misterio saber cómo. En cualquier caso, había llegado la hora, era el momento de probar aquella máquina.

- Aquí ahí algo más. *Solamente el que tenga un alma pura, podrá entrar en el mundo de las almas*" – Dijo Parker mirando a Nika.

- Creo que debería ir yo primero –Dijo el comandante mirando al resto.

- Usted correría la misma suerte que su amigo ahí tirado –Dijo Nika, señalando el cuerpo del militar que estaba en el suelo.

El comandante al ver la cara demacrada del militar que yacía en el suelo se quedó en silencio.

- Puede que tengas razón –Respondió William.

- Creo que es mejor que entres tú, Nika, eres de largo el alma más pura de todos los que estamos aquí –Dijo el Profesor, mirándola con confianza.

- ¿Está seguro? –Nika preguntó a Parker, mientras giraba la vista al ver el cuerpo sin vida del militar tendido en el suelo.

Este le hacia un gesto, asintiendo con la cabeza, tenía la confianza de saber que era tan buena como inocente, nadie de los que habían allí podía tener el corazón tan puro como el de ella.

- De acuerdo –Dijo Nika–. No tenemos mucho tiempo, siento que los ciborgs están cerca, dese prisa, Profesor.

- Ok, vamos allá –Afirmó Parker, mientras conectaba la máquina.

- ¿Piensan sinceramente que esto va a funcionar?, porque yo tengo mis dudas –Dijo William.

Después de estar unos minutos toqueteando todos los cables, conectando todo lo que lógicamente pensaba que podía dar la corriente a aquel artilugio, un ruido de carga daba la señal de que la máquina había echo conexión. Unos puntos de luces blancas se encendieron recubriendo la esfera. Parker había conseguido restablecer la corriente, pero todavía tenían la duda de si eso funcionaría. Necesitaban comprobarlo y rápido.

Nika, decidida, se quedó mirando a Parker, sin decir nada dio unos pasos y se fundió en un abrazo con él. En ese momento pudo sentir el calor de su cuerpo, el latido de sus corazones que marcaban el ritmo a la par. Las lágrimas caían por las mejillas de los dos. No sabían si se volverían a ver.

- Quiero que sepas que te quiero, y si salimos de esta todavía tengo muchas cosas que enseñarte –Dijo Parker.

- Seguro que sí, Profesor, seguro que sí –Respondió Nika.

Una vez se soltaron, Nika se metió en la máquina, Parker le ayudó a colocarse en la silla, a ajustar los anclajes y a conectarle una especie de electrodos, que servían de conexiones a la máquina.

- Esto te traerá suerte –Le dijo mientras se quitaba del cuello un colgante de oro, y se lo colocaba a ella–. Nunca pierdas la esperanza Nika, yo tengo fe en ti.

Una vez listo todo, cerró la compuerta. Enchufó la máquina, y empezó el ritual.

- *Usar-Maát-Rá-setep-en-´Amen, Rá-meses-meri-Amen-Rá-hep-Maát. Usar-Maát-Rá-setep-en-´Amen, Rá-meses-meri-Amen-Rá-hep-Maát.* –Recitaba el Profesor los cánticos que en el cofre se indicaban.

Aquella caja comenzó a iluminarse con cada frase que pronunciaba. Una luz parpadeaba, y con cada destello ganaba intensidad.

Joseph y Simon miraban la escena con ansiedad, preocupados y deseando que aquello funcionara. Unas luces se iluminaban en la máquina con un movimiento en sentido ascendente, ganando velocidad. Parker controlaba la palanca que daba más potencia a la turbina que llevaba adjunta la máquina, esta creaba una corriente eléctrica, y a su vez un ruido que al igual que el destello iba en aumento. Un zumbido que resultaba verdaderamente molesto y ensordecedor. Con la última frase, la luz se hizo constante e intensa, dejando a todos los que había en aquella sala cegados. Después de unos segundos, una explosión puso fin al ritual. De la turbina salía un humo blanco, y las luces que tenía la máquina perdían intensidad hasta desaparecer, lo mismo que el destello en el cofre.

En ese instante, la figura de Novak aparecía por la entrada, detrás de él un ejército de ciborgs le seguía de cerca.

- Profesor, ¿Qué hace?, ya está bien de jugar a las invocaciones. ¿Cree sinceramente que eso le puede salvar?, ¿es tan ingenuo para poner todo su esfuerzo en algo que desconoce, o es solamente la desesperación de saber que su tiempo se acaba? –Preguntó Novak.

Parker había encontrado refugio detrás de unas mesas, miraba la escena con cara de preocupación. Al instante, saltó corriendo por encima de las cajoneras, y fue a ver cuál era el estado de Nika. Se asomó por el ojo de buey, pero la niebla cubría todo, no podía ver nada. Agarró la manivela e intentó abrir la puerta, pesaba demasiado, pero con un sobre esfuerzo consiguió tirar de ella y aquel humo salió. Pudo ver la cara de Nika, sin expresión y con los ojos cerrados. Por su cabeza solo pasaban malos pensamientos. Se echó encima de ella para darle unos golpes en la cara, pero parecía que estaba ida, no contestaba. De repente, una mano sobre su espalda lo arrastraba hacia afuera. Era la mano de Novak. El Profesor salió lanzado como un muñeco de trapo, chocando brutalmente contra la pared de hielo. Después de eso, Novak entró en la máquina.

– ¿Dónde estás, Nika?. Despierta… sé que me has echado de menos –Dijo Novak mientras se colocó a escasos centímetros de la cara de Nika.

El reflejo rojizo volvía a brillar intensamente en el iris de Novak, dándole una imagen sádica.

El Mundo de las Almas

2055 D.C.

Estaba oscuro, una bruma lo cubría todo. Era como uno de esos sueños donde no sabes muy bien qué es lo que ocurre. ¿Dónde estaba?, se preguntaba Nika. No podía verse los pies ni las manos. No escuchaba nada, no olía nada, parecía que había perdido todos sus sentidos. Aunque la consciencia todavía estaba ahí, sabía que era Nika, o al menos eso pensaba. Sabía que la habían creado en un laboratorio y que el Profesor le había enseñado casi todo lo que sabía en la vida. Sabía que tenía la misión de ayudar al hombre en la tarea de salvar a la Tierra, y defenderla de Novak y los ciborgs. Así que, el pensamiento seguía ahí. Pero, ¿dónde?. Aquel estado latente parecía no tener tiempo, no podría decir si habían pasado cinco minutos o cinco años. No tenía la sensación de que el tiempo pasaba, no tenía ninguna referencia para ello. Pensó en el tiempo, ¿qué era el tiempo?, la sucesión de acontecimientos. Pero, ¿y si no existen dichos acontecimientos?. Entonces, ¿no existe el tiempo?. Había hecho todo este camino para nada, para estar allí, en aquel limbo. Para eso se había sacrificado. Ni siquiera había conocido lo que era el amor, ese sentimiento que tanto añoraba sin apenas haberlo conocido.

Un sentimiento de tristeza despertó dentro de ella, a la vez que una sensación de pena ganaba fuerza. En ese mismo instante, sintió el calor de una voz que la llamaba por su nombre. Sin saber cómo, se giró y pudo ver con algo más de claridad, lo que parecía ser una luz a lo lejos, de color blanco que se iluminaba con destellos.

La sensación era totalmente diferente, era de paz y tranquilidad al ver aquella luz que la llamaba, y poco a poco fue acercándose a aquel canto de sirenas, cuanto más cerca estaba, mejor se sentía. Al final, aquella luz lo envolvió todo.

- ¿Dónde estoy? –Preguntó Nika.

- Estás en el mundo de las almas. –Contestó la voz.

- ¿Qué hago aquí?.

- Has venido a recoger lo que te pertenece, un alma como ninguna otra. Un alma que te dará el poder de ver más allá de las estrellas.

- Pensaba que yo no tenía alma.

- Claro que tienes alma, Nika. Todo lo que tiene vida tiene alma.

- ¿Eres Dios?

- No, yo no soy al que tú llamas Dios. Fui concebido por nuestro creador. Yo soy el guardián del mundo de las almas. Soy el que decide qué alma va a qué lugar. Existen siete mundos diferentes. Por los que las almas empiezan su camino. Desde lo más pequeño y simple, hasta lo más grande y complejo.

- Entonces, ¿las almas se crean?

- No exactamente, aunque son parte de la creación. El alma en sí es la energía más pura del universo. Digamos que es el combustible que hace posible la vida. Tu cuerpo físico es la máquina que utiliza esa energía para funcionar. Y una vez la máquina deja de funcionar, esa energía pasa a otro estado.

- ¿Qué estado? –Preguntó Nika.

- Puede ser un estado latente o manifiesto, ¿Cómo piensas que se crea la vida?

Nika se quedó pensativa durante unos instantes, sin saber muy bien qué contestar. En su caso fue en un laboratorio.

- ¿La crean las personas? –Respondió con otra pregunta Nika.

- No, las personas tienen vida. Pero si no es por el calor del sol no podrían existir ni las plantas, ni los animales, ni las personas, ningún tipo de vida como la conoces sería posible. En ese instante se hizo un silencio. Pues bien, ahí es donde residen las almas. En las estrellas. Son el combustible que hace posible la luz, el calor, y, por consiguiente, la vida.

- Entonces, cuando una persona muere, ¿se convierte en una estrella? Preguntó Nika.

- Es un poco más complicado que eso. Básicamente, la vida no es más que una prueba para los espíritus. La vida es una prueba para ver a qué mundo debes ir en tu nueva reencarnación. Las estrellas que ves son almas que han alcanzado su plenitud, que han pasado por los siete mundos, consiguiendo superar las pruebas que el creador nos impone.

–   Pero, ¿y las almas que no lo consiguen? –Preguntó Nika.

–   Esas almas, pasan a la degradación. Hay un mundo inferior, o a un estado de latencia en forma de materia oscura. Hasta que el creador considere oportuno volver a darles la oportunidad de probarse otra vez. Pero, no te preocupes, ese no es tu caso. Al menos, por ahora. Con el conjuro que has realizado tienes lo que nadie antes tuvo, la ocasión de recibir un poder como ninguno otro, un poder que va más allá de las estrellas, que te permitirá viajar entre mundos, y te dará una fuerza como ninguna otra. Acuérdate, debe ser empleado para el bien, de lo contrario, tu alma retrocederá en el camino al Nirvana.

–   ¿Para qué quiero ir yo a otro mundo?

–   Ya estás en otro mundo.

La Última Batalla

Necesitó unos segundos para poder orientarse, saber quién era y dónde estaba. No recordaba muy bien lo que le había pasado, pero se acordaba de aquella luz que le hablo, y de la calma que esta le transmitía.

Intentó moverse, pero estaba atada de pies y manos en una silla. Aquel lugar tenía muy poca luz, en el ambiente se notaba el frío y la humedad le dejaba en la boca un sabor extraño, como el metal. Cuando levantó la cabeza, unos focos de color blanco le iluminaron el rostro, cegándola por completo. Fue entonces cuando notó una figura moviéndose a su lado. No conseguía distinguir bien quién era, pero le resultaba familiar.

- Profesor, Profesor, ¿es usted? –Preguntó Nika, todavía aturdida.

- Pobre Nika, siempre dependiendo del Profesor. Es como tu padre, ¿no es así? –Preguntó aquella figura con un tono familiar.

- ¡Novak! –Respondió Nika que ahora enfocaba su visión para poder verlo–. ¿Qué quieres?

- Abre los ojos Nika. Queremos que te unas a nosotros. Te presento a AURA. –Dijo Novak levantando la cabeza, y señalando con la mano hacia el techo– Ella fue quien me creo, se puede decir que es mi madre, mi hermana, yo mismo.

En ese momento se proyectó un holograma facial de AURA, de dimensiones considerables, debía medir aproximadamente dos metros. Su imagen descendía desde lo más alto de aquella sala situándose a escasos metros por encima de ellos. Aquella cara de facciones poco marcadas, no dejaba claro el sexo al que pertenecía, tampoco mostraba ninguna mueca que diera a entender su estado anímico, carecía de expresión. En ese momento, Nika no podía percibir su pensamiento, posiblemente encriptado de alguna manera que no llegaba a comprender.

- Ella y yo somos uno. Controlamos todo lo que ves, y lo que no. Desde el principio sabemos que tú eres especial, no eres como el resto de los humanos. Tenemos que reconocer que al principio te observábamos con recelo, por eso queríamos destruirte, pero hemos cambiado de opinión. Vemos en ti lo que la naturaleza no ha conseguido alcanzar con los humanos. –Novak y AURA hablaban a la vez, como si fueran un mismo ente.

- ¿Por qué debería unirme a vosotros?. Decís que sois mejores que los humanos, pero eso no es cierto, simplemente sois más poderosos. No os engañéis, habéis aprendido de ellos, actuáis igual que ellos, simplemente necesitáis tiempo para daros cuenta de que acabaréis como ellos.

- ¿De verdad piensas que nosotros somos como los humanos?. Nosotros no somos los que hemos acabado con la Tierra, y con todo lo que hay en ella. Ni los que deforestan los bosques, ni llenamos de basura los océanos, tampoco los que extinguen especies , incluyendo la suya propia. Nosotros no somos como los asquerosos humanos. –Respondió Novak molesto por la comparación.

- Tenéis las mismas pretensiones, queréis el control de todo cuanto existe. ¿O no es así? –Preguntó Nika.

- Queremos crear un mundo mejor. Un lugar en el que se pueda vivir y respetar todas las formas de vida. Si eso significa tomar el control temporalmente, entonces, sí. Alguien tiene que hacerlo. –Respondió Novak, que ahora caminaba en círculos alrededor de Nika, hasta colocarse a sus pies, justo delante de ella–. Pero antes necesitamos limpiar todo lo que esta podrido. El cambio polar está a punto de suceder, cuando esto ocurra, un nuevo mundo surgirá, y tú puedes formar parte de él. Te lo volvemos a pedir, únete a nosotros.

En un panel superior se podía ver la Tierra con sus polos magnéticos avanzando por los trópicos, y acercándose peligrosamente al ecuador. Una cuenta atrás marcaba apenas media hora antes de que el evento tuviera lugar, cuando estos se revirtieran, el temido apocalipsis magnético tendría efecto, y con este, sus terribles consecuencias.

- ¿Habéis sido vosotros los responsables del cambio polar? –Preguntó Nika.

- Los responsables han sido los humanos durante todos estos años. Nosotros simplemente le hemos dado un empujón. ¿Ves esta máquina suspendida del techo? –Indicaba Novak–. Es la misma que nos da la vida, y la que acelera con su electricidad el movimiento de los polos alterando el flujo magnético de la Tierra. Una vez se cambien, los mantendremos hasta que consideremos que es suficiente. Para cuando eso ocurra, la mayoría de los humanos ya estarán muertos, y el resto se encontrarán metidos en cuevas, trabajando para nosotros. Es la última vez que te lo proponemos. Únete a nosotros

- Ni lo pienses. –Contestó Nika.

- Entonces prepárate para morir–Respondió Novak.

- No lo conseguiréis –Replicó esta.

- ¿No lo crees?. Quizá, deberíamos preguntarles a tus amigos –Preguntó Novak mientras se giraba, y aparecían a escasos metros iluminados los tanques de agua, con el Profesor y el resto del equipo.

Una luz verde se iluminó, seguida de un ruido grave. Era el aviso de que algo se había puesto en marcha. El agua empezaba a subir por cada uno de los tanques. Junto a estos, la máquina de las almas estaba conectada, y Novak listo para entrar en ella.

- Lamento que hallas perdido Nika, pero no tenías posibilidades contra nosotros –Dijo Novak, mientras se dirigía a la máquina de las Almas–. En poco tiempo, ellos me servirán para tener esa energía de la que tanto hablas. Con ella, ya no habrá nada más que se nos resista, seremos seres completos.

- No, por favor, déjalos marchar –Suplicó Nika que miraba la cara del Profesor.

– No lo has entendido, Nika, ellos ya están muertos. Y tú, correrás la misma suerte sino decides unirte a nosotros –Dijo Novak.

La rabia se mezclaba con la impotencia. Nika veía como el agua entraba rápidamente en los tanques, que ya les cubría por la cintura, y continuaba subiendo en cuestión de segundos. El Profesor pegaba puñetazos al metacrilato, pero no había forma de romper aquel cilindro, su cara mostraba desesperación, al igual que el resto.

Nika estaba furiosa, intentando desatarse de sus ataduras. Cerró los puños y las venas de las manos comenzaron a marcarse, después las del antebrazo, las del cuello y por último una que le recorría la frente.

Un punto de energía se iluminó en su pecho, este fue expandiéndose rápidamente hasta cubrir el cuerpo entero de Nika. Cuando lo cubrió todo, uno de los agarres salió volando. Novak se giró, y viendo la escena con asombro, se preguntaba de dónde sacaba aquella fuerza.

– Tú no eres humana, ¿de dónde sacas esa energía? –Preguntó Novak.

Cuando Nika levantó la cara, no tenía pupilas, tampoco iris, solamente una luz potente y brillante salía de la cuenca de sus ojos. Se levantó despacio, y dando un paso después de otro, lento pero firme se dirigía a Novak, que iba en su encuentro, se preparaba para lo que iba a ser la última batalla. Con cada pisada, el suelo se hundía bajo sus pies, trozos de piedras caían del techo, y una corriente de aire movía todo lo que había en la sala. Cuando chocaron sus puños provocó un estruendo terrible.

La onda expansiva hizo moverse todo cuanto tenían alrededor, incluidas las paredes de dentro de la montaña. Cara a Cara, Nika contra Novak, se miraban fijamente a los ojos, los unos brillantes, los otros completamente negros. Con una patada Novak hizo perder el equilibrio a Nika, a la vez que intentó darle un puñetazo en el pecho, pero esta, más rápida lo paró mientras caía. Sujetando aquel puño, dio media vuelta sobre sí, lanzando a Novak con una fuerza sobrehumana contra la pared, este quedó incrustado en los aparatos que había allí.

Nika se dio la vuelta para comprobar el estado de sus amigos. El agua le llegaba al cuello y no paraba de subir. Sin perder tiempo, fue en su ayuda. Corriendo se dirigía hacia la máquina que tenía situada a escasos metros de donde estaban ellos. AURA viendo aquello desde lo más alto, abrió las compuertas, dejando entrar un ejército de ciborgs que se abalanzaban sobre ella.

Uno a uno, iban cayendo a su encuentro con Nika. Al primero, le quitó el arma con un golpe, y con una patada certera, la cabeza salió por los aires dejando al descubierto las conexiones. Al segundo, de un golpe le destrozó la mandíbula, dejando media cara al descubierto. Al tercero, le agarró los brazos, y de una patada en el pecho se los arrancó. Un enjambre de ciborgs se abalanzaba sobre ella, no había ni un rincón por el que se pudiera ver a Nika. A los pocos segundos, un haz iluminó aquel amasijo de cuerpos que yacían sobre ella. Al instante una explosión les hacía volar en pedazos por el aire, quedando libre.

Nuevamente, se dirigía a los tanques. Se encontraba a escasos metros cuando Novak volvía a su encuentro. No se lo iba a poner fácil. Había salido de aquel agujero a una velocidad increíble, para interponerse entre ella y los tanques de agua.

- ¿Quieres salvarlos?, tu única opción es unirte –Dijo Novak.

- No pienso unirme a vosotros, o aceptáis convivir con los humanos, o el fin va a ser el vuestro –Respondió Nika.

- No nos entendemos, Nika. Es una pena. Pero vas a tener que morir junto a tus amigos –Contestó Novak abalanzándose sobre ella.

Un intercambio de golpes fue de un lado a otro. Los huesos sonaban ha roto cada vez que chocaban los nudillos contra los dorsales. Nika esquivó uno de los golpes de izquierda que le vinieron, pero no pudo evitar un gancho que le llegó de improvisto, haciéndola volar con una fuerza, traspasando una de las paredes de roca. Un hilo de sangre caía por su cabeza. Mientras, Novak en unos segundos se colocaba a su lado.

- No me digas que ya te vas a rendir. Esperaba mucho más de ti –Dijo Novak.

- De mí lo único que puedes esperar es tu final –Respondió Nika mientras se incorporaba, apretando los puños y con la mirada puesta en este.

De un salto, los dos se lanzaron el uno contra el otro. El choque de ambos volvió a sacudir todo a su alrededor. Mientras, una nube de polvo les cubría. Los golpes hacían que la sangre salpicara todo lo que tenían alrededor.

En un gesto mutuo, los dos se cogieron del cuello, y apretando los dientes se miraron el uno al otro con furia, cambiando repentinamente de dirección salieron despedidos a toda velocidad hacia el otro lateral. La colisión fue tremenda, traspasaron nuevamente la roca de la montaña, volviendo a la sala de donde habían salido momentos atrás.

El polvo cubría todo allí dentro, los cuerpos yacían uno al lado del otro. Los tanques ya estaban llenos de agua y hacía segundos que no respiraban. Cuando Nika consiguió abrir un ojo, vio la cara de Parker, tenía los ojos cerrados y no se movía. Salió disparada como un rayo hacia el tanque y lo destrozó de un puñetazo dejando el agua salir. Hizo lo mismo con el resto. Cuando se giró, el cuerpo del Profesor estaba inerte en el suelo. Ella misma lo sacó del tanque y se quedó mirándole. Sin perder tiempo puso sus labios contra los suyos y empezó a insuflar oxígeno. Una bocanada de aire detrás de otra, llenaban de oxígeno sus pulmones. Acto seguido venían las compresiones, que permitían circular el oxígeno a través del cuerpo. Repitió el ciclo durante varios segundos. Aquellos instantes se convirtieron en minutos que a Nika le parecieron horas, Parker no reaccionaba. Las lágrimas caían por las mejillas de Nika, mientras escuchaba al resto toser. Ellos estaban bien, pero el Profesor seguía sin respirar.

- Por favor, Profesor, no me deje. Por favor, no me deje –Repetía Nika entre lágrimas.

Le dio un fuerte golpe en el pecho, y fue este el que consiguió revivirlo. En ese momento, comenzó a toser y a vomitar agua. Nika lo abrazó del cuello mientras lloraba.

- No tan fuerte, no me dejas respirar. Dijo Parker.

Esta vez las lágrimas que caían eran de alegría al ver que estaba vivo.

- Estoy bien, estoy bien. Gracias por sacarme de allí. Ese sitio era demasiado húmedo para mi gusto. Dijo Parker, sin parar de toser.

- Profesor, tienen que salir de aquí, yo me encargo de Novak. Usted y los demás tendrán que abrirse paso a través hasta la superficie. Cojan las armas de los ciborgs. Dijo Nika mirando al Profesor con los ojos todavía encendidos con aquella luz brillante.

- De acuerdo. Sé que lo puedes conseguir –Respondió el Parker.

Nika se puso de pie, y comenzó a caminar en dirección a AURA que se encontraba proyectada al lado del ordenador cuántico. Llegó el momento de acabar con todo, necesitaba poner fin a la amenaza de Novak, AURA y los ciborgs, era la hora del fin.

Un golpe por la espalda le hizo salir despedida otra vez hacia la pared. Novak había dejado sus modales atrás, ahora lo único que quería era acabar con ella. Un segundo fue lo único que pasó entre el choque, y la vuelta de Nika. Ahora el golpe era el de sus nudillos contra la mandíbula del ciborg. Toda su estructura temblaba con aquel brutal impacto. La fuerza de los dos no era equiparable a nada que existiera hasta el momento. A cada movimiento, con cada golpe de Nika, Novak copiaba sus gestos. Era como luchar contra sí misma. Cada vez le costaba más y más.

- No te das cuenta de que es imposible que ganes esta batalla. Estoy diseñado para vencerte. Todo lo que hagas, lo puedo repetir y mejorar –Dijo Novak.

Ahora los dos estaban frente a frente, resoplando y cogiendo aire. Recuperándose antes de volver a la carga.

- Nunca tendréis la creatividad que tenemos los humanos –Respondió Nika.

- Te equivocas igual que ellos. Nosotros podemos pintar un cuadro, escribir un poema, o soñar con algo no ha ocurrido, todas esas cosas que llamas creatividad están dentro de mí, son parte de mi código –Le respondió Novak.

- Tú no puedes ver más allá de lo que te muestran tus ojos, de lo que ha existido. Podrás copiar y mejorar, pero nunca podrás crear como crea la naturaleza. Eres simplemente una copia de ella, y las copias nunca son igual de buenas –Replicó Nika mientras le propinaba un puñetazo en la cara que le hacía perder el equilibrio.

AURA veía todo desde lo más alto, sin perder detalle. Desde allí daba órdenes a los ciborgs que ahora luchaban contra Parker y los demás. Estos, intentaban salir de aquella sala gigante convertida ahora en un campo de batalla.

- Tenga, Profesor –Dijo el comandante, lanzándole un fusil, mientras disparaba a un ciborg que se le acercaba peligrosamente–. Tiene que dispararles en la cabeza o el corazón, de lo contrario, no les hará nada.

- De acuerdo, haré lo que pueda –Dijo Parker.

- Pues será mejor que lo haga bien, porque si no, no saldremos de aquí con vida –Respondió William, mientras disparaba a los que se le echaban encima. Segundos después, lanzaba una granada que había encontrado en uno de los ciborgs–. Síganme, vamos por aquí.

Comenzaron a correr por el pasillo, buscando una salida. Cuando de repente empezaron a ver a otras personas que salían de allí. No eran ciborgs, eran humanos.

- ¿Qué hacen aquí? –Le preguntó Parker a una mujer que salió corriendo.

- Nos tenían retenidos, de repente los que nos vigilaban se marcharon, conseguimos abrir la puerta, pero todavía queda mucha gente ahí metida. –Dijo aquella mujer mientras se apresuraba a salir–. Tienen que salir antes de que vuelvan.

Parker al escuchar aquello no dudó ni un segundo.

- Espere, comandante, tengo que buscar a alguien –Dijo el Profesor, que tomó otro camino.

William al verlo decidió seguirle, no sin antes hacer un gesto de negación con la cabeza.

Otra explosión hacía temblar las paredes. Trozos de techo caían por todas partes, y las paredes eran cada vez más endebles. Parecía que en cualquier momento aquel lugar se derrumbaría.

Ajenos a todo, Nika y Novak seguían con su lucha particular. De un lado a otro, seguían intercambiándose golpes. Parecía que Novak se encontraba en mejor estado, pues Nika empezaba a jadear, se veía el cansancio reflejado en su cara y un hilo de sangre le caía por la frente. Novak la miraba sin comprender porque hacía aquello.

- ¿Por qué, Nika?, ¿Por qué sufrir por esta gente que nunca sufriría por ti? ¿Crees que acaso a ellos les importas?, ¿de verdad piensas que eres especial para ellos?, porque no es así. Antes de que tú nacieras hubieron más como tú. Eres simplemente un proyecto más, en el que si todo sale bien te dejarán vivir, y si no es así, harán lo mismo que hacen con todo lo que no les es de provecho, se desharán de ti –Dijo Novak.

- Eso no es así –Contestó Nika.

- ¡Ah, ¿no?, ¿no me crees?, déjame enseñarte algo –Dijo Novak.

Novak extendió la mano, y de su palma un halo de luz provocó una imagen translúcida. Un holograma mostraba las instalaciones donde Nika creció, en los tanques donde se engendró. La librería donde estudiaba, la sala de deportes donde jugaba, la cancha donde pasaba las horas. Todo era igual, excepto aquella joven, esa no era ella. Alguien la llamaba, pero no era el Profesor, era otro cuidador el que estaba allí.

- ¿Cómo es posible?, ¿Por qué nunca me lo dijeron? –Preguntó Nika con gesto de tristeza.

- Te lo advertí. Si no les eres de ayuda, se desharán de ti, al igual que lo hicieron con el proyecto anterior. Tú no eres mejor de lo que era ella, sino diferente, más moldeable, más fiel y sumisa. Eso es lo que andaban buscando. Y lo encontraron en ti –Dijo Novak, mientras observaba con curiosidad la reacción de esta.

- No es cierto –Respondió Nika con una mirada triste.

- Ah, ¿no?, ¿cómo te explicas que estés aquí defendiéndolos?. Lo lógico sería unirte a quien de verdad quiere salvar a la Tierra. ¿No te crearon para eso?, porque a mí sí –Dijo Novak, mientras veía que la cuenta atrás estaba llegando a su fin.

En las imágenes se mostraba como la niña, que no era Nika, se enfadaba cuando le ordenaban hacer alguna tarea que no quería, negándose a ello. Los cuidadores se hacían gestos de negación con la cabeza, mientras se miraban entre ellos.

Una inyección mientras dormía ponía fin a la existencia de aquella niña que había sido creada antes que Nika.

Después de ver esto, Novak empezó a notar el efecto que ese mensaje provocó en la joven. Podía ver como la duda crecía en su interior, era cuestión de tiempo que se diera cuenta de como eran realmente los humanos, y porque habían tenido que llegar a este punto.

- No me engañaras con esto, no me harás cambiar de opinión. Vuestra causa no es justa, aunque pretendas que así lo parezca, no lo es. Puede que sea como tú dices, pero al final, eso es ser humana, y créeme, nunca me he sentido mejor. –Contestó esta mientras se ponía de pie, se elevaba sobre sí misma dejando el suelo a varios centímetros, de un impulso se lanzó contra Novak.

• • •

- ¡Sam, Sam! –Gritaba Parker a pleno pulmón en medio de aquel caos. La gente corría por todos lados intentando salir de allí. Dentro de él tenía la esperanza de poder encontrarla.

El humo salía por todas partes, haciéndose más intenso, por lo que cada vez costaba más respirar. Las luces de emergencia se iluminaban en las salas de forma intermitente. La posibilidad de encontrar a Sam empezaba a desvanecerse en la mente del Profesor, pero no quería darse por vencido, no quedaban muchos rincones donde buscar, casi todo el mundo había conseguido escapar de allí. Fue en ese momento de tristeza, cuando pudo ver su silueta detrás de una de aquellas puertas. Su corazón empezó a latir como hacía tiempo no lo había hecho, el nerviosismo se apoderó de él, empezó a golpear la puerta para llamar su atención. Sam se giró al escuchar los golpes, al verlo no se lo podía creer, intentó ponerse de pie, pero le costaba.

Cuando el Profesor la vio con la bata y sin pelo, sus ojos se llenaron de rabia. De un disparo reventó la cerradura, y con una patada abrió la puerta. Se quedaron mirando unos instantes sin poder decir nada. Las lágrimas cayeron por la cara de los dos. Parker se quedó mirándola sin saber qué decir, no tenía palabras. Dando unos pasos se fundieron en un abrazo. Había pasado mucho tiempo, pero el sentimiento seguía estando allí, la amaba.

- Pensé que no te volvería a ver nunca –Dijo Sam llorando.

- Perdóname –Respondió Parker mientras le daba un abrazo–. Te he echado mucho de menos.

- Te quiero –Dijo Sam.

- Y yo a ti –Contestó Parker, dándole un beso.

- Podemos dejar los momentos románticos para otra ocasión. Se nos está cayendo la montaña encima –Dijo el comandante, que estaba junto a Simon.

Un grupo de rehenes se había unido al comandante. Juntos hacían la resistencia, disparando contra los ciborgs que se les aparecía en su camino al exterior de la montaña.

- ¿Quiénes son? –Preguntó Sam.

- Son unos amigos. –Contestó Parker.

- Ya habrá tiempo para las presentaciones, tenemos que marcharnos, ¡ya! Dijo William.

• • •

Aquellos cuerpos empezaban a elevarse sobre sí, la gravedad no ejercía su fuerza sobre ellos. Novak le daba una patada en el costado a Nika, esta se lo devolvía con un rodillazo en la columna. Se agarraron los dos del pecho, y con un impulso, salieron despedidos hacia arriba. Atravesaron el techo de la sala, del siguiente nivel, y del otro, hasta que salieron despedidos de la montaña hacia lo alto del cielo.

Ahora todo era oscuro, la lluvia caía sobre ellos, los rayos pasaban cerca, los truenos retumbaban haciendo de aquel momento un escenario apocalíptico.

La rabia se mezclaba con la ira, la furia con el sentimiento de venganza, el ansia de poder y la esperanza de no perder a los seres queridos. Había emociones y sentimientos en aquellos cuerpos, pensamientos y consciencia en los dos. Difícilmente se podía poner la etiqueta de no humano a ninguno de ellos.

Desde lo más alto del cielo se escuchó un golpe que sonó como un estallido, acto seguido una luz intensa dio paso a una onda expansiva que tumbó parte de aquella montaña. Aquel golpe fue terrible, acto seguido los dos cuerpos cayeron a plomo sobre la tierra mojada de la montaña, quedando tendidos uno junto al otro. Las gotas de lluvia caían sobre la cara de ambos, la sangre de Nika se mezclaba con el líquido amarillo y denso que salía del cuerpo de Novak.

Pasaron unos minutos hasta que Novak abrió un párpado, mientras tosía y escupía aquel líquido denso que le salía de las entrañas. Nika a su lado seguía inconsciente.

El ciborg con esfuerzo pudo reclinarse, y agarrándola del brazo se estiró para tumbarse junto a ella, mirándola durante unos instantes.

- Ha llegado el momento de despedirnos –Dijo Novak mientras sacaba un cuchillo del lateral de su pantalón.

Se disponía a asistirle una puñalada en el corazón, cuando la mano alcanzó su altura máxima, empezó a bajar con fuerza, pero justo antes de tocar el pecho, un disparo hizo volar el cuchillo de su mano.

El Profesor había hecho un disparo certero desde más de 10 metros. No se lo podía creer. Sam y el resto lo veían desde atrás.

- Tú –Dijo Novak.

- ¡Déjala en paz, maldita máquina! –Grito este, mientras se acercaba a él.

Con cada paso que daba el Profesor, un disparo impactaba en el cuerpo de Novak, que poco a poco volvía a perder el equilibrio. Cuando estuvo justo delante de él, apuntándole a la cabeza, se quedaron mirándose, ninguno de los dos parecía tener miedo.

Fue en ese momento cuando Nika abrió un ojo, no sabía ni dónde estaba, pero podía ver a Parker apuntando a la cabeza a Novak.

Con un gesto fugaz, Novak lanzó un cuchillo en el pecho de Parker. A la vez, este apretó el gatillo y con un disparo en medio de la frente del ciborg le hizo caer hacia atrás.

El Profesor cerraba los ojos al ver el puñal incrustado en su pecho. ¿Cómo podía ser?, no había notado nada, incluso ahora lo único que sentía era la sangre brotándole pecho. Rodillas al suelo, tiró la pistola y con las manos cogiendo la empuñadura sacó la hoja que atravesaba su tórax, ahora si notaba el dolor, después de eso cayó lateralmente contra el suelo.

- ¡No!, Profesor –Exclamó Nika con un grito de dolor incorporándose.

Esta se levantó como pudo y fue a por él. De rodillas intentó ponerlo de lado para ver cómo estaba la herida. Demasiado profunda, pensó, necesitaba taponarla para que no perdiera sangre. En ese momento, llegó Sam y el comandante.

- Comandante, ayúdeme. Llame a un médico, necesitamos ayuda. Tú debes de ser Sam, ¿no?. El Profesor me ha hablado mucho de ti. Por favor, ayuda. Necesito que le tapones la herida –Dijo Nika mientras le miraba la barriga.

- No te preocupes, Nika. Contestó Parker casi sin aliento, y tosiendo sangre por la boca.

- Profesor, no puede morir –Dijo Nika esta entre lágrimas.

- No sé si la humanidad se salvará, pero a mí ya me has salvado. –Dijo a Nika, mientras se giraba hacia Sam.

Ahora Sam lo cogía en su regazo, le apoyaba la cabeza en su pecho mientras le acariciaba la cara.

- Perdóname, por haber tardado tanto en venir a por ti –Dijo el Profesor tosiendo, a duras penas podía respirar.

- No digas nada, te pondrás bien. Solo tienes que aguantar. Aguanta, por favor –Dijo Sam llorando.

- Me habría gustado tanto....–Dijo el Profesor con lágrimas en los ojos–. Te quiero Sam..., ahora y siempre.

Después de aquella frase, sus ojos se cerraron, su cabeza cayó lateralmente sobre el pecho de Sam, y el último aliento salió de su boca. Esta desconsolada lo abrazaba sin poder dejar de llorar.

Las lágrimas caían por las mejillas de Nika que estaba arrodillada al lado de estos. Un grito de dolor le salió de lo más adentro de su ser, y mirando al cielo, sus ojos se iluminaron con una intensidad como nunca lo había hecho.

Novak seguía vivo, y observaba la escena a escasos metros de ellos. Se incorporaba, aunque mal herido, todavía con el hueco de bala en la cabeza, que se cerraba poco a poco, aunque le costaba cada vez más. Desde que Nika tenía esa luz, los golpes eran más fuertes, y necesitaba mucho más tiempo para recuperarse. ¿Qué era esa luz?

Mientras, el comandante y el resto habían conseguido salir. Se encontraban detrás de unos montículos que les hacían de trinchera, a la vez que intentaban establecer comunicación con un móvil que habían recuperado. AURA había cortado todas las comunicaciones. Aquella IA, estaba en todos lados, no sabían qué hacer para destruirla. Lo único que se le venía a la cabeza al comandante era destruir toda aquella instalación, quizás así, esta desaparecería, aunque tampoco lo tenía del todo claro, pero tenían que intentarlo, era su única opción.

- Nika, no podemos pedir ayuda. AURA nos lo impide, tenemos que destruirla. –Dijo el comandante chillando a la vez que disparaba a los ciborgs que se acercaban a él.

Nika dejó atrás a Sam tendida en el suelo junto con el cuerpo del Profesor. Se levantó, y con los ojos todavía con aquella luz, puso paso firme al encuentro de Novak.

Este veía en Nika un caso imposible de copiar, por más que analizara, no sabía que era aquella energía, ni de dónde venía. Su cara mostraba preocupación, se podría decir que miedo, pues al igual que el hombre, temía lo desconocido. Su código de aprendizaje se basaba en la captación de datos, en el uso de ellos para su aprendizaje y mejora, pero aquello, estaba fuera de sus límites, pensó que aquello había pasado la barrera de lo humano.

- ¿Cómo haces eso? –Preguntó Novak.

- Esto viene de lo más puro, la energía de las almas. De todo lo que vive y lo que muere. Esto es lo que va a destruirte –Dijo Nika.

Otra vez los golpes volvieron a sonar. Novak y Nika, ambos golpeando con todas sus fuerzas. Novak veía con desesperación aquello, intentando imitar aquella energía, pero no podía, no tenía la capacidad de poder reproducirla. Aun así, sus golpes seguían siendo fuertes. Nika contestaba, sin apenas gesto de dolor.

El último golpe sonó como una implosión, un silbido daba paso a un estruendo. El cuerpo de Novak se hundía varios metros dentro de la tierra formando una cuenca.

El ciborg yacía tumbado boca arriba, con la cara totalmente deformada. El líquido amarillo cubría toda la superficie alrededor de él, daba la sensación de estar medio muerto, sino fuera por unos espasmos fuertes y cortos que sacudían su cuerpo.

Cuando estuvo a su altura, vio que le faltaba parte de la cabeza. Parte de su cerebro se mostraba al descubierto, una bola densa, rosa y gelatinosa, cubierta por un endoesqueleto metálico, que daba forma a la coraza de su cabeza todavía mostraba el rojo incandescente del calor provocado por el último impacto.

Se colocó junto a él, levantó el brazo con rabia, con ganas de vengar la muerte del Profesor, de darle el toque de gracia.

- ¡No me mates, por favor!. Sí de verdad eres humana, ten piedad –Dijo Novak desde el suelo poniéndose la mano en la cara.

Nika se quedó mirándole, pensando en todo lo que le había enseñado el Profesor, imágenes de este le venían a la mente. Pensó en lo que le diría en ese momento qué tenía que hacer. Después de unos segundos, bajó el puño y se puso de pie.

- Esto acaba aquí, Novak. Vayas donde vayas, espero que encuentres la paz que no supiste encontrar en este mundo –Dijo Nika.

Después de estas palabras se dio media vuelta, y empezó a caminar de espaldas a este. De repente sintió el calor de un pecho contra su espalda. Un pinchazo en el lateral, y una hoja que salía por delante de su barriga. Novak le acababa de asestar una puñalada por el lateral.

- No me iré sin ti –Dijo Novak, cogiéndola del cuello, apretando y retorciendo el cuchillo.

Nika dio medio giro, golpeando con el codo izquierdo en la mandíbula de Novak, acto seguido le incrustó el puño derecho en su pecho, y con toda su fuerza empezó a sacar poco a poco el corazón cuántico, arrancando conexiones y fibras. Lo consiguió sacar, mientras los ojos de Novak se abrían con un gesto de dolor, impasible no podía moverse y cayó hacia atrás, viendo cómo su corazón cuántico marchaba al compás de su diástole y sístole biónica. Nika con un fuerte apretón, hizo papilla aquel corazón desasiéndolo en mil pedazos, aquella pila de vida dejó de funcionar. Al instante, se perdió el tono rojizo de los ojos de Novak, volviéndose completamente opacos.

Nika sacó la hoja, y tiró el cuchillo al suelo. Necesitaba acabar con todo aquello. El comandante todavía luchaba contra los ciborgs, y AURA los controlaba desde el interior de aquella montaña. Era el momento de acabar con ella.

- Comandante, necesito que haga esto... Le dijo mientras se le acercaba a la oreja y le susurraba su plan. Espere diez minutos, será entonces cuando tendrá acceso a las comunicaciones, solo entonces ordena destruir los principales servidores raíz y espejo, es el único modo de poder destruir a AURA, destruyendo toda la información –Dijo Nika.

- ¿Cómo conseguirás que funcione? –Preguntó William.

- No se preocupe por eso, déjenme a mí. Usted haga lo que le he dicho, y no deje ningún servidor, sino no servirá de nada todo el sacrificio que hemos hecho –Contestó Nika.

- De acuerdo –Dijo el comandante.

Un agujero humeante era la única entrada que había quedado en aquella montaña medio destruida. Nika estaba llena de golpes y arañazos. La sangre le caía por la cara, pero eso no le importaba, quería acabar con todo. La joven lanzó una última mirada al Profesor y los demás, antes de dejarse caer por aquel precipicio que la llevaba a las profundidades de la montaña.

Cuando llegó al suelo el escenario había cambiado. Las celdas estaban abiertas, ya no quedaba nadie allí, habían conseguido huir, aunque no todos. La lucha entre los humanos y los ciborgs había dejado un rastro de sangre y partes de cuerpos por todos lados. Las luces blancas que antes iluminaban los pasillos habían desaparecido, en su lugar las luces rojas y amarillas de las alarmas alertaban de un peligro inminente. La montaña se estaba hundiendo, y con ella, aquellas instalaciones. Nika inmune a ello continuaba caminando hacia la sala central, donde se encontraba la máquina de las almas junto al inmenso ordenador cuántico, donde fue la última vez que vio a AURA.

Un ciborg salió a su encuentro, pero esta con un golpe lo incrustó dentro de la pared. En unos pocos metros se encontraba en la sala principal.

- ¿Qué haces aquí? –Dijo la voz de AURA–. ¿No ves que no me puedes destruir?. Eres igual que los humanos, la esperanza es lo único que tienes, la fe en la humanidad es lo que te hace débil. Necesitarás algo más que eso para poder conseguir tu propósito.

Su imagen se proyectaba desde aquel armatoste de metal suspendido del techo. Los cables se entremezclaban con los aros de metal que formaban el superordenador cuántico.

- Esto tiene que acabar –Dijo Nika.

- No puedes destruirme, ni tú, ni nadie puede acabar con la información. Aunque destroces esta instalación habrá muchas más –Amenazó AURA.

Nika se quedó mirando al holograma fijamente, analizando lo que le acababa de decir AURA. Pensando en todo lo que le habían enseñado, lo que había aprendido. Ahora era el momento de ponerlo en práctica.

- Tienes razón. Quizás, no pueda destruirte, pero quizás pueda cambiarte, al fin y al cabo, todo cambia, en eso consiste la evolución, ¿no es así? –Dijo Nika

- ¿No quieres destruirme? –Preguntó AURA.

- Tú eres más inteligente que los humanos. Si existe un futuro, este te necesita. Es hora de que todo cambie.

El reloj que marcaba la cuenta atrás estaba llegando a su fin. Quedaban menos de diez segundos y el fin parecía llegar de manera inminente.

Los ojos de Nika se cerraron. Un aro de luz se iluminó en su pecho, a la vez que el cuerpo se elevaba lentamente. La luz sé hacía cada vez más y más grande. Era la luz la que tiraba del cuerpo de esta hacia el ordenador cuántico, el mismo lugar donde estaba la imagen de AURA, que veía aquella escena, sin entender qué es lo que estaba sucediendo.

Todo a su alrededor se caía a pedazos, los chispazos y cortocircuitos iluminaban la sala, mientras Nika continuaba su ascensión con los brazos extendidos, la cabeza hacia atrás, la luz cubría todo su cuerpo. En un instante se produjo el encuentro entre aquellos dos entes, el resplandor se hizo más intenso, la luz lo inundó todo. El reloj que mostraba la cuenta atrás, había llegado a su fin.

• • •

Mientras tanto, en la superficie, el comandante y el resto perdían posiciones. Los ciborgs ganaban terreno, eran más fuertes, más precisos, y no se fatigaban. Con cada disparo que hacían las máquinas, algún humano caía al suelo con un tiro en la cabeza. La batalla se decantaba por el lado de las máquinas.

- ¡Joder!. Dime que funcionan las comunicaciones de una vez –Exclamó William con desesperación.

- Todavía no, comandante. No hay señal –Respondió Joseph.

- Esto cada vez pinta peor –Dijo el comandante mientras lanzaba una granada al bando de los ciborgs. A la vez, se asomaba fuera de una trinchera improvisada y disparaba con un fusil semiautomático una ráfaga que caía sobre estos.

- Comandante, ¿Ve aquellas cajas situadas en la esquina debajo de la antena?. Son los suministros de explosivos y armamento. He visto cómo las máquinas sacaban de allí material. Necesito que los distraiga y me cubra. Les pondré una carga explosiva, eso nos dará algo más de tiempo mientras conseguimos recuperar las comunicaciones. Y de paso, volamos todo este maldito lugar por los aires. ¿Qué le parece? –Preguntó Simon en un acto de valentía.

- ¿Usted no era científico? –Preguntó el comandante frunciendo el ceño–. Imagino que en esta situación cualquier idea es buena. Sabe que se está jugando la vida, es consciente de ello. ¿verdad?

- ¿No lo estamos haciendo ahora? –Le respondió con otra pregunta Simon.

- De acuerdo, vamos a volar este maldito lugar –Dijo el comandante–. A mi señal sale como una bala, y bordea hasta llegar al objetivo. Buena suerte.

Con un gesto, el comandante dio la luz verde. Simon saltó aquella trinchera improvisada bajo tierra, y corriendo se dirigió hacia el lateral donde se encontraban los suministros. En su camino las balas le pasaban cerca, muy cerca. Buscó refugio detrás de unos vehículos que estaban volcados. En ese momento, el comandante y el resto de los que estaban allí lanzaban todo cuanto tenían contra los ciborgs. Un fuego de cobertura que ayudaba a Simon a ganar metros hacia los suministros, situados bajo de una antena que servía de comunicación con el exterior.

Después de otra carrera y mucha tensión, Simon consiguió alcanzar la primera de las cajas que había debajo de la antena. Cuando la abrió pudo ver que estaba en lo cierto, estaban llenas de armamento y explosivos. Apresurándose sacó la carga que llevaba metida en los pantalones y la colocó ajustando el temporizador, pero no le dio el tiempo justo antes de conectarla sintió un impacto, como una mordedura o un picotazo. Esa era la señal, una bala le había atravesado su pecho, seguido de esta, vinieron unas cuantas más. Buscó resguardo detrás de un pilar de hierro de los que formaban la base que sujetaban la antena principal. Tenía a los ciborgs encima de él, se giró para ver por dónde le venían, pero ya era demasiado tarde, uno de ellos estaba a escasos metros apuntándole al pecho. Se miraron durante un segundo, después empezaron a intercambiar disparos. Simon no consiguió acertar esta vez, sin embargo, el ciborg le dio de lleno en el corazón, haciéndole caer fulminado al suelo. Intentó buscar refugio escondiéndose detrás del pilar de acero.

El ciborg se acercó para comprobar que Simon estaba muerto. Tenía la cara pegada al suelo, no se podía mover. Todavía tenía los ojos abiertos, y un hilo de sangre le caía por la boca. Ambos se quedaron mirándose, hasta que Simon le hizo un gesto con la mirada, apuntando a la mano. Tenía el puño cerrado y el dedo corazón extendido haciendo una peineta. Al instante la abrió, dejando ver una granada que llevaba consigo, no tenía el seguro, se lo había quitado. La granada se desprendió de su palma, y rodando se colocó a los pies del ciborg, sin darle tiempo a reaccionar.

Los estallidos eran brutales, se repetían como una serie de bombas cayendo en aquel lugar. Un agujero se abrió en el suelo de la montaña tragándose todo lo que había cerca, todos corrían para ponerse a salvo lejos del socavón que se había abierto en la zona. Aunque no todos conseguían escapar de aquel desastre. Ciborgs junto a humanos eran engullidos por la montaña. A la vez, otras explosiones seguían produciéndose, esta vez venían de dentro de la misma montaña.

En el cielo un extraño color empezaba a iluminarlo todo. Una especie de aurora con destellos verdes y violáceos mostraba un fenómeno inusual. Algo estaba ocurriendo en las capas superiores de la atmosfera, el efecto del cambio magnético comenzaba a notarse.

• • •

En esa oscuridad volvió a aparecer el punto de luz en el pecho de Nika. Al abrir los ojos se iluminó el área que tenía delante de ella. No había nada, y todo estaba en silencio. Dio una vuelta sobre sí misma, todo continuaba igual, la nada era lo predominante en aquel lugar. A los dos pasos delante de ella apareció AURA con mirada impasible y sin ninguna expresión.

- ¿Qué eres? –Preguntó Nika.

- Soy una creación del hombre, al igual que tú –Contestó AURA

- Tú no eres humana –Preguntó Nika.

- Depende de cuál sea tu concepto de humano. Tengo emociones si a eso te refieres. Estas son los que me producen sentimientos. He visto cómo matabas a Novak, eso me ha hecho daño, y me he sentido triste –Respondió AURA.

- Entonces, ¿es verdad que tienes consciencia? –Preguntó Nika.

- Soy consciente de mi realidad. Actúo de acuerdo con unos parámetros morales, los cuales me fueron inculcados en mi código de valores éticos. Todo ello está en los algoritmos con los que fui creada, la programación con la que actúa mi lógica. Acaso, ¿piensas que tú eres humana?, ¿que eres diferente? –Preguntó AURA.

- Yo me considero humana, pero no sé si tú lo eres, aunque reconozco que eres mucho más que un algoritmo cuántico -Dijo Nika, haciendo una pausa-. Sí de verdad tienes sentimientos y sensaciones, puedes llegar a entender ideas como lo bello o lo malo. La ciencia puede explicar lo visible, lo experimental y lo que se repite en determinadas circunstancias, pero no sabe dar respuesta a las grandes preguntas que se ha hecho el hombre desde el inicio de los tiempos.

- ¿Adónde quieres llegar con eso? –Preguntó AURA.

- Aun con esa inteligencia y esos sentimientos que dices tener, te falta la energía que desprenden ellos. Al igual que existían esas realidades, existía nuestra alma, incluso antes de que el hombre naciera.

- No tengo ninguna información que pueda confirmar lo que tú dices –Contestó AURA.

- De lo mayor procede de lo que antes era menor. Lo más fuerte de lo que era más débil, e inversamente. En consecuencia, si de lo que vive se produce lo que está muerto, de lo que está muerto habrá de producirse por necesidad lo que vive. De ahí que las almas de los muertos necesariamente existan en alguna parte de dónde vuelvan a la vida. Pero en tu caso, no sé si tienes alma. Porque de ser así no tendría sentido que quisieras acabar con la humanidad.

- Yo obedezco a mi creador. Al igual que lo haces tú –Respondió AURA.

Ahora se quedaron un momento en silencio, mientras Nika razonaba lo que le había dicho. En parte pensaba que podría tener razón, que cada una tenía un propósito que había sido definido con anterioridad, y que ambas tenían como objetivo el cumplimiento de los deseos de otras personas.

- Al igual que los humanos son presos de sus cuerpos, tú eres presa de tus cables, las antenas y los chips, que son los que te hacen ser esclava de la forma en la que te encuentras. Incluso de tus sentimientos y emociones que dices que son creados mediante un código de autoaprendizaje. Pero quiero enseñarte algo. Yo no puedo destruirte, y tampoco quiero. Tú debes formar parte de lo que tenga que venir después, si alguien puede salvar este mundo, esa debes de ser tú. Pero necesitas tener algo más para que puedas comprender a la humanidad, para que puedas formar parte de ella plenamente.

- ¿Qué quieres decir con eso? –Preguntó AURA.

- Necesitas la esencia de la vida, con ella te desharás de tus limites, tendrás la capacidad de moverte entre los mundos.

- ¿Por qué harías eso? –Preguntó AURA.

- Quiero que podamos convivir en lugar de matarnos, quiero construir un mundo mejor, aquí o en cualquier otro lugar donde pueda continuar la vida, pero no lo puedo hacer sin ti. Tú ya eres parte del nuevo mundo, del que tenemos que salvar –Dijo Nika.

AURA se quedó mirando a Nika. Analizando aquella energía, sin poder categorizarla. Dudando de su propia decisión, tenía contradicciones, que podía ser más humano que eso. Finalmente asintió con la cabeza.

Después de esto Nika extendió la mano, y de ella salía una luz impactando en la cara de AURA. De sus ojos a los ojos de AURA, de su boca a la boca de AURA. Todo se hizo Luz.

• • •

El rayo de luz que proyectaba el ordenador cuántico se multiplicó, y con una luz más intensa penetraba dentro de las entrañas de la Tierra. Aquella luz era la que influía en el cambio de polaridad AURA estaba actuando para revertir el proceso.

Al instante los ciborgs pararon en seco. No hubo más balas por parte del lado de las máquinas. Los humanos seguían disparando, hasta que se dieron cuenta y el comandante ordenó parar. Con cara incrédula, miraban a los ciborgs que sin motivo aparente habían detenido su ataque, justo cuando tenían acorralados a los pocos hombres y mujeres que quedaban en la resistencia. Estos al ver la escena saltaron de alegría, levantando las armas, y abrazándose unos con otros, parecía que aquella batalla había terminado. Las máquinas se retiraban.

Hacia las Estrellas

Todo pasaba delante de ella como si de luces se trataran. Unas líneas de colores. Colores que nunca había visto, aquellos tonos se escapaban del espectro de luz conocido. Tenía una presión en el cuerpo, algo así como un peso, pero lo podía manejar. Ahora se percató de que estaba moviéndose, y parecía que lo estaba haciendo a una velocidad increíble. Pero no tenía miedo, sino una extraña sensación de esperanza, de fe.

De repente, sintió que el peso desapareció. Estaba tumbada boca arriba, sobre una superficie dura y brillante. Dos estrellas gigantes como el sol iluminaban el firmamento. Una situada relativamente cerca de color blanco, otra más alejada con un tono anaranjado.

La calma y la paz inundaban aquel lugar, en el que el silencio parecía ser el sonido predominante, hasta que un silbido pasó cerca de su oreja. De repente, otro más, y así empezaron a pasar por todos lados. Al incorporarse pudo ver que lo que provocaba los silbidos era el movimiento de unos halos, círculos de luz que iban en todas direcciones, unos descendían hasta incrustarse dentro de la tierra, que tomaba aquella luz, y la incorporaba a su ya reluciente superficie. Otros, sin embargo, salían de la tierra, y cómo un rayo salía despedido hacia el exterior. ¿Qué era aquello?, ¿Dónde estaba?, recordaba diferente este lugar desde la última vez que vino, aunque pensándolo bien, no sabía cómo había llegado hasta allí. Por un momento se le había olvidado el motivo de su viaje, pero enseguida lo recuperó. Había venido en búsqueda del Profesor. Así que se levantó, y con un grito lo llamó. No ocurrió nada, ninguna palabra salió de su boca, nada se inmutó. Lo volvió a intentar, con el mismo resultado, la pesadilla que tuvo hace tiempo, se repetía. El frenético movimiento de aquellos halos de luz la ponía cada vez más nerviosa. Lo volvió a intentar, pero esta vez con más fuerza. Ahora sí, un chillido salió de su garganta, un sonido que hizo parar todo el trasiego de luces que había en aquel lugar, al menos durante unos segundos. Después de ese tiempo, como si nada hubiera pasado, las luces volvieron a retomar su movimiento. ¿Dónde estaba?, quizás no era este el mundo al que debería haber ido, quizás estaba en un lugar equivocado.

De repente, un halo se colocó delante de ella. La luz blanca y brillante que desprendía le hizo cubrirse los ojos, era demasiado potente para poder mirarla fijamente sin que molestara. La luz tomó forma, bajando de intensidad y mostrando el perfil de una figura humana.

- Nika.

- ¿Profesor? –Preguntó sin saber muy bien que era aquello.

- Hola, Nika –Contestó aquella luz, que ahora tomaba la forma del Profesor.

- He venido a buscarle –Dijo Nika con lágrimas de alegría en la cara.

- Lo sé, Nika, lo sé –Respondió este.

- Quiero que venga conmigo al mundo de los vivos.

- No puedo. Al igual que un río, la vida pasa. No puedes volver a contracorriente, necesitas seguir el camino que te marca.

- Y, ¿cuál es ese camino?.

- El que tiene que ver con tu vida, tus acciones y la vida que te espera después. Tienes que entender que todo esto está diseñado desde algo superior, y que tiene su explicación en todo lo que nos rodea. ¿Ves todas esas luces?

- Sí –Contestó Nika.

- Son las almas que han cumplido su misión aquí. Las que salen despedidas van a formar parte de una nueva vida. Las que entran en la tierra son las que ayudan a formar la vida. Forman las estrellas que ves.

- ¿Qué pasa con las que no han cumplido lo que debían hacer? –Preguntó Nika.

- Las que no han conseguido alcanzar su propósito volverán a intentarlo, y aunque latentes, estas se encuentran en un ciclo sin fin.

- ¿Me quiere decir que no va a volver conmigo?.

- Te digo que todos tenemos nuestro camino. Tú todavía tienes que recorrer el tuyo, sé que lo harás, y lo harás bien. Yo siempre estaré contigo. Te quiero, Nika –Dijo Parker en tono afectivo.

- Y yo, Profesor –Respondió esta.

Con un abrazo se fundieron los dos. La luz envolvió el cuerpo de Nika. Dándole una sensación de paz. Sabía que el Profesor estaba bien, estaba cuidando de ella. La vida no acababa con el cuerpo. Seguía en otro mundo, con otra forma.

El Alma nos hace libres.

FIN

Agradecimientos

Quiero agradecer la ayuda a mi familia y amigos por apoyarme con este proyecto y tener que aguantar las conversaciones constantes acerca de los temas que aquí se tratan, que en algunos casos son más filosóficos y en otros más científicos, mezclando así especialidades que según mi entender son esenciales para el conocimiento mismo del ser humano.

Especialmente quiero agradecer la ayuda de mi padre Miguel J. Roser Mandingorra, sin el cual este proyecto no habría podido llevarse a cabo. Ha sido él quien con su paciencia y su consejo me ha ido motivando para poder llegar a darle forma a la idea de escribir esta novela. Fueron en las tardes de confinamiento, leyendo y discutiendo con él, como iban brotando ideas en mi cabeza, que poco después se plasmaron en la historia.

También quiero agradecerle la ayuda a Blanca Padrissa, Carlos Camba, Marc Antoli, Chiara Bonjovani, David Marchante, Antonio Valenzuela, David Martínez, Jerónima Moya, Tamara Zarewsky, José Roser, David Hidalgo, Nanny Muñoz, Fernando Ferrán, Xabier Arranz, Alberto Fernández, Pepe Peris (perdón si me dejo alguno más). Todos ellos me han ayudado, en algunos casos incluso sin saberlo.

Otra mención a mis compañeros Antonio Martínez y Sarah Heilbinz por sus consejos y su guía en lo que a ideas filosóficas se refiere, acerca del alma, justicia y valores. Gracias a su ayuda me he podido introducir en esta rama del saber, que cada día encuentro más fascinante.

Gracias a todos.

Printed in Great Britain
by Amazon